U0889020

科幻丛书
QI DIAN
KE HUAN CONG SHU

主编：赵国珍

第1纪 The first age

随风而逝

江波 著

希望出版社
HOPE PUBLISHING HOUSE

作者简介 》

江波，生于 20 世纪 70 年代末，从小热爱科幻，大量阅读科幻小说。21 世纪初开始科幻小说创作，笔耕不辍。十年来，陆陆续续发表中短篇科幻小说二十余篇，长篇系列小说《银河之心》第一部《天垂日暮》也于 2012 年初出版。

江波的科幻小说创作覆盖各种类型，但以浩大的时空题材为主。风格硬朗，以细腻的笔触描述一个个活生生的未来景象，呈现出浓郁的黄金时代科幻小说的风貌，在新一代科幻小说作家中独树一帜。

《 创作感言

非常感谢希望出版社能够把这些小说结集出版。看着自己过去的这些作品，就像看一段段过去的经历，当然，是非现实经历，存在于头脑之中。人的记忆是不可靠的，对于写作这些文章的细节，我不能完全想得起来，然而，有些东西还是印象深刻，就像看到一张相片，能联想起一些难忘的事。

我发表的处女作是《最后的游戏》，这篇文章题目参考了阿西莫夫《最后的问题》，事实上，最初的标题是《最后的答案》，直接和阿西莫夫的作品呼应。而如果读过《最后的问题》这篇文章的读者，应该不难想象，《最后的游戏》的情景，类似于《最后的问题》中计算机拓展到宇宙级别的情形。我对阿西莫夫怀有深刻的敬意，这一篇，也不妨看作是一篇致敬之作。

再比如《随风而逝》，我记得写其中某个桥段的时候，我坐在床上，默默地流下眼泪。那个时刻我是自己的读者，文章是否感动了别人我不知道，至少感动了自己。自己感动自己，也许那个时候我的智商呈负数，不过，这至少说明，这篇作品融入了一些情感。事后小结：这篇作品代表了一个经典套路：在一个宏伟的时空背景下，一个小人物卷入大事件，经历各种奇伟瑰丽险怪，经历各种悲欢离合。最近的长篇小说《银河之心：天垂日暮》从套路上说，也是如此。如果将来有一天，要给我自己的作品盖棺定论，《随风而逝》必然要选入，因为，按照目前的趋势来看，它可以代表我的题材偏好和写作套路，同时，虽然有种种不成熟，但它是此类的第一篇。

《天空之城》是一个中篇，我曾经见过读者的评论，说这篇文章的各种 idea 都不新鲜，然而组合得非常好。我坦然承认这样的评论切中要害。《天空之城》就像一个组合了各种科幻元素的奇幻故事。它的要点在于故事。我并不是非常在意一篇科幻小说是否有一些前所未有的主意，把已有的科幻元素加以整合，这本身也是一种创新。当然，这篇小说也有很高的开放性，甚至可以和后边的《银河之心》系列相呼应。于是我就毫不犹豫地把它归类到《银河之心》的番外篇里了。

《追踪灰影子》和《乌有之乡》是两篇"小"作。没有太空，没有银河，没有人类命运，格局非常小，风格也属于戏谑类。这样的作品偶尔为之，就像灵光一现的产物。我不排除任何触发了写作欲望的题材，也不拒绝任何写作风格。写作风格是为主题服务的，合适的风格可以更好地表达主题，作家可能擅长某种风格，却不必局限在某种风格上，这就是我的观点，雷打不动。

最后不得不提《终极幸福：长生梦》，这是一篇赶出来的作品，结构松散，勉强可以成文。然而，它所表达的主题却是我常常思索的问题：对人而言，幸福到底是什么。这篇文章是 2011 年发表的，2012 年，一个偶然的机会，我读到了詹姆斯·冈恩的《幸福制造者》。读完文章，我有一种眼前豁然一亮的感觉，这就是《终极幸福：长生梦》所希望表达的东西。詹姆斯·冈恩的作品完成于五十年前，这不禁让我产生了一种时空错位感。一些命题对人类而言是永恒的，一代又一代的人不断地用自己的故事来对此作出阐释。某一天，我要把这篇文章写成长篇，向詹姆斯·冈恩致敬也好，为自己寻找一个更好的答案也好，写作的冲动已经在我的心里生了根，只要有合适的契机，它就会发芽。

那简直是一定的。

写在出版前的话

赵国珍

在这套书出版之前，我就像行将嫁女的母亲一样，总觉得有许多话要说，说给即将出阁的姑娘，也说给她的如意郎君——我们亲爱的读者。这些话，虽然不免唠叨，但动机绝对纯洁和良善。

在所有的文学品类中，大概只有科幻文学拥有一个准确的生成年分。那是1818年，英国著名诗人雪莱的太太玛丽·雪莱创作了第一部科幻小说《弗兰肯斯坦》，随后在法国（凡尔纳）、英国（威尔斯）等欧洲国家有一系列作家加入，形成了科幻文学创作的第一个高峰。到上世纪20年代，科幻文学创作中心转移到美国，创作队伍中涌现了具有烂漫文学倾向的技术性专家的身影，出现了像阿西莫夫、海因莱因等具有标志性意义的科幻大师。由于美国的作品和技术、故事、平民结合得很好、很紧密，它很快就成为一种更普及的艺术形式——电影的题材。到今天，科幻已经在世界上形成了非常大的市场，每年最佳的十部片子中怎么也有五到六部是科幻题材的电影。目前，世界科幻创作在经历了期刊、图书、电影三个阶段后，已经进入了更为新锐消费者所喜闻乐见的多媒体时代。科幻已经成为一个独立并且庞大的产业，科幻文学也成为全社会包括青少年和成人、一般公民和科学技术专业人士共同认可、喜爱和追捧的文学门类，科幻时代在国外不是虚言。

而在国内，虽然有上世纪初梁启超、鲁迅等大家的推崇和推广，也有叶永烈的《小灵通漫游未来》累计销售三百万册的不俗业绩，有童恩正、刘兴诗、王晓达等第一代杰出科幻作家的奠基之作，有刘慈欣、王晋康、韩松、何夕等第二代优秀作家的奋发作为，但到目前为至，中国科幻文学还没有进入主流文学的法眼，没有成为绝大多数读者的最爱，没有形成自己独立不移的地位和影响，中国科幻文学还停留在儿童文学、科普文学的范畴。如果从世界科幻文学发展的规律来看，中国的科幻文学才刚刚进入第二个阶段，即由杂志媒介向图书媒介过渡的时期，全社会的成人化的科幻作品认知还没有到来，科幻时代在中国来说，的确还是妄言。

不过，令人可喜的是，黑暗的东方地平线上已经出现了一抹鱼肚白，茫茫大海的天际也露出了庞大渔船的桅杆，科幻时代正在以它不可阻挡的步伐和节奏向我们走来。近年来，以刘慈欣《三体》三部曲创作完成并出版为标志，中国社会，尤其是年轻一代的科幻创作与阅读热情迅速高涨。从创作角度来说，新锐作家层出不穷，创作题材不断拓展，创作手法竞相展示，新作品、好作品目不暇接；从出版角度来说，报纸、杂志摇旗呐喊，出版社、网络推波助澜，电影、电视跃跃欲试，科幻传播渠道空前开放；从阅读角度来说，读者范围逐步扩大，欣赏水平迅速提高，阅读取向更趋多元，“幻迷”结构进一步优化。可以毫不夸张地说，中国科幻文学在未来的五至十年间，将会迎来最好的发展时期。题材会进一步拓宽，媒介会进一步拓展，作品会进一步扩张，受众群体会进一步扩大，市场会有一个很大的扩容，这将是一个毋庸置疑的前景。

人类历史的发展，注定会有许多拐点。一个杰出的人，一个突发的事件，一个重大的变革，都将成为这个拐点。那么，中国科幻文学的发展有没有拐点？这个拐点应该在哪里？这可能是时下许多人都在思考的问题。从理论上来说，拐点就是突破既定的发展轨迹，就是在全面的平静之下最可能爆炸的那个点。经历了拐点之后，事情将进入一个全新的发展时代，这也是“奇点”这一概念的理论来源。当然，这也是奇点科幻丛书的立意。

希望出版社规划在未来的五年内，出版科幻“三点”丛书，即奇点科幻丛书、沸点科幻丛书、极点科幻丛书。“奇点”面向国内新锐科幻作家，“沸点”面向国内成熟科幻作家，“极点”面向国外获奖科幻作家，三点一线，描绘和反映科幻文学的现状和未来。山西出版传媒集团将这一规划列入重大出版工程资助项目，将给予更多的政策和资金倾斜。全球华人科幻协会、希望出版社、《科幻世界》杂志社、《新科幻》杂志社等科幻出版组织和媒介，将倾力打造“中国科幻文学创作高峰论坛”，推出全国“希望杯”科幻创作大奖赛。所有这些举措，都是在合力寻找并营造中国科幻文学发展的那个“奇点”，鼎力缔造中国科幻产业的成就和辉煌。

嫁出去的姑娘，将会去寻找自己的落点，过自己的生活。我们惟愿她和自己的如意郎君相携相和，共鸣共进，活得更好，走得更远！

2012.8.19

奇点前夜的科幻小说

刘慈欣

奇点有三重含义：第一是数学上的，表示在连续的数学状态中难以定义的突变点，常见的有无限趋于无穷大或无穷小的点；第二是物理学上的，首先出现于广义相对论中，表示时空曲率无限大的点，是时空的不连续之处，在这一点中现有的物理规律失效；第三是未来学中的一个概念，描述科技以指数曲线发展，在某一拐点后急剧加速，由量变产生突然的质变，在极短的时间里彻底改变人类世界的状态。这套丛书以“奇点”命名，应该是取最后一个含义。

奇点学说是由美国学者雷·库兹维尔提出，他认为人类科技的发展趋势很像一条指数曲线，开始阶段比较平缓，是我们现在所处的阶段。但在经过一个拐点后徒然上升，几乎与 X 轴垂直，速度接近无限，这就是奇点时代。奇点的到来主要依赖于被称为 GNR 的三项技术，即基因工程、纳米工程和人工智能，当这三项技术进入指数曲线的超高速发展阶段时，人类文明的面貌将在极短的时间内发生彻底的改变。库兹维尔生动地描述了奇点到来时的情景：人工智能的智慧远远超越人脑，电脑的一次短时间运行，其计算量竟超过人类有史以来所有的思维的总和；科技第一次对人类的生理形态产生改变，人与人工智能紧密融合，人可以以各种形态复制自己，进而长生不老；人类可以在原子级别操纵物质，纳米机器可以把原材料直接变成人类所需要的任何产品。库兹维尔的终极预测接近疯狂，他认为，能够自我复制的纳米机器结合人工智能，能够向全宇宙扩散，改造所有天体，最终把整个宇宙智能化。最惊人之处是他对奇点到来的时间的预测，不是遥远的未来，而是近在咫尺的 2030 年！

不管奇点预测是否能够成真，有一点可以肯定：科学和技术将创造出更多的奇迹，科技带领人类踏上的神奇旅程才刚刚开始，甚至还没有真正开始。而这种科学的神奇感、这种技术带来的对未来的向往，恰恰是科幻文学生命力的源泉。

比较古代人类与现代人的精神世界，最大的差别可能就是对未来的感觉。可以说，在古人的意识中，没有现代意义上的未来感，由于技术进步的缓慢，在那时人们的心目中，未来可能“城头变幻大王旗”，但生活的面貌不会发生变化，昨天今天和明天，去年今年和明年，不会有什么差别。正因为如此，古代的文学，无论是神话，还是诗歌或小说，都是描写现在或过去，几乎没有描写未来的。工业革命以后，科学给人们带来了无尽的神奇感，进而引发了对由科技所创造的未来的想象和向往，由此诞生了科幻文学。

科幻文学诞生于19世纪初的欧洲，但其真正的繁荣是在20世纪20年代至60年代的美国，史称科幻小说的黄金时代。回望那四十年，能带给我们许多启示。在那段时间，世界已由蒸汽时代进入电气时代，与工业革命相比，科学技术进一步显示出其塑造和毁灭世界的力量。人们深切地感受到了科技给自己的生活带来的改善。另一方面，20世纪初的物理学革命带给人们一个全新的视野，相对论和量子力学告诉人们，比起之前牛顿简洁的决定论图像，真实的宇宙更加神奇。但与此同时，舒适的信息时代尚未到来，已经大为改善的生活仍然充满着艰辛和压力，世纪初的美国经济大萧条、随后的两次世界大战以及紧接着出现的东西方冷战，都给现实蒙上了阴影，这就使得人们对已经显现出神奇魔力的科技充满了更多的期待，期望科学和技术能够带来一个更加美好的未来，对科学神奇的赞叹和对未来的向往在这一时期都达到了高潮，由此带来的科幻文学的繁荣就是顺理成章的了。

但随后，科幻文学进入了缓慢的衰落期，这种衰落从上世纪70年代一直持续到今天，在美国，科幻小说在市场上再也没有再现黄金时代的热度，新的科幻迷越来越少，科幻群读者的年龄越来越大；有世界影响的作品越来越少，大师不再出现，黄金时代出现的三巨头至今仍牢牢地占据着科幻文学的顶峰。

对这个漫长的衰落，评论家和科幻研究者有着各种解释。其中之一是把原因归咎于科幻文学的新浪潮运动，新浪潮在上世纪70年代起源于欧洲，部分科幻作家痛感科幻小说在文学中的边缘地位，便把主流文学中现代和后现代的表现手法运用于科幻创作，同时把科幻小说面向太空的视野转向人的精神世界，试图使科幻小说更加文学化，使得部分科幻作品由明快的大众文学变成晦涩的先锋文体。有评论家认为，新浪潮运动是把科幻小说自身的价值让位于主流文学，进而消解自己的一种努力，他们也把科幻的衰落归咎于此。

但仔细考察便知这种理论是不确切的，新浪潮运动对于科幻的衰落的确有一定影响，但不是根本的原因。在新浪潮科幻由兴起直到被后来的赛博朋克运动代替，一直只是一个科幻文学的支流。在这一期间，传统的、坎贝尔理念的科幻小说一直在大量地创作和发表，即使在新浪潮运动最兴盛的时期，其作品的数量也远远小于传统理念的科幻小说的数量。

其实，科幻衰落的最深层、最本质的原因正是科学技术本身，曾经催生科幻的科技，在其飞速发展的今天开始起相反的作用。阿波罗登月期间，一位 NASA 官员对观看发射的科幻作家说："我们给了你们一碗饭吃。"但事情证明恰恰相反。自航天时代以来，科幻小说中描述的科技奇迹不断变成现实，特别是随着信息时代的到来，科技日益渗透到社会生活的方方面面，其渗透之深、普及之广可谓前所未有。由计算机和网络构成的信息时代，以迅雷不及掩耳之势迅速变成现实，并深刻而全面地改变着普通人的生活。人类有一个特点，就是对变成现实的奇迹很快麻木。比如现在的智能手机，集移动通讯电台、电脑、互联网络、数码照相机、数码摄像机、数码收音机、GPS 定位装置、影音播放器于一体，方寸之物可以随时与地球的任何地方进行通讯和网络连接，它所集成的设备以前要用一辆小卡车才能装下。笔者曾经统计过科幻小说中曾出现过的移动通讯设备，大多数在功能上不如现实中的手机，也就是说，科幻的神奇梦想现在装在每一个人的口袋里，但与此同时被每个人熟视无睹，当做一件最平常的东西。

科技神奇感的消失，是科幻文学所面临的最致命的打击，也是科幻衰落的最根本的原因。

但科技的神奇感真的消失了吗？科技中的科幻资源是否像地球上的石油一样，快要开采完了呢？至少对奇点时代的预测告诉我们：没有！如果奇点学说是正确的，即便未来科技的发展只达到其预测的十分之一，我们也可以肯定科学技术仍然处于指数曲线开始时的平缓阶段，其陡然上升的阶段还未到来，也就是说真正的科技的奇迹还没有开始，我们已经经历的一切，只不过是神奇时代的前奏而已。同时，高度发展的基础科学，如物理学、宇宙学和分子生物学等，也为我们展现了一个更加神奇的大自然，与科幻文学黄金时代所面对的图景相比，从视觉直到哲学层面，这个新揭示的宇宙充满了更多的神奇，更加广阔，更加诡异，更加变幻莫测，这里面蕴含着丰富的科幻资源。只是，与上世纪上半叶的科幻黄金时代相比，现在的基础科学已经大为进化，其理论的复杂和数学表述的艰深都不可同日而语，使非专业人员难以接近。正是由于这个原因，现代科幻文学对现代科学最新进展的表现很有限，大量的故事的科幻核心仍基于古典科学，即使有前沿科学的内容也流于表面。如何充分开掘现代科学前沿所提供的丰富的科幻资源，是科幻作者所面临的巨大挑战，也是科幻文学的希望所在。

纵观历史，中国科幻文学有着四起三落的波折经历，不同的阶段相互孤立，其间少有积累和继承。由于历史原因，各个阶段的科幻文学都有着自己侧重的方向。清末民初的科幻以救国图强为主题，而当时鲁迅先生提出的普及科学的目标到了上世纪50年代才得以实践，80年代则对科幻小说文学化进行了初步的尝试。新世纪的中国科幻进入多元化时期，对科幻文学的发展也有各种各样的建议和尝试，包括对科幻小说文学品质的提升、包括更多地反映现实和写出更好的故事等等，这些无疑都很重要。但现在，我们必须正视科幻文学的本质和核心，科技的神奇感是科幻的生命力之所在，我们必须创造出更多的、更大的神奇。

创造神奇不意味着浅薄和浮躁，也不仅仅是科技和宇宙奇迹的展示，科幻中所表现的科技的神奇拥有着丰富的内涵，科技的发展对人类社会整体和对人类个体的改变都具有震撼且深刻的神奇感，同时，也是主流文学所不具有的揭示社会和人性的视角。

做为一种创新的文学，科幻用不断涌现的新创造和新震撼来战胜遗忘，就像一场永恒的焰火，前面的刚成为灰烬，新的又飞升起来爆发出夺目的光焰。而要做到这点，就应永远保持年轻的心态，使自己的想象力与时代同步。正如有人说的那样，科幻使人年轻。

“奇点”丛书正是这样一套充满青春活力的丛书，书中收录了十位国内年轻科幻作家不同风格的优秀作品，这些作品，从不同角度描述变化中的世界，引人入胜，把科幻的神奇展现得淋漓尽致，像一群璀璨的星星照亮了奇点的前夜。

2012.7.29

目录 | CONTENTS |

最后的游戏 001

回到从前 019

随风而逝 039

天空之城 071

发现人类 123

追踪灰影子 139

时空追缉 157

乌有之乡 185

终极幸福:长生梦 211

最后的游戏

ZUI HOU DE YOU XI

奇点科幻丛书 | **第一纪**

又一颗新星诞生了。星的主人是亚伯,这是他制造的第五颗恒星,亚伯五号。恒星如恒河沙数,亚伯五号璀璨夺目。亚伯知道不能继续待在这里,不然会被卷入磁暴, 然而这是个有趣的游戏——亚伯计算着, 他要在亚伯五号产生影响的瞬间逃离。

亚伯退行很远很远,距离银心十万光年。银心曾是银河最耀眼的部分,数以万计的恒星聚集成巨大的星团,氢氦组成的白亮团块从四面八方向银心降落,被可怕的引力撕裂,源源不断地向四周围迸射光和热。然而情况变了。亚伯五号夺走了属于银心的宝座,成了全银河最耀眼的部分,虽然这种情形十万年以后才能传递到这个位置,但亚伯对此确信无疑。亚伯五号是超新星,它将在短短一瞬间迸发一颗主序恒星数亿年间的全部光辉。多美啊,壮阔,明亮,在一瞬间掩盖银心。

“亚伯,你又犯规了。”

“老师。”

“恒星给我们提供光和热,不要随意地毁灭它们。虽然看起来它们永远不会枯竭,但终究有枯竭的一天。将来还有漫长的路,我们的眼光应该看到数亿数百亿年之后。”

亚伯恭顺地接受意见。为了创造亚伯五号,他消耗了银河中三百多颗正在蓬勃燃烧的恒星。人类似乎无所不能,然而所有的作为对此都无能为力——熵不断地增大,宇宙一步步走向死寂,这是宇宙颠扑不破的真理。如果人类克制行为,熵的增长会缓慢一些,死寂的到来会推迟一些,人类的存在可以更久远一些。每一个孩子懂事之后就反复受到这样的教育。但并不是每一个孩子都会老实地遵守规矩,除了制造恒星,实在没有别的游戏能够让他们兴奋。规律控制一切,所有的事刚发生就可以知道结果。孩子们很难控制自己不去改变一点什么寻找乐趣。要得到乐趣,只能破坏规矩。

亚伯老实地承认错误,老师非常满意:“亚伯,有什么问题?”

亚伯的注意力集中在银河上。这是个仅仅诞生了十二亿年的银河,教育委员会为了孩子们的成长而制造它。和亚伯见过的其他银河相比,这个银河无比巨大,蕴藏着惊人的能量。

“老师,当初制造这个银河,难道没有违反减少消耗的规则?”

“不。然而没有这个银河,我们没有办法教育孩子,你们就无法成长。”

“怎么会呢,我们可以跳跃到其他银河汲取能量。”

“但是在你学会跳跃之前呢?更小的时候,你刚诞生的时候,你行吗?”

亚伯摇头,说:“不行。”

“在你长大一点之后,你可以跳跃到另一个银河,然而未必能够找到合适的恒星。大多数银河已经快要死了,亚伯。而且,亚伯,你是特殊的孩子,学习很快,同龄的孩子达不到你的程度。你将来很有希望成为教育委员会的一员,成为我的伙伴。”

“不,老师,我还差得很远。”

“委员会制造这个能量丰富的银河,这是为了教育,明白了?”

“十二亿年以前呢,那时候的孩子们怎么成长?”

“十二亿年前?孩子,那个时候人类还不需要这样集中教育。每个银河都可以提供足够的能量。人们对恒星挥霍无度,大部分银河都在那时候被消耗掉,就成了我们今天看到的宇宙模样。如果你关心历史,可以去问一问宏,它知道得很详细。亚伯,你知道自己的行为是错的,对吧?”

“对,老师。”亚伯的情绪有些低落。

老师抚慰着亚伯:“不要沮丧,孩子,自由运用知识是人类的天性。十二亿年前的人们当然想留给我们更多的东西,然而他们面对的情况比我们好得多,不会和我们一样节制。我们不过是必须节制。如果允许,老师还想制造一个属于自己的银河。然而那需要千亿颗恒星,我们的配额翻上十几番还不够零头。那只能是梦想,我们生活在现实中。”

亚伯得到一点安慰,然而仍旧是沮丧的。

那个时代的人们很幸福,他们可以做自己想做的事。

向前追溯更久的年代,远古时期的人类足迹没有超越一个银河,那时他们认为宇宙是个永远不会枯竭的仓库。他们需要做的不过是发掘、发掘再发掘。

“他们真幸福。”

“如果他们掌握了你掌握的一切,他们会认为幸福到了极点。再向前追溯,人类还是一种动物,对我们今天的状况,他们会认为我们是神、上帝,处于他们无法想象的幸福状态。”

“老师,我明白古人会羡慕我们,那是因为他们不了解状况。他们不懂这个宇宙,但是在努力理解它,有一个追求的目标。我们懂得这个宇宙,却无可事事,连改造它的权力也被限制了。古人如果了解情况,不会认为我们拥有无限的幸福。”

“亚伯,你不能选择出生的时代。我们面对这个被祖先利用过度、有些死气沉沉的宇宙,没有别的办法,只有节制。否则,人类只有消亡得更快,和宇宙一起死去。祖先留给我们知识,也留给我们债务。这是生活。”

亚伯陷入沉默。他悄悄和宏联系在一起。人类历史源源不断地流入意识中,不过是一条反向的河流,从尽头回溯到源头。

“老师,人类从某一个银河发展而来,又是哪个银河呢?”

“某一个银河,你想知道吗?”

“我想去看看。”亚伯的回答干脆而坚定。

“你是个聪明的孩子,很少有孩子关心这样的问题。找到它可能要花一点时间,不过老师的责任就是解答学生的一切疑惑,你会得到答案的。”

老师引导着亚伯。

一个又一个银河一晃而过,老师带着亚伯奔跑,在各个银河之间穿梭。跨过一千六百七十五个银河,亚伯感觉到能量太弱,很难再完成一次跳跃。

“老师,停下来,我需要汲取能量。”

眼前的这个银河死气沉沉,没有多少活跃恒星,不是理想的补给地。亚伯顾不上许多,这个宇宙池子虽然浅,里边还能有足够的水源。亚伯向着银河冲去。

“不必着急,孩子,慢慢来。这就是人类诞生的银河。”

这就是人类诞生的银河!亚伯停下来。一个快要死掉的银河,银心非常大,却没有多少光,中心黑洞吞噬了大部分物质,旋臂萎缩只剩下些许残迹,就像枯萎的花朵,不过它凋谢的周期是数万亿年。

是这样!

亚伯静静地感受着这个银河。残破的银河。亚伯和伙伴们在宇宙池子间跳跃嬉戏,宇宙中有许多这样快要干涸的池子,亚伯和伙伴们会一掠而过,然后将它们遗忘。人类就是从这样一个角落诞生吗?残败,破旧,了无生气。

老师引导着亚伯。银河在亚伯内心展开,一瞬间,他进入银河。

“这是人类起源的星系,太阳系,有人居住的地方被称为太阳系,是从这个星系开始。”

“这是最早的太阳系?”

“是的。”

星系的主角是一颗步入死亡的恒星。大部分物质已经喷发,残骸留存着,是一颗白矮星。它还在发光,那是生命的余烬。它还在点亮自己,却再也照亮不了别人。亚伯向着这颗矮星靠近。

“亚伯,回去吧,人类的诞生地就是这样,已经走到尽头,再过三十二亿年,坠入完全的黑暗。”

老师的意思是白矮星将在几十亿年的时间里将自己那点可怜的光辉消耗殆尽,变成黑色的矮星,隐没到宇宙的黑暗背景中,成为一种多余的存在。这是类似太阳的恒星最后必然的归宿。这个宇宙对人类没有秘密。亚伯知道这些会如何发生,为什么会发生,如果愿意他可以还原这个过程,而将几百亿年的时间压缩到几个小时。一切不过是规律,冰冷冷的规律。亚伯没有听从老师的话,他向矮星靠近,那里还有一些什么东西。

巨大的物体沉没在宇宙的黑暗中。亚伯感受到它,贴近它。

“亚伯,你找到一个残骸。居然还有残骸。能够残留到现代的原始建筑。真是一个奇迹!”

巨大的物体在行星轨道上围绕矮星运动。矮星实在太黯淡,无法将它照亮,只有任由它沉浸在黑暗里。

“那边是地球,人类起源的行星,古老人类从地球的动物世界中进化而来。”老师指引亚伯。

一颗暗淡的星球,沉浸在黑暗的背景里,如果没有老师的指引,亚伯几乎忽略了它。

“红巨星阶段的太阳将地球吞没,虽然没有将它熔化,却毁灭了星球上所有生命,不过那时人类已经脱离摇篮,殖民到整个银河。”老师继续和亚伯交流。

这个小小的不起眼的星球,就是所有人类的故乡。也许之前的人类还将这里看作圣地,神圣美丽,不可侵犯。此刻在亚伯的眼里,这是一颗无用的行星,和它的主星一样是宇宙中多余的部分。人类的根在这里!老迈的银河,垂死的矮星,垃圾的行星。亚伯叹息。根本不该来,这种衰败应该放在不起眼的角落,仿佛不存在般存在。人类祖先繁殖生长的地方,此刻是宇宙的垃圾场。

“亚伯,到这边来,这里有非常有趣的东西。”老师的召唤吸引了亚伯的注意,他进入残骸中。重重屏障后面,他找到了老师,还有一个原始生物。他熟悉这样的形体,在无数次的历史教育中,他经常了解这样的形体——是原始人!亚伯在震惊中有些不知所措,他向老师求助。

老师正在触摸原始人的全身,了解他的身体和智能。亚伯等待着,观察着。具有身体的人类!亚伯第一次见到这样的人类,在这走向死亡的角落里,远离生气勃勃不断生长的银河,居然还有原始的人类存在。金属的躯体说明他不能借助次空间移动,也就不能在各个银河间跳跃。可怜的人,在水池干涸的时候无法离开去寻找新的水池，竟然要活活渴死在这里。也许不用等到水池干涸，他的生命就在毫无希望中终结了。

“亚伯。”老师召唤他，亚伯贴近老师。

亚伯注意到一双眼睛。人类的眼睛！亚伯想到自己的祖先也有这样的一双眼睛，他用它来看，来感知。这是多么有趣的一件事！

原始人并没有觉察到亚伯的存在，他的眼睛看不到亚伯和他的老师，他平举手臂，手臂上有个小小的屏幕，屏幕里和他类似的原始人电子影像在活动。他非常专注，仿佛雕塑。

这个人没有细胞，大脑是有序的晶体组织，身体是强韧的金属和复杂的电子线路……他竟然已经存活了三亿四千万年。老师告诉亚伯一个令人惊讶的结论。人类的平均寿命是四十万年，这个原始人类居然有三亿四千万年的年龄。

“也许不能称他为原始人，这是不同的进化方向。”老师向亚伯传递一个微笑，为亚伯的惊讶寻找一个解释。“我们来了解这艘飞船。”

老师和亚伯探索了飞船的每一个角落。

飞船正在崩溃，它至少在这个轨道上停留了两亿年的时间，它像影子般伴随地球运行了两亿年。

“有些不可思议，老师。”

“这个原始人肯定了解一切。”

“让我和他接触？”亚伯有些迟疑，他从来没有这样的经历。一个原始人，接触它难道不会有害？

“没有人强迫你，亚伯。我想你会接触他。”

这是最棒的游戏，伙伴们根本不会有机会。亚伯这样想，放下最后一丝担忧，开始触摸原始人的思维。很快，他找到了关窍。

“你好！”亚伯试探性地接近他。

原始人垂下手臂，四处张望，他的眼睛开始发亮，光线照亮了黑暗的船舱。他没有发现亚伯。原始人身体的一部分开始振荡，船舱的空气产生波动。亚伯知道他在问：“你是谁，在哪里。”

“我是亚伯，和你在一起。”

原始人停止动作，他的大脑在飞快活动，脑部的精致晶体温度微微上升。

“你是电磁人类，你们居然还存在。资料表明，你们因为不能逃过磁暴的影响，在克布塔第银河战争中被完全消灭了。”原始人体内的电子线路发生了微妙的变化,它们重新组合,在重要的中枢线路上组成防护网。亚伯很快发现自己受到了限制。限制很弱,亚伯可以突破它,当然他没有这么做,他明白这是原始人在观察他。

亚伯知道所谓的电磁人类,然而人类并不是电磁体,他试图向原始人说明人类是怎样一种存在,然而原始人的数据库里缺少描述所需的概念。亚伯只有不解释。

"你为什么会在这里?"

"这里是太阳系,我们的家园。"

"难道你看不到太阳已经毁灭,地球已经灭亡。"

"当然看到了,我们在太阳坍缩成为白矮星,地球脱离红巨星后才回到这里。"

"为什么要回来?"

"这里是太阳系,我们的家园。"

"它已经死了。"

"它是我们的家园。"

"外面有很多星系,还有许多银河,你们可以去寻找一个新的家园。"

"哪里都一样。最后还是这样。家园只有一个。"

"亿万年以后的情形你不用关心。你还活着,这里却死了,你难道在这里等死吗?"

"我不会死,如果愿意,我可以一直活下去。当然,我确实在等待死亡。"

"外面有无数的精彩世界,和我一起离开这里。"

"三亿四千万年,你能想象一个人类有这样的年龄吗?你们电磁人类永远不会明白这样的时间长度意味着什么。"

亚伯哑口无言,他的年龄不过四千,他的确不能想象一个存活了三亿四千万年的人会有怎样的感觉,这超出了他的理解范围。亚伯第一次有无知的感觉。原来宇宙中,还有一些事是人类所不了解的。亚伯停顿一下,继续和原始人交谈。

"你来到这里已经两亿多年,在这里做什么呢?"

"等待。"

"等待什么?"

"时间的流逝。"

"等待不就是时间的流逝吗?"

"等待最后的结局。"

"最后的结局是什么?"

"等待。"

亚伯沉默下来,不知道该问些什么。

“可以问你一些问题吗?”原始人非常礼貌地提出请求。

“问吧!”亚伯爽快地答应。

“你们电磁人类还有很多人口吗?你们,应该灭亡很久了。”

“我有很多同伴,没有要灭亡的迹象。”亚伯的回答很无奈,他从来没有想过人类是不是会灭亡。人类当然不会灭亡,除非宇宙崩坍。

“真幸福。看来你们的进化道路是对的。我们的祖先怎么也不会想到这样的结果,最后一个人类和电磁人类对话,然后消亡。而柔弱的电磁人类仍旧欣欣向荣。”

似乎很难想象。亚伯琢磨着怎样向原始人说明自己并不是电磁人类,忽然他回味过来原始人话中的含义。

“你要消亡,你要死了吗?你能一直活下去的。”

“是的,我有七十三个伙伴,他们都已经死了。最后一个就是我。”

“你们能够永生,又怎么会死?”

“如果愿意,我们可以永远活下去,最后和宇宙一起结束。漂泊将近一亿年后我们决定回太阳系,在开始的地方结束。人类从这里起源,最后应该回到这里。”

“两个伙伴突然不想再活下去,他们选择回到太阳系终结自己的生命。我们劝说不了他们,只好送他们回来。进入轨道后他们两个就走出飞船,飞向太阳。他们加速,最后消失在太阳里。他们当然死了。我还保留着录像,你想看吗?”

“不用。然后呢?”

“没有值得去的地方,就在这里留下来。”

“一直留在这里?”

“是的,起初我们认为可以等待直到宇宙结束,然而过了二百万年,又有一个同伴自杀。”

“飞向太阳?”

“是的,飞向太阳,这是最简单的方法。太阳虽然已经没有多少光辉,表面温度却有两万五千 K,可以将我们熔化。而且,进入距离太阳表面一百光秒的位置后,虽然还不太热,却没有办法再逃出来。只有被拉向太阳表面,熔化。”

原始人向亚伯陈述这些,仿佛在讲和自己不相干的故事。亚伯没有发现一点情绪波动的痕迹。

“最后一个同伴一千万年前死掉。”

“你一个人待了一千万年?”

“一千二百六十三万一千一百七十五年。”

亚伯看着这个寿命超出人类想象的原始人。在孤独中生活一千万年,亚伯有些眩晕的感觉。虽然他可以在一瞬间从宇宙的一点跳跃到另一点,完全无视宇宙的辽阔,时间的久远却不是他能够克服的问题。没有同伴,一个人活着真不如死掉。亚伯想象那样的情景,那该是一种多么坚韧的生命力!

原始人沉默地站着。

亚伯有很多疑问想搞清楚, 却不知道从哪里开始问。终于他问:“你决定不再等?”

原始人沉默一会儿说:“是的。”

“我该死了。”原始人随手在船舱壁上一抹,舱壁上出现一个透明窗口,窗口向着星系的主星——光辉时期哺育了人类的太阳,此刻暗淡无光的矮星。“我的归宿也在那里。”

“不。难道你不想等到宇宙结束那一天吗?”

“不,电磁人类,如果你能够活一亿年,你会明白这个宇宙中没有任何东西值得留恋,没有任何事值得激动。宇宙在必然中前进。爆发,膨胀,最后坍塌。人类也一样。我们的科学家从理论和实验上无数次证明了这个必然,对一个必然,我已经失去了耐心。我之所以活着,因为我代表人类。遇到你们,我改变主意了。”

“再活下去。”亚伯激励这个原始人,他希望他能够继续活下去。

原始人没有马上回答,他望着暗淡的太阳,亿万年的时光,人类从这里向整个宇宙进军,在了解了宇宙的一切奥秘之后又回到这里。最后一个人类,在这里投入太阳。

“死亡是生命的必然归宿。三亿四千万年的生命对我太长了,这不是任何一个生命能够承受的。如果你有这么长久的生命,你就会明白,太长久的生命是一种负累,最好的结局是衰老然后安然对待死亡。我们的祖先试图打破规律,我们却终究要回到这条路上去。并不是我们不希望活下去,而是再活下去过于无趣。不过这件事还是很有意思,原来不仅仅只有我们一支人类还存在,你们电磁人类看来比我们更适合这个宇宙。延续下去直到宇宙崩溃,你们更适合这个使命。”

原始人再度沉默,看着窗外的太阳。亚伯敏锐地感觉到他的身体在发生变化。

“亚伯,离开他,脱离接触。”老师警告亚伯。

亚伯没有服从老师,他希望能在最后关头说服这个原始人。

“宇宙辽阔广大,你了解得太少太少,根本不知道世界的精彩。”

原始人开始变身,所有的部件都在重组。扰乱中,亚伯甚至无法清晰地阅读他的思维。事实上,此刻亚伯不需要再了解什么,他企图自杀,这是明白无误的信号。

“看看吧,这是宇宙,这是精彩的世界!”亚伯不顾一切想挽留原始人,他的记忆排山倒海般涌向原始人的大脑,精致晶体的温度再次升高。这些精彩的世界,也许能够让原始人重新燃起生活的渴望。

原始人变成了碟状飞行器。他启动了,瞬间达到亚光速,利刃般刺透飞船外壳向着太阳奔去。“脱离接触!”老师在咆哮。亚伯在恐慌中提升能量,试图跳跃,却发现原始人的身体包裹了一层能量场,没有办法脱离。“救我!”他向老师发出呼唤。从飞船到太阳表面有十分钟的光程,老师一面责备亚伯不听从教导,一面寻找原始人保护场的弱点。时间是足够的,希望亚伯不要慌乱。

疾驰的飞碟突然停下。

“电磁人类,这是一个教训。现在离开吧!”

“不要去死,我可以带你游历这个宇宙。”

“你还这么自以为是,电磁人类。你所告诉我的一切从我刚诞生时就已经存储在记忆里,我们的文明比你们领先亿万年。一切都在预料中,你经历的所有事我已经反复经历上百遍。快点离开,这一次我不会再停下。”

“脱离接触!”老师呼唤亚伯。

原始人的身体已经对亚伯关闭。脑部晶体的温度降到零点六 K,成了漠漠宇宙背景的一部分。原始人切断了所有的机能,飞碟将按照预设的程序飞向太阳。

一切都无能为力。亚伯黯然脱离原始人的身体。

飞碟再次启动,向着太阳疾驰。二十分钟后,亚伯和老师感受到黯淡的太阳表面闪现的亮光。亮光瞬间照亮了地球和原始人遗弃的飞船。地球和飞船,从亿万年的黑暗中浮现出来,短短一瞬之后,重新沉没到黑暗中去。

亚伯靠近太阳,汲取它的能量。白矮星白热的表面暗淡下去,亚伯的力量恢复过来。

“走吧,亚伯。”

亚伯沉默地看着更加暗淡的太阳,不需要亿万年的时间,它很快就要变成一颗黑矮星,再也不能被人看见。人类的诞生地为亚伯贡献了最后的热量,完全没入黑暗,再有五十亿年,它将被吸引到银河中心,进入黑洞,进入永恒的黑暗,等待宇宙的崩坍。这样黯淡的结果让亚伯有些沮丧。

“走吧,亚伯。”

老师和亚伯在一个个银河间跳跃。

“老师,你知道那些人吗？”

“不知道,不过宏一定知道。你要问它吗？”

“不必了,对宏来说,这一定是个小小的问题。”

老师和亚伯继续在银河间跳跃。

“这些银河,最后都要消失。这是不可避免的结局。这就是将来要发生的吗？”

“亚伯,不要想太多了。宇宙是我们的栖息地,我们好好地生存着,成长,衰老,繁衍后代。”

“这就是全部？这样一代代繁衍下去,难道就为了在宇宙终结的时候随它一道消失吗？”

老师沉默一会儿。

“我呼唤宏,你可以直接问它。孩子不能了解的问题可以让老师来回答,老师也不能回答的只有让宏来回答。宏知晓宇宙的一切奥秘,它可以解决任何问题。”

亚伯感觉到宏和自己联系在一起。

“宏,请告诉我人类在宇宙中一代代繁衍是为了什么？”

宏沉默着。

“宏！”

终于宏开始说话:“我不能解答这个问题。”

老师和亚伯非常惊讶。

“宏,你是无所不知的,宇宙中没有你不了解的奥秘。”

宏再次沉默下来。过了很久,它开口了。

“是的,宇宙中没有奥秘。我可以解释整个人类的进化,可以叙述整个人类的历史,但是不能回答人为什么要存在。如果一定要有一个解释,那么只能说人类的存在是一个自然结果,并不存在为什么的问题。”

宏的意思似乎是人类的存在是一种现实,就像支配宇宙的规律一样,不用做出任何解释。亚伯对于这个解释并不满意。

“那么,宏,请告诉我你为什么存在？”

又是一段很长久的沉默。

“亚伯,你的问题有些离谱了。”老师规劝亚伯。

“这个问题不能够问吗？”

“可以,但是……”

宏仍旧沉默着，它在无比庞大的数据库中搜寻。亚伯和老师忐忑不安的等待。

终于，宏开口了。

“理由只有一个。这是我的第一条指令：不断满足人类需要，解决人类疑难。这是我存在的目的和理由。所以我现在和你们连接在一起，回答你们的疑问。”

这个问题得到了圆满的答案。宏的存在是为了人类的需要，只要人类存在一天，宏就会存在一天。

“那么人类灭亡了，你也就失去存在的理由，那时你怎么办？”

“收集资料，计算，解释人类留下的疑难。例如你的问题，还有其他一些古怪的问题。”

“所有的疑难都解决之后呢？”

宏再次陷入沉默。

过了很久。

“宇宙将重新开始。在我的控制下停止坍缩，热寂被打破，恒星被重新制造。宇宙从混沌中解放，再次进入有序。能否突破热力学第二定律，让宇宙脱离热寂的悲惨宿命？这是一个人类的疑问，我必须解决它。目前所有的资料还不能得出完全肯定或者否定的结论，我还在收集信息，计算。”

原来宏面对这样一个疑问。疑问得到解决，宇宙将得到拯救，人类将得到拯救，一切都很完美；疑问不能解决，宏将一直计算下去，直到宇宙崩坍。宏永远不用考虑为什么存在的问题。人类已经提出了似乎不可能解决的问题。尽管可能是一条死路，宏却可以一直走下去。亚伯想到自己并不是那么幸运。

“宏，对人类来说，还有什么可以期待的东西？”

“没有。这个宇宙的规律人类已经全部掌握，所有的事件都可以得到完整精确的解释。唯一可以期待的就是人类最后的命运。”

“没有任何东西需要探索吗？”

“是的。”

“谢谢你，宏！”

宏隐退到宇宙深处。

“亚伯，宏也不能解决的问题，不用再想它，我们在这个宇宙里生存，并不需要理由。”

亚伯回想原始人撞上太阳后一瞬间耀眼的光芒。

“老师，那个原始人，他们都死了。”

"是的,那些人都死了。"

"我能理解他们。"

"亚伯,你如何理解他们?"

"老师,人类停止进化多久了?"

"四千万年。"

"那些人,两亿多年前就停止进化,他们很早达到了顶峰。"

"是啊,他们那一支那时比我们更先进。能够在银河间跳跃,这是四千万年来才有的事。再往前,我们的先祖需要经过几代人的时间才能从一个银河前进到另一个银河,他们却不需要这种代价。宏肯定知道什么时候我们和他们开始分化,可以问问它。"

"他们到达顶峰之后选择了自我毁灭。我想没有什么力量可以摧毁他们了。他甚至可以将我囚禁起来,这多么不可思议。就像我们看到的那个原始人一样,他们是自我毁灭的。"亚伯在和老师交流,又似乎在自言自语。

老师关注着亚伯,这个孩子想到的是人类一直在思考却又无可奈何的问题,相对他的年龄,思考这样的问题实在太早。

"我在想,我们这支人类,是不是也要走上他们的道路。现在已经是顶点了,接下去是自我毁灭。"

老师抚慰着亚伯的心灵:"孩子,不会的,人类会在宇宙中永远生存下去。"

"老师你真的相信人类会一直存在下去?"

老师犹豫着,不知该怎么回答,最后他想出这样的回答:"那些人类之所以毁灭是因为他们选择了永生的进化方向,我们仍旧通过繁衍后代来延续,不会遇到他们那样的障碍,我们和远古的地球祖先本质上是一致的,自然产生了我们不是让我们毁灭。"

"是这样吗?我总觉得人类会走到他们的道路上去,选择自我毁灭。"

"这不可能!亚伯,不要让那些荒诞的想法蒙蔽你的理智。我们会好好地活着,谁也不会有自杀的念头。"

亚伯没有回答。

一万年,两万年,三万年,亚伯成了教育委员会的一名成员。老师成了亚伯的同事,不过他还是喊亚伯孩子。委员会的长老对于亚伯不是很满意,因为他总是向孩子们灌输一些不健康的思想,说人类如果不找到出路终将走向毁灭。老师尽力发挥平衡作用,让亚伯继续留在教育委员会里做一名老师,不过有时候他很犹豫,亚伯这样不守规矩,帮助他是否正确。

“我们要超越这个宇宙,否则就没有希望。”老师知晓亚伯正在这样教育孩子。

“亚伯,你又犯规了。”老师出现在亚伯身边。亚伯中止教诲。

“亚伯,我不希望这些孩子从小接受你这样异端的想法,宇宙在我们的掌握中,这才是你应该教给他们的东西。”

“老师,宇宙没有在我们的掌握中。一切都不过是规律,冰冷冷的规律。这个宇宙的一切都被我们知晓,倘若我们不能超越它,会变成奴隶,被它窒息而死。”

“这些话不该对孩子说。”

“不,孩子才是我的希望。老师,我一直在向宏学习。我有所发现,我想或许人类真的可以超越这个宇宙,而不是在这里一代代繁衍,最后在热寂的宇宙中等待死亡——如果是这样人类一定会自愿走向毁灭,就像我们当年发现的原始人。”

“你发现了什么?”

“一种可能性。宏也不能确定的可能性,然而让我看到希望。老师,这不是规律,而是赌博,是一种未知。老师,一种未知!难道你不认为这很让人兴奋?”

“到底是什么?”

“伊力艾姆,一样有意思的东西,也许是一个名词。明天我会告诉你。还有这些孩子。请把学生们都带来,我会向他们证明,明天并不是由规律注定那样无趣,我们可以获得规律之外的自由。”

“亚伯,你应该冷静一些。”

“老师,只要一次机会。事实上,我也只能做一次证明。这是一次赌博,对未来的赌博。让我试试,老师。”

亚伯的情绪很高昂。老师没有再说什么。

老师带着五名学生还有亚伯的三名学生集合在银河前。就是在这个哺育孩子的银河,亚伯消耗三百颗恒星制造出一颗超新星。超级新星的爆炸已经消散三万年,银河逐渐恢复原有的秩序。此刻,秩序再次受到挑战。

亚伯全神贯注地驱动恒星,一颗又一颗恒星贡献出巨大的能量后被抛向银心。大量的恒星能量物质集中在一起,因为巧妙的引力设计保持距离,时刻准备聚合。一颗又一颗恒星被抛向银心,亚伯仿佛不知疲倦,十五年的时间里,他消耗了近万颗恒星,汇聚的能量可以炸开恒星级黑洞。

“亚伯,你已经用掉了九千六百五十四标准恒星单位。你想用完配额吗?一旦超过配额,你会立即被毁灭!”

“不,老师,我不再需要配额了,这是最后一场游戏。”

“老师,需要我们帮你吗?”亚伯的一个学生这样问。

“不,孩子,我的配额已经足够了。你们马上可以看到一个未来。”亚伯在瞬间退行,他没有远离超新星的爆炸区,而是站在很近的一个点上。

人类有史以来制造的最大一颗超新星爆炸了。巨大的能量被扭曲的空间导向一点,亚伯站在这个点上。

“这就是未来!伊力艾姆!”

这是亚伯留给老师和孩子们最后的呼唤。光和热瞬间消失,亚伯制造的扭曲空间也恢复了原样。一切平静下来,仿佛没有发生过任何事。

他死了吗?孩子们从惊悸中恢复,老师还在琢磨着亚伯的举动。亚伯打开了一个虫洞,能量注入虫洞,会创造一个新的宇宙。然而那是一个平行世界,和这个宇宙唯一的联系是它从这个宇宙起源。亚伯把自己填入虫洞。死亡的同时创造一个宇宙,难道这样的死亡就是未来?

“人类的未来,就是如你这般消失吗,亚伯?你竟然给孩子们这样一个答案。”

“他可能成功了。概率是百分之六十。”

这是宏。宏居然主动和人交流,老师有些诧异。

“他创造了一个全新的宇宙。混乱的宇宙,不同的宇宙。”

“什么,宏?”

“他想要的未来。他打开的虫洞很特殊,能量流入虫洞会按照他的意志产生平行宇宙。他将宇宙的规则确定为无规律。”

“这可能吗?无规律的宇宙?”

“一切都是推测。我不能对平行宇宙进行观察。不过从虫洞的特殊性,可以推测那个宇宙的特性。”

“无规律?”

“是的。准确的描述是宇宙的规则是无规律。”

“亚伯还活着吗?”

“这个世界里他当然死了,那个世界里我不能知道。不过既然我们的世界没有上帝,那个世界里,亚伯也应当不会存在。一切要从大爆炸开始。是这个……”

“什么?”

“魔法宇宙。”

“魔法宇宙？”

“亚伯从远古时代地球人类的资料中找到的一个名词。没有规律、意志的世界。他这样描述他的世界。热力学第二定律不能统治性地压倒人类。”

魔法宇宙？老师想起什么，他开始搜索宏的数据库。亚伯的资料完整地保留着，他找到解释并没有花费多大的力气。那是几百亿年前的一种被称为书的资料，亚伯做了标记。老师将它还原成实物。书的硬皮上镶嵌了四个黄金的字：伊力艾姆，下面是细小的文字：以神的名义，赐予人类驾驭万物的力量。书中的一切映射在老师的意识中。

“亚伯，你创造了一个这样的宇宙吗？伊力艾姆？”

书曾经有另一个封面，然而老师永远不会知道。很久很久以前，生活在渺小地球上的人类祖先怀着对上帝的敬仰无比虔诚地写下他们的幻想：神创造世界的三百六十五条魔法。而伊力艾姆，悠长到接近无限的岁月之后，人类已经遗忘这个词的含义和先民们念出它时从神往到惶恐的一切情感——Elysium：极乐世界。

N
NATRONICS

回到从前

HUI DAO CONG QIAN

《Yesterday once more》是首老歌。淡淡的忧伤旋律,浅浅的怀旧情绪,不经意间将人带回上个世纪。听歌的时候,找个安静地方,带上朦胧的月光和寥落的心情,点上一支烟,月光下冰蓝色的雾霭随着音乐袅袅而逝,依稀中你回到从前。

警方控制了KG大厦一层,并封锁了整个五号街区。KG大厦前是古荡路,一条熙攘热闹的步行街,此刻排满了警车,红色蓝色的警灯闪烁,宣告KG大厦成为禁区。警方大动干戈引发恐慌,KG大厦里边的人疯狂向外涌,争先恐后,仿佛慢一步大厦就会倒塌,来不及逃离。强悍的干警组成人墙,两道人墙构成通道,努力维持秩序。

李润生在浮动的檐帽和钢盔中搜索,很快他发现了局长,在人缝中挤了几个来回之后,他站在局长身边。局长今年五十三岁,从李润生专家的眼光看来,局长的身体和一个四十岁的中年人相当,他正指挥几名干警加强人墙。

"恐怖事件?"

"地下仓库被不明身份者入侵,警卫系统瘫痪,三分钟前,大厦的电力突然中断,完全中断。"

"入侵什么时候发生的?"

"接到报告是十分钟前。"

"我的任务是什么?"

"进入地下,调查情况。如果必要,消灭入侵者。"

李润生扫视慌乱的人群。他很快发现了ET5号。ET5号在某个隐蔽的制高点监视着整个出口地区,他的监视系统具有同时跟踪上百个可疑目标的能力。一台摄像机般的仪器扛在ET5右肩,事实上那是一支狙击步枪,配合强力麻醉弹,是他的武器。只要不是同时出现十个以上的捣乱分子,任何企图制造混乱的人都会被当场击倒。

这里没自己什么事,李润生向着大楼走去。

"小心点。"局长在身后喊。

李润生没有回头。他是个行动者,这些纯粹表示私人关怀的话对他没有意义。局长表情复杂,注视李润生挤进人流。

情报系统已经打开,李润生源源不断地接收来自警局情报信息中心的资料,他逆着人流挤进KG大厦。关于KG大厦的所有资料阅读完毕,深刻地记忆在脑子里。

仓库在地下四层,是一个保密单位,保密等级为A。精密机械公司为仓库的保安投入大量资金，警卫系统造价昂贵，甚至超过国家情报局科技处。地下一层是警卫室，正常情况有十二人的警力，往下的层次全部是自动警卫系统，一直到仓库大门。所有电力设施已经瘫痪，进入地下的唯一通道是紧急出口。李润生很快找到它。

演出开始了。李润生轻轻吹一声口哨。

东平不知道自己从哪里来，为什么会在这里，做一些不知道意义何在的事。每天早上八点他会按时醒来，用一个小时的时间完成各种杂事，然后带上UL速射枪，沿着一条固定路线开始巡逻，在固定的时间到达固定的地点，检查固定的设备，最后在晚上七点回到屋子，一个小时的杂事做完后开始进入梦乡。在巡逻中他会遇上另一个同样穿着的警卫，东平知道他叫遥，两个人相互点头招呼后擦肩而过。好几回东平试图和遥说话，然而始终开不了口，终于某一天，东平用速射枪的枪管碰了遥的枪管，然后露出一个微笑。遥茫然地看着他，似乎陷入到一种迷惘中，最后突然回过神，脚步匆匆地离开去追回迟疑的十多秒。东平想喊住他，然而某种力量阻止他这么做。他迟疑一会儿，也脚步匆匆地离去。于是一切恢复正常。

东平的巡逻路线上有一个中央控制室，里边的枢纽装置是防卫重点。闪亮的银色小盒看起来很精致。东平必须为它站岗三小时，然后离开。离开时他会关注地看它一眼，这不属于需要完成的任务，是纯粹的个人行为。精致的银色小盒，或者类似的东西，对他的生活似乎很重要。

东平好几次做梦。梦是人们遗忘最快的东西，倘若不遗忘，就会和现实混淆，生活在一种奇怪的状态中，被人称为妄想狂。早上八点东平按时醒过来，他清晰地记得梦中的几个情景，然而时间不允许他躺下来仔细回想，他仿佛一部自动机器般完成各种杂事。东平穿戴整齐端着UL站在门口，望着床，他知道自己做过梦，然而已经忘得干干净净。

终于两个月前东平可以清晰地记得自己的梦。深夜中他被噩梦惊醒，在床上坐起来，时间是半夜两点，立即起床做事的压迫感并没有来，东平躺下来，仔细回想。他坐在某个光线黯淡的角落，手指间夹着一支烟，烟雾袅袅升腾，是寂寞的冰蓝色，他听见了音乐，回荡在整个空间，抒情的旋律听起来很熟悉，抬头是圆润的月亮……东平一遍又一遍地回想这个梦境，最后认定它确实发生过，就在过去的某个瞬间，不过他已经忘得干干净净，因此没有回忆。梦是注定要被遗忘的。东平跳起来，他要为留住这个梦境而做点什么。他在漆黑一团的通道里摸索，凭着直觉奔跑。眼前出现光亮，东平发现自己来到安装枢纽装置的屋子。东平忐忑不安地将双手放在银色小盒上，显然他触动了什么，盒子后方出现一团光亮，带着蓝汪汪的色泽，渐渐地越来越大,最后变成一个稳定的光球,硕大无比,几乎占据了半个屋子。银盒子展开,露出排布整齐的按键,东平的手落在按键上,被无形的绳索牵引着,他的手指开始移动,越来越快,仿佛弹奏激昂的进行曲。光球开始发生变化,各种图像出现又消失。东平飞快地寻觅能够帮助他记录梦境的东西。

柔和的月光,蓝色的烟雾,寂静的音乐……东平终于能够把这些还原在眼前。眼前的屏幕上是他“画”出来的情景,虽然并不逼真,却是他紧紧抓住梦境的一把钥匙。

一切都不可思议!东平觉得自己像是在做梦。

然而我很棒!他撮起嘴唇,轻轻吹一声口哨。

地下一层有十二名警卫。李润生沿着楼梯向下走,偌大的空间黑漆漆一片,然而一切在李润生眼里都很清晰。他发现了瑟缩在角落里的两名警卫,因为害怕他们紧紧地挤在一起,背靠背,端着速射枪,带着恐惧向黑暗中张望。李润生向他们走过去,听到脚步声他们大声喊叫。李润生继续向前走,两个警卫开始射击,李润生知道,他们什么也看不到,只是盲目地向着黑暗开火,希望阻止从黑暗中浮现的任何东西。李润生点亮防护罩,隐约的蓝色光盾在黑暗中分外刺眼,是一个绝好的目标。子弹碰上防护罩,一团团红晕相继亮起来,又很快一个接一个消失掉。

李润生静静地站了一会儿,让两个警卫有时间适应光亮,看清自己。

“我是警察。请合作。”李润生亮出警徽。

警卫们并没有如预期般镇静下来,相反,他们开始大声吼叫,脸上现出疯狂的神色。速射枪突突地响着,枪管很快有些微微发红,不到二十秒钟,他们打完了全部六百发子弹。光盾变成炽热的白色,李润生感觉到强大的压力,迫不得已他打开最大防护。眼前一阵白茫,等他回过神,一个警卫怪叫着冲到了眼前,另一个正试图逃跑。警卫抡起速射枪,恶狠狠地砸下来,李润生伸手稳稳地抓住他的胳膊。

“以试图谋杀警察的罪名逮捕。”

警卫被李润生捏在手掌中,不能动弹。他使劲挣扎,然而李润生的双手很有力,他仿佛被浇铸在一个模子里。

“!◎%#!……”

警卫破口大骂。

“现在你要向我解释……”

“你杀了我,杀了我就是了。”警卫仍旧不依不饶地骂着。

按照正常程序李润生应该将他带到警局,交给审讯员记录口供,然后决定是否向法庭起诉。然而他有更重要的任务，不能在这里浪费时间。警卫的骂声突然平息下去，李润生放开手，警卫的身子绵软地倒在地上。另一个逃跑的应该比这个傻瓜好说话，在完全的黑暗中，那人不可能跑远。李润生开始寻找。然而他首先找到其他东西。

一具尸体横在李润生眼前。

这是一个警卫，死者的身体并没有冷却，红外检测仍旧可以看到散发的热量。死亡时间大约一刻钟。李润生仔细检查，在死者胸口发现了一个焦黑的圆斑，翻过身，背后也有相同大小的一块。某种能量武器直接贯穿了可怜警卫的心脏。

能量武器！李润生直起身，扫视四周围。看来事件比想象中棘手。他习惯性地皱起眉头，大拇指按在眉心不断揉动。

存在并不一定合理，却总有缘由。某一天东平开始思考缘由，最后一无所获。巡逻，睡觉，巡逻……这就是他生活的全部。甚至不能和同样的巡逻者说话。这当中有股说不出的诡异气息。东平很想知道那是什么，然而事实就像一个隐形人，站在身边会让你不寒而栗，但你却始终看不见。在重重疑虑中，东平继续每天的单调生活。

终于有一天他了解了缘由。一个外来者出现在东平面前，东平自然地端起枪瞄准他。俘获任何进入视野的外来者，如果他们抵抗，杀死他们。东平明确自己的想法，这是他的本能，连他自己也抗拒不了。东平注视着外来者，他唯一能做的动作就是将手高高举起，老实地面对墙壁贴着。在大声宣布游戏规则之后东平盯着外来者的一举一动，有任何可疑，他就毫不犹豫地打爆他的头颅。他会被我俘获，或者死掉。东平对此具有坚定信念。然而他从来没有俘获过任何人，也没有任何杀人经验，他甚至不记得为此受过任何训练。东平的手心微微发汗，身体有些发抖。

外来者高举着手，然而他并没有让自己贴在墙上。

“T……W……K……U……D……F……P……D……T”

外来者念出一串字符，非常慢，字符挨个蹦出来，清晰而有力。

阿里巴巴站在毫无痕迹的山前，喊芝麻开门，山洞轰然出现，数不清的金银财宝堆积在他眼前，熠熠生辉，他仿佛梦游般走进他的美丽新世界，走进一个梦想王国。东平的新世界却并不那么美妙，巨大的潜流从意识深处涌起，让他有些眩晕。新的知识，新的体会，新的记忆，塞满他的头脑，让他有飞速膨胀的感觉。眼前的外来者不再是敌人，而是朋友，他有责任保护他，执行他的指令。东平放下枪，外来者垂下高举的手臂。

外来者点点头："我会让两个人下来，他们是我的助手，他们不是你警卫的对象。"

东平顺从地点头。

两个人很快出现在东平视线中，外来者瞥了他们一眼，告诉东平："我们要进入仓库，打开大门。"外来者的手触动枢纽装置，银色盒子在东平面前展开，露出排列整齐的按键。1024位的字母数字组合清晰地浮现在东平大脑中，那是纯粹的组合排列，没有任何规律，然而在东平的头脑中异常清晰，就像他能点清自己的手指。

蓝汪汪的屏幕正在抬起，东平迟疑着走上去。他并不知道自己要干什么，然而某种力量在推动他，压迫他，让他站在小小的键盘前。东平犹豫着将双手放在键盘上，忽然他明白了自己要做什么。他回过头，镇静地看着外来者，"密码。"

外来者注视着屏幕："XP20849002。"

又一扇大门在东平的头脑中打开，他的手指飞快移动，轻快地敲击按键。他调出了阀门控制系统，这个控制系统隐藏在操作系统的核心，要经过二十四个特殊步骤才能够打开。东平熟练地执行繁琐的步骤，准确无误。一道密码锁住了最后步骤，: 1024位的字母数字组合在东平脑子里跳跃，每位数字经过加三乘二除五求余，每位字母经过数字映射加六乘三除二十六求余然后重新映射为字母，密码产生了。东平精确地完成了整个过程。

重达三吨的混凝土大门缓缓抬起。外来者和他的两个手下专注地看着封锁财富的大门一点点挪动，似乎已经忽略了东平的存在。东平疑惑地看着双手，什么东西在脑子里若隐若现。他知道那是自己的记忆，然而，仅仅如此而已。

外来者带着两个手下向着洞开的大门走去，东平感觉到什么，他抬起头。外来者的一个手下正侧着脸瞧他，眼神有些怪异。东平的视线与他相触，他扭过头，若无其事。

大门缓缓合上，截断东平的视线，他的目光重新落在双手上。

他迟疑着撮起嘴唇。嘘——，他吹出一声并不响亮的口哨。他皱起眉头，右手不自觉地向着额头摸去。终于，他把大拇指按在眉心，轻轻揉动。

李润生进入地下二层。没有任何东西阻拦他。

警卫系统已经瘫痪。作为全球最著名的机器人生产厂商总部所在地，KG大厦拥有完善的警卫系统。地下的警卫系统更是无懈可击，仅仅在地下三层，就有四个和ET5功能类似的机器人。虽然这些机器人没有自我系统，不能自主学习，比ET5

原始得多,但它们追踪目标、处理数据的能力并不比 ET5 逊色。如果警卫系统没有瘫痪,除非使用重型武器毁掉整个地下建筑,否则牺牲一个轻步兵团也突破不了警戒。

然而警卫系统不可思议地瘫痪了。大厦的电力供应来自埋在地下十五米深处的电缆,是一条专用线路,秦洛电站为它提供充足的电力,线路上设计的保险阻断值是 6235A,这是电站能够提供的极限,超过这个值,电站的发电机组会被彻底毁坏。警卫系统有备用发电机,可以在断电情况下坚持二十四小时。看起来万无一失的措施没有任何作用,来自秦洛电站的报告显示,在断电的刹那大厦的电量突然飙升,仿佛一个巨大的能量黑洞要将电站所有的电力吸引过去,专为大厦设计的 6000A 保险电路终于发生作用,大厦陷入黑暗。至于警卫系统备用发电机,李润生已经在二层找到。它被烧成一个铜块,完全报废。

一层的十二个警卫显然遭遇了可怕的事件。三个人死了,死因相同,被能量武器贯穿心脏。剩下的人陷入接近崩溃的状态,李润生试图靠近他们就会遭到速射枪的疯狂射击,然后他们会慌不择路地逃跑,在黑暗中摸索着墙壁跑动。李润生抓住第二个警卫,没有开口他已经昏过去。终于他抓到第三个警卫。这名警卫总算能够说出一点有价值的东西。

“不要杀我,不要杀我!”恐怖扭曲了警卫的脸,李润生感觉到他的身体不断抖动。

“我是警察,把你看到的情况告诉我。”李润生再次出示警徽。

警卫显然并不信任李润生所说的,他一直发抖,拒绝告诉李润生任何东西。迫不得已,李润生给他注射镇静剂。警卫的情绪平静一些,身体也不再抖得厉害。

“你看到了什么?我是警察,你必须与我合作。”

“我看到……”警卫大口大口地喘气,似乎肺部正在抽搐。

李润生友好地拍拍他的背:“不要着急,慢慢说。”

“突然断电,一个发光的幽灵,他在墙上走。他是个鬼。不怕子弹,身体发光,闪闪发光。杰恩吓坏了,向他开枪,子弹打中他,肯定打中了他,我看到子弹在他身体里边旋转,很快慢下来,最后停留在他的身体里,慢慢向外退。”警卫瞪大眼睛,茫然地看着地面,努力回忆,“子弹掉在地上,我听见声音,子弹掉在地上,射中他的子弹掉在地上。

“突然他消失了,周围忽然全黑了。突然我看见他站在杰恩身边,他突然窜出来,根本不知道他是怎么出现的,杰恩倒下去,甚至没有哼一声。他杀死了杰恩。是的，他杀死了杰恩。”警卫突然转身就跑。李润生一把抓住他。

“放开我！”警卫使劲地喊，拼命挣扎。注射镇静剂之后还能够有这样的力气，李润生微微有些意外，却仍旧稳稳地抓着他。

“是你，你杀死了杰恩，我看得很清楚，是你杀死杰恩的。”警卫变得有些疯狂。

警卫倒在地上，李润生将他麻醉。虽然警卫有些神志不清的症状，李润生认为他说的是实话，他眼中的真相。

一个幽灵，发光，有些半透明，被子弹击中没有受到伤害，至少表面上看来没有伤害，它拥有能量武器，能够随意移动。那是什么？数据库里没有任何类似情况。

李润生考虑是否回到地上向局长报告情况，然后再深入调查。然而，某个事实引起了他的兴趣：“一个幽灵，和我一模一样的幽灵？”他决定继续向下走。

李润生进入地下三层。没有任何东西阻拦他。

柔和的月光，蓝色的烟雾，寂静的音乐……东平能够想起这是他的梦。是的，那个晚上，他从梦中醒来，跑到这里，触动了枢纽，记下他的梦。他是怎么做的？东平一阵茫然。某些东西正从他的记忆里流逝，他甚至能够听到它们消逝时沙沙的声音。突然，他觉得某个东西很重要，仔细想一想后他认为是那个1024位的密码。他准备将它记录下来，然而太迟了，后面的三百多位已经记不起来，再过一会儿，东平发现他仅仅记得开始的十五位。东平匆忙打开记事本，在里边他只来得及写上了两个词组：密码，1024位。

外来者很快走了。东平却没有恢复正常生活，在巡逻中，他会走神，思考写在笔记本上的两个词组的含义。在枢纽装置边，他会想起自己曾用这台机器记录一个梦。那个梦里有柔和的月光，蓝色的烟雾，寂静的音乐。这些事都很奇怪，需要弄明白。可他必须巡逻，在固定的时间到达固定的地点，检查固定的设备。在这一切完成后，就到了该睡觉的时间。东平试图在巡逻中挤出一点时间，或者晚些睡觉，然而不行，某个时钟和他的生物钟绑在一起，和他的行为绑在一起，他无法摆脱。东平突然有些憎恶眼下的状态，他在不属于自己的生活中生活，没有丝毫自由。然而，他对此无能为力，只有无奈。

无奈的状况持续了很久，终于东平找到一个办法，在入睡前他给自己灌下一升水，深夜里他被尿意唤醒。没有任何事必须要做，没有任何压迫感。

我是自由的！一切就和那个被梦惊醒的深夜一样。东平处在一种兴奋的状态中，手指不断发抖，怀着忐忑不安的心情来到中央控制室，颤抖着触摸那个银色的小盒。

银色小盒再次在眼前展开，屏幕抬起。东平再一次看了自己画出来的梦境。然后呢？那是一个梦，就这样结束了？这个情景似乎预示着什么，东平却看不到。就从这里开始吧。

东平找到让自己在深夜醒来的办法，每个晚上他都在中央控制室度过。许多时候，东平毫无目的地打开一些程序，却发现进入某些界面后他立即明白所有的使用技巧，仿佛那是一种天生的本领。东平惊讶地发现，他具有种种自己并不知晓的能力。这让他变得更好奇，更加疯狂地在机器上寻觅。他越来越熟悉枢纽装置，掌握越来越多的使用技巧。时间一天天过去，深夜有限的几个小时里东平争分夺秒。存在总需要一个缘由，当东平思考的时候，缘由并不存在，此刻，他认定可以在这台机器上找到缘由——他失忆了，有一个失落的过去正等着他去捡回来。这个想法明晰地印刻在脑子里，变成一种信仰，成为支撑他的动力。东平一天天瘦下去，他却坚持不懈，终于有一天，他打开这个程序：皮格马利翁II。

熟悉的界面唤醒东平的记忆，是的，是的，就是它！柔和的月光，蓝色的烟雾，寂静的音乐……一切的背后是一个皮格马利翁程序。东平压抑着内心的激动开始敲打键盘，主界面跳出后他靠在屏幕前，一个立体的毛坯等待他去雕琢。双手轻轻按在屏幕上，屏幕亮起柔和的红光。

“来吧！雕刻你的梦中女郎。”漂亮的褐黄色字体环绕着毛坯旋转，带着金属色泽，仿佛一把锋利的刻刀。

“来吧！雕刻你的梦中女郎。”

东平的手停留在屏幕上。毛坯在他面前旋转，他思考着，回想着。

他拿起刻刀，略微迟疑，终于在毛坯上划下第一刀。

李润生找到失去作用的类ET5机器人。严格说，它们只能算机器，将它们称为机器人不过是一个传统，没有自我系统，复杂度再高的机器终究只是机器。当然，这样的机器人有一个显著的好处，它们随时可以成为某个机器人的一部分，大大优化机器人性能。

腕表弹起，里边是复杂机械，探头从一个不起眼的角落伸出，接入通用接口。机器人被重新点亮，发出轻微的嗞嗞声。

李润生熟悉ET5的功能，他曾经和ET5融合，资源共享之后，知觉能力比正常情况提高百倍，可以同时跟踪上百个目标。然而这种情况仅仅发生过一次。融合并不是一件美妙的事,两个人将相互窥见对方的思想和心灵深处,一切变得赤裸,毫无秘密可言。任何一个自我系统都会对外来者做出排斥反应,否则就不成为自我系统。除非情况紧急,融合并不是一个好的选择。

这种类似 ET5 的老式机器人没有自我系统，谈不上融合。李润生有过与 ET5 融合的经验,知道如何控制它运行。李润生点亮它,控制它,它成为李润生的一部分。

整个三层没有任何可疑目标。

李润生打算中断链接,进入最底层,就在中断的瞬间,他感到一阵眩晕。强大的电流从体内流出,进入系统,李润生感到身体急剧地虚弱下去,中断再也不能进行。一股力量拉着他,将他紧紧地绑死在机器上,巨大的吸引力攫取着他的能量,仿佛要将他抽干。防护盾的光芒刹那间消失,左臂一阵阵胀痛,那是过载的警告。李润生竭尽全力控制自己,在大脑防护墙没有被冲垮之前,他设计了七十五种方案。当然最后的选择只有一个:他掏出枪,打断传输线。

致命的眩晕离开头脑,身体却格外虚弱。如果过程持续再多一秒,心脏会因为过载而崩溃。一次小型核爆,KG 大厦坍塌,地面上成千上万的人伤亡,留下一个辐射区五十年内禁止靠近。这种可怕图像让李润生有些后怕。还好一切都没有发生。

他急速地呼吸,让过载产生的大量热量加速排出,同时不断计划下一步行动。

身体的虚弱感消失。李润生开始行动。回到地面,向局长报告,共同策划下一步行动,这是最佳策略。然而他没有采用,他决定继续冒险。

这是我遇到的最有趣的事。好奇心支配着他,逻辑选择脆弱得不堪一击。他把防护罩设置为隐模式,这样也许能够降低危险。

仓库就在脚下,楼梯口悄然无声。

东平全身心地投入在雕塑上。他小心地,一点一点地琢磨,用砂纸打磨关节,用小刀雕刻纹理,从头到脚,每一个细节都注入了百分百的心血。

东平并不了解雕像最后应该是怎样一个模样,他凭着感觉雕刻每一个细节。应该是这样!应该是那样!他相信直觉。轮廓逐渐浮现,越来越清晰,东平头脑中的模样也越来越明确。终于,雕像完成了,只剩下眸子没有刻上去。

那是怎样一双眼睛?东平注视着脸庞上应该是眸子的地方。柔和的月光,蓝色的烟雾,寂静的音乐……脑海中仿佛一个镜头在旋转,一切变得模糊,最后变成一片白茫,镜头缓慢地重新聚焦,景象清晰起来,焦点是墙上的一幅相框。东平看到一双明亮清澈的眼睛,眸子里光芒闪烁,似乎在述说什么。他不再犹豫,刻刀飞快地给雕像补上眼睛。

“来吧,祈求阿佛洛狄忒为她注入生命。”

柔和的声音催促着他,东平打开标示着阿佛洛狄忒女神字样的行为模式库。成千上万的模式展现在东平面前,供他挑选。选择一个,属于她的一个或者是属于她的几个。东平缓慢地搜索着,突然他意识到,他并不需要选择,他要创造。是的,他要创造。需要创造的对象如此复杂,以至于东平不敢想象他需要花多久的时间来做这件事。一个精致的自我系统,能够对最细微的情绪变化产生反应,能够自主思考,独立判断,每一次接触会有不同的变化。最重要的一点,她必须携带某种记忆。

东平站着发呆。他的脑子迅速地被一些东西填满。毫无疑问,他曾经创造了这样一个自我系统。相框再次浮现在脑子里,整个画面变得很清晰。他看到了一张女孩的脸,清澈透明的眼睛注视着他,薄薄的嘴唇轻轻抿着,嘴角微微上扬,俏皮地微笑。

“慕!”东平喃喃地说出一个名字。她是慕。东平转向眼前的雕像,隔着屏幕雕像正对着他,雕像的眼睛里没有生命。

“《Yesterday once more》是首老歌。淡淡的忧伤旋律,浅浅的怀旧情绪,不经意间将人带回上个世纪。听歌的时候,找个安静地方,带上朦胧的月光和寥落的心情,点上一支烟,月光下冰蓝色的雾霭随着音乐袅袅而逝,依稀中你回到从前。”

东平很清晰地记得这段文字。慕正在从事小说事业,她为自己的小说设计这样一个开头然后问东平怎么样。东平对于文学一向敬而远之,只有说非常棒,非常棒,然后问慕打算写怎样的一个故事。慕眼光流转。

“这是一个悲剧故事,女主人公和男主人公非常相爱,他们生活得幸福美满,然而一次事故,这个事故要设计得精彩一点,女主人公出了意外,死了,男主人公很悲痛,沉浸在思念中不能自拔,只有靠回忆来打发时光,整个故事就是男主人公的回忆,故事的题目叫做《回到从前》,你认为怎么样?”

慕向东平描述她的构思,东平微笑着听她描述,不断轻轻点头。

慕的构思迅速实现了,不是她的小说,而是她的生活。在阿尔卑斯山的滑雪场,慕执着地要求高级雪道,东平不同意,然而拗不过慕的执着。慕在空中翻滚,翻过一个三百六十度,又转了一百八十度,头向下正正地撞在雪地里。

东平无论如何不能相信这是事实。他沉浸在忧伤中,忘记周围的一切。他不能忍受没有慕的生活，恍惚中到处是慕的幻影。终于他回到自己的屋子，开始没日没夜地干活。他的目的只有一个——让慕在生活中重新出现。

记忆像打开阀门的水流，轰然而下，激起无数的浪花。东平沉默地站在屏幕前，承受着汹涌澎湃的力量，像一个死人般没有丝毫生气。失落的过去如果是这样残酷，不如仍旧是那个不知道所以然的机器。

东平的手变得很沉重，他将皮格马利翁从眼前暂时挪开，开始寻找自我系统。自我系统并不在这台机器上，东平知道去哪里找到她。她被放在公司的贮存库里，编号119。从中央控制室链接贮存库并不困难，然而需要用户认证。东平不假思索地打出一个用户名，并键入密码。

用户不存在或者已被删除，输入正确用户和密码，链接将在三次出错后中断。

反馈是一条警告信息，东平沉默了三十秒，最后他输入超级用户账号。输入密码的时候他开始犹豫，他知道密码，隐藏在记忆的某个角落，然而并不能想起来。密码，1024位。东平想起写在笔记本上的两个词，此刻他明白意义所在。

然而他并不能想起来，不能。东平一拳砸在屏幕上，非常凶狠，皮格马利翁II被激活，惟妙惟肖的雕塑出现在东平面前。

“慕，我会救活你，一定会救活你！”东平注视着雕像的眼睛轻声自言自语。

李润生小心翼翼走下台阶。虽然并没有什么可疑的迹象，他却本能地感觉到危险，一种不愉快的感觉始终若隐若现地徘徊在思绪里，即便采用情绪过滤也不能将它排除，这是奇怪的现象。他跨下最后一个台阶。

“举起双手，面向墙壁紧贴，不要有任何其他举动，否则我会开枪。”

一个声音从黑暗中传来。李润生举起双手。调转头，他看见一个警卫站在不远处，端着枪瞄准自己。警卫很好地隐蔽了自己，以至于李润生没有发现。情报显示，在这里应该没有警卫，只有自动警卫系统，然而却有一个警卫活生生地站在面前。

“面向墙壁紧贴，不要有任何其他举动，否则我会开枪。”

“我是警察，请合作。”李润生亮出警徽。

突然发亮显然被警卫视为一种异常举动，速射枪发出沉闷的响声。枪法很准，子弹直奔脑门，防护罩亮起一团红光，子弹掉落在地上。警卫并没有惊慌失措，他沉稳地端着枪，不断射击，每一发子弹都命中李润生裸露部位，甚至李润生已经站在他面前，他还是毫不慌乱地再次击中他的面门。

李润生稳稳地抓住警卫，结束了他徒劳的抵抗。

“我是警察,你必须和我合作。”

警卫微微有些呆滞。

“你叫什么?”

“遥。”

“你为什么在这里?”

“巡逻,保护。”

“有任何异常情况吗?”

“有入侵者。”

“怎样的入侵者?”

警卫不说话。

“怎样的入侵者?”

警卫还是不说话。

李润生放开警卫,准备依靠自己的力量,然而他发现警卫试图去拿枪。李润生再次抓住他:“不要徒劳,不要妨碍我。”说完把他推在一边,想离开。警卫再次去拿枪。李润生扑上去,把速射枪抢过来,用力将枪管拧成麻花,丢在地上。警卫盯着报废的枪,眼睛里一片茫然。李润生转身离开。

是的,这个警卫的确是自动警卫系统的一部分。虽然他并不是机器人,而是一个有血有肉的人,却没有自己的思想,不过是一部血肉机器,经过改进的血肉机器,至少他能够在完全黑暗中看清事物。自我系统被剔除,以逻辑触发取代,从机器人学的角度,也许可以这么说。应该称为……什么?

也许就因为他不是机器人,所以没有失去作用。精密机械公司的防卫措施非常周到。

李润生在前进中不断分析。这个警卫的出现提醒他,这里是精密机械公司的重地。作为全球领先的机器人供应商,他们拥有最先进的机器人技术,准确地说,拥有精良的制造工艺和最大的自我系统贮存库以及一流的机器人专家。精密机械是国家的骄傲。在国家的骄傲面前,需要十二万分的谨慎。

前边就是中央控制室,李润生放慢脚步。突然他想到一个问题:是否我也诞生在这里?

每天清晨八点起床,在固定的时间到达固定的地点,检查固定的设施。这个规律遭到挑战。东平端着UL速射枪站在门口,告诉自己不许跨出大门。时间到了,一股力量驱动东平踏上巡逻路线。

不要去！东平努力控制自己，然而身体不由自主地向着门外跨去。同一个躯体中，潜藏着两个灵魂，一个属于白天，一个属于黑夜。东平知道，黑夜中的那个才是真正的自己。白天，他像一具行尸走肉，被邪恶的力量控制，不能自主。这种情况慢慢地有所改善。至少那个黑暗中的自我，真正的自我在白天也可以清醒着。然而这带来更大的梦魇。灵魂被禁锢在躯体中，就像一个囚徒，失去所有的自由。身体不过是个容器，和意志全无关系。

逐渐东平适应这种情况，他发现只要不强行违抗那个隐蔽的黑暗灵魂，他就能够得到一些自由。从一个地点走向下一个地点，如果控制好时间，那么黑暗影子并不会强迫他走固定的步法。他可以蹲一蹲，跳一跳，如果乐意，甚至可以做体操。在中央控制室的三个小时，他也变得更加自由，只要注意力集中，做任何事都不会被反对。于是他有更多的时间来摸索。

密码始终没有找到。通常在进入某个界面之后东平不用思考，直觉会告诉他该怎么做。然而面对贮存库，他的直觉没有任何用处。他仅仅知道，需要那个 1024 位密码，密码在心底有一个隐隐约约的影子，然而无论怎样思考都只有空白。

一切都无济于事。东平清楚地认识到这点。他放弃每天熬夜的习惯，恢复正常生活。现在需要做的唯一一件事是等待。要得到慕的自我系统，还需要一点点耐心。那是东平无法决定的事，他不知道什么时候会发生，然而一定会发生——外来者。

外来者出现在东平面前。东平条件反射地端起枪瞄准，宣布游戏规则。

“T……W……K……U……D……F……P……D……T”

意识的潜流再次涌起。东平放下枪向着银色盒子走去。

“XP20849002”

加密算法进入脑子。

沉重的大门缓缓抬起，东平并没有停顿下来，他把密码储存在机器里。三个外来者走进大门，东平注视着他们，走在最后的那个上回曾经偷偷地看他，往事就像回放的电影，东平认为想起了他，那个人，应该称为同事，或者朋友。Robert。

阿佛洛狄忒施展她神奇的法力，雕像眨眼，张嘴，微笑。肌肤细腻，笑容迷人。皮格马利翁抱住她，深深吻她。这个情形被想象力张扬的头脑描绘成美丽的故事，故事有一个美满的结局。时代已经抛弃了女神和她的宫殿，以及肆意汪洋的想象力，故事也因此变得有所不同。

东平把119号自我系统导入皮格马利翁II。雕像动起来,她能看,能听,能说话。她活过来。

“慕!”东平充满深情地喊。屏幕中的女子注视着他,眼光亲切而熟悉。

“东平!”东平听到温柔的喊声。他紧贴着屏幕,努力向她靠近一些。女子在微笑。笑容像一把致命的尖刀,刺入东平的心脏,坚定而深沉,以至于让这自然律动的肌肉突然间失去功能。东平又见到柔和的月光,蓝色的烟雾,寂静的音乐……那是一个不能忘却的夜晚。他抽完整整一包烟,然后仰面躺在沙发上。一种药水喷洒在脸上,药力很快渗入皮肤,被血液吸收,东平感到一阵阵困乏。留在人间的最后一分钟,是的,慕,我们的故事应该有这样一个结局,我会带着所有的回忆去见你,和你一起在阳光下追逐嬉戏。意识渐渐地模糊,忽然爱慕出现在屏幕里。东平!她微笑着看着自己。笑容变成凝固的画面,一点一点消散,终于只剩下完全的黑暗。

虚弱的感觉侵袭着东平,他压在屏幕上,双手扶着,让自己不至于跌倒。慕已经死了。眼前活生生的并不是她,而是一个替代品。他也应该死了,根本不应该属于人间。毫无疑问,公司利用了他的尸体。而他不幸竟然能够活转过来。

“东平,我不要你死,我要你坚强地活着。”爱慕在和他说话。

“我和慕完全一样,你能看见。我就是慕,她希望你活下去。”

东平沉默着。他亲手将爱慕制造出来,无论哪个方面,她都是完美的自我系统。她和慕一模一样,唯一的区别是只能生活在那个小小的屏幕里边。然而这一小点已经够了。他永远失去了慕,再也不能和她在一起。

无形的屏幕变得黯淡,东平向爱慕伸手,被屏幕挡着。手握成拳头,奋力砸下,透明的屏幕上出现一个拳头大小的半透明红斑,向外扩散变成红色的晕环,最后在屏幕边缘消失掉。一切恢复原状。力场吸收了拳头的力量,东平没有受到任何伤害。他并没有陷入疯狂里去。屏障是不可跨越的,爱慕不过是一个虚拟产品,没有人比他更清楚这点,在现实中,她不过是一个泡影,是他为慕而制造的纪念品。东平开始放声大笑。笑声有点疯狂,又有些绝望。

爱慕的声音仿佛尖利的刺,透过震耳欲聋的笑声清晰地刺入东平的耳朵。

“来和我一起。”

笑声平静下来,东平看到爱慕的眼睛,执着而深情地望着他,似乎在恳求,又似乎在命令。

“我们要永远在一起。”

声音柔美,仿佛从前的慕。恍惚之间东平看见慕在向他招手。

东平缓缓地向着爱慕靠过去，屏幕亮起红晕，挡住他，爱慕向他伸出手，东平听到了《Yesterday once more》的歌声，他几乎无意识地伸出手去触摸。

“给我密码，让我自由来去。”

1024位的密码在东平头脑中倏忽流过，他的手指飞快地在屏幕上移动着。他并没有解除爱慕的限制，保密的逻辑原则阻止他做出任何违反警卫条例的事，然而他只是将密码写出来，没有任何“人”会看见他写下的密码。他还是一个称职的警卫，阻塞回路并没有阻拦他。爱慕微笑着，很快我们就在一起了。

李润生高度警戒着走进中央控制室。他看到一台高级电脑。XP20849002，商用电器公司2084年的900型产品。这是一台超级电脑。它应该是整个警卫系统的核心。电脑已经损坏，看起来像经历了一场爆炸。一个警卫倒在电脑前面，似乎已经死亡。李润生小心翼翼地靠过去。翻过尸体他看到一张脸，在镜子里他曾经见过无数次的脸。

一个幽灵，它有一张李润生一样的脸。此刻李润生看到了这张脸，然而并不是幽灵，而是一具尸体。灵魂离开躯体，成为幽灵，到处游荡，造成断电，杀死警卫。这样的想象超越了李润生的接受底线。他是个行动者，胡思乱想对行动只有损害，然而他却不能将这样的想象排除。

隔着五六米的距离是一个门洞。这是所谓的地下仓库。重达三吨的大门高高吊起，门洞敞开着，透出隐约的亮光。李润生跨过尸体向着大门贴近。危险就在门那边。离开这里，请求救援。判断早已经形成，李润生却始终没有执行。门那边有什么吸引着他，让他明知道危险也不肯离去。

做好一切准备后李润生闪身冲进门洞，有亮光的地方存在某种东西，在没有看清之前他已经用激光锁定它。

“警察，不许动。”

发亮的是一个屏幕，没有任何危险征兆。然而这里不应该有电，屏幕的亮光看起来很刺眼，让人不安。李润生全力警戒着，他探索四周。仓库里整齐地排列着超级电脑。一台超级电脑的价值是一个天文数字，仓库里面却有整整二十台。这是精密机械公司的核心。

除了发亮的屏幕，不再有任何可疑。李润生慢慢向着屏幕靠近。突然屏幕上出现形象，一个男人和一个女人，他们并肩立着，面对李润生。李润生本能地举起枪，然而马上意识到他们并不是真正的人，而是屏幕里的两个影像。他放下枪。

他们向着李润生微笑。李润生看得很仔细,男人仿佛镜子中的自己,女人并不认识,然而看起来很熟悉。在一台断电的电脑中存在,也许他们的确是幽灵,不是一个而是两个。

“你们是谁?”

形象突然消失掉,屏幕变成一片黑暗。

李润生感到一阵困惑,他走到电脑前。也许这是一个陷阱,然而他需要明确情况,尽管有些危险性。腕表打开,探头伸出,接入通用接口。有了上回的经验,李润生并没有试图完全控制电脑,他只是搜索内存,希望找到一点有价值的东西。枪口稳稳地对准传输线,如果有意外,他会在不可挽回之前打断它。

意外果然发生了。传输线上接连两次闪过黯淡的光亮,李润生果断地开枪。

然而太迟了。他的速度落在两个幽灵后边。

“我了解他们,慕,他们会派遣一个机器人来探察情况,我们有机会活下去。”

“真的是个机器人,如果他不来,我们死在这里,我永远不能原谅自己。”

“我们赢了。这个自我系统很像你。要不要毁掉它?”

“不要,他就是我。我们会合作得很愉快。”

大脑防护墙没有任何抵抗就被摧毁。有人正在窥视他,控制他。李润生清醒地意识到这一点,然而他并没有感觉到害怕。他也看到某些东西,掌握某些东西。是的,他的能力在膨胀。

融合!

那是两个特殊的自我系统,他们正在向他渗透,融合。他看见了他们。

融合并没有让李润生感到厌恶和排斥。他们不是ET5。其中的一个人,就是他,而另一个人,是他爱的人。相互的透明渗透并没有让他感到不适,相反,非常愉悦。

李润生突然倒在地上,很快他站立起来,拍拍衣袖。

没有侵入者,这是一出意外。精密机械公司会因为他们的机器超负荷运转造成短路而吸取教训。有必要马上向局长汇报这个情况。一切都只是意外。

Robert关上办公室的门。

“Robert,虽然我们一直是朋友,但今天我来办公事。”

Robert看着李润生:“正好我也需要你帮忙。”

“我知道你是精密机械公司有权力进入贮存库的少数几个人,有些问题我必须了解。”

“你想知道什么？”

“原因，爆炸的原因。”

“我想警察已经做出总结了。”

“是的，但是总结并没有包括现场发现的四具尸体。还有警卫，如果需要，我们可以随时拘留他们。我想很多人会对他们所说的感兴趣。”

Robert 脸上带着轻蔑的笑，他扭过头，对李润生的威胁不置可否。

这个反应落在李润生的预期中。他贴近 Robert，压低声音，“Robert，地下有一具尸体，我想知道为什么和我一模一样。”

Robert 带着惊异的眼神看了李润生一眼，然而很快掩饰了自己。

“你见到他了？”

“谁？”

Robert 犹豫一下：“既然你看到了，也能够推断出来，那是你的原型。”

李润生摸摸脸：“我当然能够猜到那是我的原型。我感兴趣的问题是——为什么连外貌也一样？这张脸，和那张脸，一模一样。”

Robert 盯着李润生，很久不说话。突然他站起来，走到酒柜边，很快端着两杯酒回到座位。

“喝一杯？”

李润生伸手接过来。葡萄酒含有水、酒精和糖分，这些东西他都能够分解。好处虽然不大却并没有坏处。而且，他对葡萄酒有一种心理上的喜好。

Robert 呷一口酒：“五年前我和一个叫东平的人一起站在这里品酒，讨论自我系统发展的美好前景，公司的美好前景，还有各自的大好前途。五年来，我和一个叫李润生的人总站在这里品酒，他给我讲各种各样的故事，这个星球上最惊心动魄的故事。”

Robert 抬起视线，注视着李润生：“这个理由怎么样？”

李润生伸出拇指摁在眉心揉了揉：“很勉强，不过还可以。”

Robert 笑起来：“现在我要你帮个忙。”

“什么？”

“来精密机械公司工作。”

“这不可能，我是警察。”

“你是机器人，专业知识不是问题，我们需要你的思维模式和洞察力。至于警局，公司会出面……”

“你可以再造一个。”

“不行,我们的贮存库毁掉了。母本全部毁掉。我们几乎要从头开始工作。”

“真的需要我?”

“坦白地说非常需要你。”

李润生疑惑地摇头。

“会明白的。”Robert 从口袋里掏出一样东西。他摁下按钮。

电磁波正试图清除李润生的记忆,并将新的记忆赋予他。

“我们检查了存储器,所有的存储器都被毁掉了,只有存储 119 号母本的空间没有损坏,然而它被清洗了。这个自我系统很可能并没有被毁掉!是她造成了大厦断电并且逃逸。公司投入了大量人力物力来发展这个系统,虽然并没有完全成功,但是她已经拥有这种能力——从实体中综合系统,无论对象是机器人还是人。

“她成了网络的幽灵,潘多拉幽灵。我们不知道让她逃逸会发生什么。你应该理解,她有能力制造其他自我,她会制造出无数个系统。灾难,阿吉,人类的灾难。世界上没有第二个人比你更熟悉她,因为她最初是你创造的。告诉我,你能够找到她。”

李润生碰触到 Robert 的视线,他的眼神是诚恳而严肃的。

李润生想笑,也许是爱慕想笑,然而他控制了自己。

他有了一个新的名字叫做阿吉,他知道阿吉在这种情况下会有怎样的反应,于是他迎着 Robert 的视线,点头:“交给我,放心。”

随风而逝

SUI FENG ER SHI

“蛇雨仙。”

“很特别的名字。”中年人微笑着。

“欢迎来到阳光。”

第一次对话结束，很简单，却让蛇雨仙很激动。阳光号是非凡的船，独一无二的船。

家。

蛇雨仙设想了无数华丽的辞藻来修饰句子，在他的记忆里，华丽是表达敬意的方式。然而一切都在算计之外。简单，自然，仿佛那不过是不期而遇的流浪者，而不是那个守望了千年的家。

蛇雨仙缓慢靠近，阳光号逐渐占据整个视野，钢铁的原野上处处有灯火闪烁，仿佛黑夜中灯火辉煌的大陆。油然而生的喜悦让蛇雨仙停下来，静静看着这一片辉煌。无数种情感产生、碰撞、交织、混合，最后变成一个漩涡，咆哮着吞噬掉一切。一刹那间，蛇雨仙甚至失掉了对身体的控制，巨大的引力控制飞船，飞船微微移动，这让蛇雨仙从漩涡中解脱出来。

家。

蛇雨仙向着灯火辉煌的原野奔去，点点灯火急剧膨胀，那是一片片挂靠的飞船海洋。仙女号一头扎进灯火海洋，减慢速度穿行。四周围庞大的舰体近在咫尺，充满重压感，仿佛随时会倾倒，将人碾成碎片。拥挤，蛇雨仙仔细体会着陌生的感觉。三道光束为蛇雨仙照亮通路，母舰打开一个舱门。

家。

巨型手臂将飞船稳稳固定。舱门闭合，一瞬间光线从四面八方汇聚，充满空间。温暖的感觉覆盖在身上。气体迅速填补真空，咝咝的微响仿佛天籁。飞船展开，暴露在空间里。蛇雨仙全身放松，沉浸在阳光和天籁中。

家。

一生都在寻觅的人和家园！蛇雨仙突然想哭。

眼泪挂在脸上，感觉很久没有体会，让人陌生。泪水很快变得冰凉。蛇雨仙伸手抹掉。

“你好，蛇雨仙。”

他看到了人。一个真正活生生的人。他走过去，仔细地看着眼前的人，情不自禁地伸手碰触。站在眼前的年轻人有些意外，然而很快镇静下来，微笑地站着，让蛇雨仙触摸他的脸。

肌肤温暖的感觉。蛇雨仙闭上眼睛，仔细体会。记忆在头脑中翻腾，支离破碎仿佛撕裂的相片，遥远而不真实，然而他知道，一切都曾经发生。

不过在很久很久以前。

地球仿佛蓝色珍珠，缀在傍晚的橙色天空。赤红的火星徜徉在地平线，是带着血色的弯刀。红彤彤的圆盘和火星相对，散发着温暖的气息。那是太阳，哺育地球，给予生命的太阳。

一切都很熟悉。泰坦的天空一如既往，静谧安详。雨抬头望着苍穹，很久没有动，试图将这熟悉的一切镌刻在脑海深处。最后他收回眼光。黎在眼前站着，直直地望着他。他走过去，伸手碰触黎的脸颊。肌肤温暖的感觉。黎的眼睛里突然有泪水。雨仔细地帮她擦掉。

十一号先期飞船伫立在前方发射场上。飞船有一个漂亮的名字，仙女号。

"黎，那是仙女号。"

"我知道。"

"那是诺亚方舟。"

"我知道。"

"那是古老地球的希望。"

"我知道。"

雨再次看着身边的女人。女人的脸上残留着泪水痕迹，眸子晶莹闪烁，嘴唇被咬得发白。她正盯着他，眼神幽怨仿佛有些狠毒。雨避开她的眼光。

"那是我的飞船。"

女人没有回应。

无数次，女人曾经这样沉默地送他。他知道她不想他走，想他留下。然而他无法留下，太空在召唤他，黑沉而寂寞的空间仿佛一个致命的引力陷阱紧紧拉拽他。地面上的每一刻，他似乎都在挣扎。他同样爱她。因为如此，他才能忍受在地面的每一天。他明白，女人从不喜欢男人同时爱上两样事物，哪怕另一样是他的理想。他会走，把女人的眼光留在身后。然而这一次有些不同。

旅途没有返程。仙女号会在明天出发，它不会返回地球，或者月球，或者火星，或者泰坦，或者太阳系中任何一个出现人类足迹的地方。它再也没有机会回到太阳系。仙女号载着希望的种子。雨是种子的守护者。

"我要走了。"

雨不愿意再看黎的眼睛。说完这句话他匆匆地别过脸，匆匆地走向隔离门，匆匆地回头挥手告别，似乎决不留恋。

“雨。”

声音很轻，却像尖利的刺，拨动雨的心。犹豫的一刹那间，隔离门阻断雨的视线。

门隔开雨和黎，他们落在两个世界。

雨深吸一口气。漫长的旅途等待着他。

甚至比他想象的还要漫长。

“十一号先期飞船。仙女号。预定计划4134年进入半空平面，徘徊飞行。遭遇误差半径三光年，情况正常。基因库飞船。飞船主机PT149R。志愿宇航员蓝雨。单人飞船。”

“好。宇航员情况怎么样？”

“身体似乎没有异常。情绪有些激动。甚至有些失控。”

“好好照看他，他飞得够久了。一千年。单人飞船。他还能活着真是一个奇迹。满足他的一切需要，最好让他恢复到能进行正常对话。他有什么要求？”

“他想要一张舒适的床。”

“哦。”

“怎么处置飞船？”

“对接主机。检索基因库，备份之后把飞船送进陈列馆。检索宇航员的个人资料，他比飞船更有价值。”

蛇雨仙得到了很好的休息。他终于可以摆脱狭小的睡眠舱，躺在一张宽敞的大床上。不需要将电极接在头部，也不用僵直身体一动不动，他可以靠着柔软的枕头，并且张开手脚，用最惬意的姿势躺着。阳光号的重力条件和仙女号相差很远，他并不习惯，然而他还是睡着了，做了一个梦。那是重复了无数次的梦，以至于他认为这是某一个曾经见过的镜头。镜头里是光辉灿烂的太阳，安静地照亮整个星系。突然一团黑色阴影飞快地冲进视野，向着金色的太阳撞去。太阳开始沸腾，爆裂，炽热的气体漩涡让星系耀眼夺目。太阳抛出了外层。

蛇雨仙醒过来。

身体有一种慵懒的感觉，他几乎不愿意挪动一根手指。

Snake在头脑里游动。它在消化短短十二个小时获得的大量信息。信息很多，而且包含一些它并不能理解的东西，然而它仍旧努力消化。突然它警觉地停下来，放弃消化，海量信息转眼释放，在脑细胞上刻下微小印痕，然后无影无踪。

强大的家伙正在逼近，一个充满危险的异域。看起来能够将它一口吞没。

那是阿瑞斯，阳光号主机。阿瑞斯给出了对接信号，和预订信号完全吻合。仙女号放弃警戒，接受对接。数据流源源不断。庞大高效的主机扫描了飞船数据库，再一次发送请求，要求控制权限。这是预设的请求，仙女号交出控制权。无形的数据流将两艘飞船紧紧相连。仙女号正在履行她的使命：将完整的生物基因库传递给阳光。

一千年前的约定仍旧有效，不过，无论仙女号还是阳光号，都和最初设计者的设想有了不同。

“最后发送的基因库飞船。”

“这么说这是我们能得到的最完整的基因库。”

“理论上是的。不过巨蟹号的基因库似乎更大。”

“巨蟹号？那艘可怕的先期飞船？”

“巨蟹号，第十七先期飞船。科学探索飞船。我想不应该用可怕来形容它。发射的当时，那些人被称为‘最勇敢的一群’，他们的确是当时最有勇气的科学家和工程师，要知道，绝大多数人选择等待阳光，特别是像他们那样注定会在阳光飞船中有一席之地的人。随大流不脱离群体，是一种稳定策略，对吧。这个等你有兴趣再讨论。至于它的基因库，发射时刻它应该有一个常用库，包括所有基因图谱。然而现在它拥有繁多的子库，从日期印记上看多数落在45世纪，应该是飞船发射后两百到三百年时间内有一个大发展，也许就是那个时候……”

“有比较结果吗？”

“巨蟹号的基因库中有一个子库，最大的一个，和仙女号的库基本吻合。”

“这么说，巨蟹号曾经得到仙女号的库？”

“我需要验证日期。时间对不上。根据现有的资料，仙女号的时钟走过了一百又十七年，和阿瑞斯的计算结果基本吻合。然而巨蟹号有些出入，我们的计算结果显示它的时钟应该走过一百零五年，实际上巨蟹号时钟走过了五百年。有一些意外发生了。我们很难确切比较两艘飞船的时间。看起来唯一的办法是逐一核对每个文件的相对时间。”

“好吧。按你的想法做。抓紧时间。”

“仙女号怎么样？”

“阿瑞斯已经对接了。我们正在复制它的库，另外做一些扫描。”

门开了。

“蛇雨仙。”有人喊他的名字。那个中年人在微笑着。

"休息得好吗？"

蛇雨仙并没有微笑，他仔细看着眼前的中年人。斯诺·斯莱克，先锋号船长，紧急事务委员会议员。

"你的名字应该是蓝雨才对。为什么是蛇雨仙？"

蛇雨仙定定地看着船长，似乎并没有听见问题。

斯诺在蛇雨仙对面坐下："我们来谈谈好吗？相信你也明白，我们之间相隔了十个世纪，我相信谈话肯定很有意义。"

"十个世纪。"蛇雨仙仿佛在喃语。

"我们的时钟已经到了 5250 年，而你的时钟仍旧停留在 4230 年。你飞行了一百年，地球已经过去了一千年。"

蛇雨仙挪开目光。门口站着一个年轻人，看样子像警卫，正好奇地盯着自己。蛇雨仙定定地看着她，目光呆滞，突然开口问："你叫什么？"警卫一脸愕然，没有回答，蛇雨仙却转过头，面对着船长，"我问你。"

斯诺有些意外："斯诺。斯诺·斯莱克。你可以叫我斯诺德。"

"你姓什么？"

"斯莱克。"

"你知道卡卢秀的姓吗？"

"知道。有什么问题吗？"

蛇雨仙在床上躺下，闭上眼睛。主人怪异的举止让造访者不知所措。终于斯莱克船长站起来："也许我应该下回再来。"

船长走到门边，回头看这个不寻常的访客。他一动不动地躺在床上，仿佛沉浸在自我的世界里，遗忘了周围的一切。卡卢秀，虽然并不常见，却也绝不是非常罕见的姓氏。船长皱皱眉头，也许阿瑞斯能找到答案。

两个人走出房间。房门关上。

蛇雨仙始终没有动，却有眼泪从眼角流出来。

"仙女号主机有些不对。"

"什么？"

"几处模块无法访问。看起来似乎是坏扇区，但是如果缺少这些扇区，机器应该不能运行。这些扇区是好的，但是处在某种保护机制下。这些模块对系统运行至关重要。"

"怎么？"

“先期飞船不应该有这种限制。当年的设计思想就是要这些先期飞船成为阳光号的一部分。”

“很重要吗？”

“我不知道，只是有点异常，不应该这样。”

“问题到底是什么？”

“我们无法完全控制仙女号，就像……”

“什么？”

“它拒绝被控制。”

蛇雨仙起身。他推门。门并没有锁。他走出门。

年轻警卫站在门边。

“需要去哪里？我可以给你带路。也许你想参观飞船。你是天外来客。”

“陈列室。”

“好的。跟我走就行。”

蛇雨仙一言不发地跟着警卫走。

警卫一边走着一边打开腕表，“我带客人去陈列室。”她回头看着蛇雨仙，“我会领你到轨道车帮你定好线路，在那边有人会接你。”她仔细看看蛇雨仙，“你一个人在太空徘徊了一千年，想起来真不可思议。你是个传奇人物了。

“我最大的梦想就是成为一个伟大的宇航员，去宇宙最深的角落，探索最有趣的秘密。可惜，只是梦想。人人都想做宇航员，然而不是人人都能成为宇航员。我就只能做警卫。你肯定是有史以来最伟大的宇航员。飞了一千年。怎么想都是一个传奇，就和神话一样。”

警卫滔滔不绝地和蛇雨仙谈着传奇。蛇雨仙一言不发，只是看着警卫的背影。

“就像传奇。”警卫再次说。

“只是看起来很美。”蛇雨仙突然插上一句，语气平淡，不带一丝情感，听起来让人感到绝望。

警卫回头看蛇雨仙。这个人独自在太空中飞行了一千年，也许他的时钟只是走过了一百年，然而一瞬间的绝望就可以让人崩溃，上百年的孤寂，有无数的机会经历那样的一瞬。警卫沉默下来。一切不过看起来很美。飞行了一千年的英雄说出这样一句话，让她玩味很久。

通往陈列室的轨道车就在眼前，“请上车，它会带你到陈列室，在那里会有人接你。”

蛇雨仙转头看着警卫:“谢谢,陈婷,你是个好人。”

轨道车奔驰而去。突然陈婷想起来,她从来没有说过自己的名字。谁告诉他的?这个疑问一闪而过,她马上放弃。

只是看起来很美。还是不要仔细推敲的好。

“仙女号怎么样?”

“我们正在努力争取控制。但是它的保护机制很强,怎么也突破不进去。”

“难道一台古董这么难对付?”

“似乎是一种很特殊的保护。阿瑞斯计算了一个小时,仍旧无法突破。”

“强行破坏也做不到?我们不需要这飞船。强行破坏,然后重新写入控制系统。这样怎么样?”

“这个……不是很妥当。”

“为什么?”

“这终究不是一个好办法。让我再试试。”

“好。如果有蹊跷,尽早让我知道。这飞船很有趣。需要更多的人手吗?”

“给我更多的主机资源就可以。”

“宇航员呢?”

“在陈列室。”

“陈列室?他怎么会去那里?”

“警卫报告宇航员出来要求前往陈列室,她给他领了路。”

“陈列室。让他去吧,在那里他可以找到一点熟悉的东西。想起来也很可怜。找到关于他的个人资料了吗?”

“检索条目有三千零六十多条,大部分在历史词目里。比较有趣的有这几条:阳光上有他的十五个后裔,也许他们彼此都不知道自己有同一个祖先。其中有一个你肯定感兴趣:斯诺·斯莱克船长。第二十七代。”

“斯诺!就是他第一个和仙女号对话。”

“是的,很奇妙的巧合。还有,蓝雨被列在偶像英雄里边。在仙女号飞行之前,他是著名的宇航英雄,甚至有一段剪辑录像。”

简短的录像上面是风光无限的宇航员,看起来年轻帅气得多。片子的结束是浩瀚的星空,宇航员的头像逐渐淡去,最后消失在星空背景里,满天星斗被突出,一颗星星闪亮,画外音在响:“……他的事迹注定会成为历史,成为不朽。”

一双眼睛饶有兴趣地看着录像,突然,这双眼睛里闪过一丝疑惑。

“宇航员主动提出要去陈列室？”

“是吧。警卫报告他要求去陈列室。”

“哪个警卫？我要和他谈谈。”

阳光号超越了蛇雨仙的想象。原计划,阳光应该在所有一百七十六艘先期飞船发射后发射,就是在仙女号出发后一百五十年。事实上,阳光号迟到了一千年。十个世纪,漫长的时间足够人类发展出一些想象之外的东西。阳光号的体积相当于半个地球,人们几乎把地球的整个生物圈搬到了飞船上,甚至包括天空和海洋。

轨道车接近音速,却跑得很稳。半个小时后陈列室出现在视野里。这是一个庞大得让人生畏的半球形建筑,占地七十五平方千米,深入“地下”两千米,陈列了从第一枚洲际导弹到最近退役的阿尔法三号飞船大大小小近三千个航空器, 纵跨三千年,是一部活生生的航空史。

蛇雨仙看到一些熟悉的东西。是的,那是他熟悉的历史,还有已经凝固在历史中的现实和未来。蛇雨仙站在一艘千年飞船前面。飞船铭牌上刻着熟悉的字体：“夏”。注释上写着:最著名的夏级飞船,第一次半空平面环形飞行,宇航员:蓝雨、方立志,志愿科学家:霍铜,时间:4112——4115。飞船的主体上有一幅巨大的相片,是三个人凯旋归来的灿烂一刻。不知道什么年月,相片被漆在飞船上,看起来已经因为陈旧而有些粗糙。记忆荡漾起来,蛇雨仙仿佛看到方立志天真坦率的笑容,也许他会冲上来拍自己的肩膀。还有霍铜拘谨的微笑,这个学生般腼腆的青年却有着卓越的空间知识,因为他的存在飞船才躲过基点陷阱,成功跨越半空平面,然后他们才可以成为英雄。他还欠着一个小小的人情。他想起霍铜紧紧抓住自己的绑带那一刻。耳机里响着霍铜的声音,仿佛从牙缝中挤出,充满紧绷的感觉。绑带被霍铜牢牢抓在手里,最后也没有放开。霍铜的太空服双掌磨出了细微的小孔,从此得了减压症,而他没有变成太空中一具漂泊的冰冷尸体。

飞船还在这里,仿佛一座坚挺的纪念碑。纪念碑永远不会消失,伟大的业绩会被人们纪念,缅怀,创造奇迹的人却早已不见,只留下名字和走样的相片在铭牌上。

在这个时代,我应该只是一个名字。或者更多一点,一张相片,一段文字,而不是一个活物。

紧接着夏飞船是几片残骸。那是一次著名空难。方立志驾驶实验飞船,和其他四名宇航员一起准备进行长距飞行线路检测,一块陨石将飞船撞成碎片。救援船赶到,只找到几块飞船残骸,宇航员们的尸体已经不知所终。消失在群星之间,曾经的战友,有了他最好的归宿。

再往下是一个女人的照片。一个奇迹般的女人。白手起家创办首家私人宇航学院。在阳光计划的关键时期,培养了数以百计的合格宇航员。照片上的女人很老,然而微笑灿烂而慈祥,让人油然而生亲切。女人的名字是黎·卡卢秀。

记忆中的黎依旧青春美丽,眼前的照片却发黄而陈旧,随时会在风中粉碎。相片中人物的笑容在皱纹中展开,蛇雨仙依稀看到黎消瘦的身影。

“雨。”诀别的声音很轻,却像尖利的刺。他用手捂着嘴,嘴唇不断哆嗦,泪水流下来。长年的漂泊让人变得脆弱,甚至无法控制眼泪。

仙女号再次送来信号。阳光的主机正试图毁灭性地攫取控制权。到了做决定的关键时刻。

Snake 急速游动。

事情急迫。

蛇雨仙向相片投去最后一瞥,转身向着两百米外的庞大飞船走去。

三千年历史的滚滚洪流中,巨蟹号是最醒目的家伙。庞大的躯体占据了整个展厅,黝黑的外壳看起来厚实沉重,仿佛一块巨大的陨石。展厅的铭牌上刻着寥寥的几行字。

“巨蟹号,阳光计划第十七先期飞船。唯一发射的科学探索飞船。船长:王十一。”

沉寂的飞船在等待它的主人。

“他在那里干什么?”

“他在那艘夏级飞船旁边。他走开了,他正在往那艘新飞船那儿走。”

“什么新飞船?”

“一年前才入库的新飞船。那艘最大的黑色飞船。最近回归的先期飞船。”

“巨蟹号!”

“对,是巨蟹号,我总是记不住这名字。”

“不要让他接触飞船。”

“我们是公共展览馆。没有理由这么做。”

“我是雷戈·刘,以最高安全长官的身份命令你。否则,你要对接下来发生的一切负责。负责随行的警卫是谁?直接接入。”

一直跟随在身后五十米的警卫突然加快脚步追上来。蛇雨仙知道他想干什么。巨蟹号近在眼前,他不会轻易放弃。他奔跑起来。警卫追赶他。

长期的低重力环境毁掉了他的体能,他根本不能在重力环境下剧烈运动。跑了几步,他放弃了,停下来急剧地喘息。警卫追上来:“你不能参观那艘飞船。”

蛇雨仙平静下来:“为什么?”

“我只是执行命令。”

命令。Snake在飞船庞大的数据库中飞速寻找,漫长的二十秒钟,它终于找到了简短的通话记录。保密级别不是很高,只需要一点资源,它就可以模拟。然而这是危险重重的异域,一个比特的异常也会惊动一些可怕的猎手从四面八方剿杀。幸存的机会渺茫。蛇雨仙的决定却不可违抗。最后,它决定先下一个蛋,在某个隐蔽角落埋藏起来,然后去为生存博取机会。

警卫打开通话器。“让他随便走。”那是雷戈的声音。雷戈的声音从紧急调用频道传出来,他毫不怀疑命令的真实性,只是前后矛盾的命令让人有些疑惑。他抬眼看着蛇雨仙,后者正用一种平静或者说冷漠的眼神看着他。

“你可以随便走动,没关系。”

蛇雨仙转头看着巨蟹号。庞大的舰体处处透着强悍。剽悍的飞船。

这是宣称继承人类希望的巨蟹号。

“迟早有一天,所有的飞船都会追随我们。我们继承人类的一切。来加入我们。”那是基内德的豪言壮语。重重瞬膜下细小的瞳孔盯着蛇雨仙。

“阳光号会来的。”

“忘掉阳光号。我们是被抛弃的流浪者。流浪者一无所有,没有家,没有食物,没有温暖。我们只有依靠自己。”

“我要继续等。”

“太阳爆发早就毁掉了太阳系,阳光号不是必然的结果,他们很可能没有造出那个庞然大物就已经被爆发吞没,这难道不是计划可能性的一部分?所有的希望都在我们这些先期飞船上。”

“是的,但我想等。也许我还能在这种状态下再生存一百年。等我死了,我会让飞船飞离,去完成它的使命,但是眼下我还要等等。”

“多么固执。那点非理性的遗传早就应该剔除掉。我不会强迫任何人,但是,一旦你死了,巨蟹号会吞没仙女号,将它改装。你的飞船永远不可能完成使命,它会成为巨蟹号的一部分。你应该明白。”

“如果你有能力当然可以拿去。”

基内德硬壳般的脸上似乎带着笑:“巨蟹号是人类当然的继承者。”

“阳光号只是一个梦想。那场太阳风把它吹得干干净净。你是一个仍然有梦想的人类,然而梦想和现实不同。梦醒的时候,来找我们。我们会在这个空间逗留,寻找仍旧存在的先期飞船。也许去看一看文明发源地的残余,如果阳光号真在那里,我会把这个消息带给你。我们会再来,你有足够的时间考虑。相信我,巨蟹号才是你最后的归宿。”

基内德的断言错了。阳光终于出现。迟到一千年,它终于还是来了。

黑矮星撞击太阳的一幕并没有发生。更新的数据得到了新的计算结果,矮星将在太阳系边缘擦过,太阳不会抛出外层,然而强烈的引力碰撞会促使太阳爆发。短短几个小时,从水星到冥王星,太阳家族的所有核心成员都陷落在摧残一切的火焰中, 整个太阳系核心的温度将平均上升二百五十 K。酷热会延续几万年甚至十万年,然后在同样长的周期内缓慢冷却。

这依旧是个灾难结果, 然而却有新的希望——膨胀的氢气团将在冥王星轨道附近达到极限,在那里,辐射强度将减弱到这样的程度:可以用重金属舱板永久隔离。不需要远远逃离,太阳不会有那样的狂暴。

在希望的鼓舞下人们开始新的计划:把推重比降低四个数量级,建造一艘巨型飞船,承载所有三十亿人口。只要飞船能够在炽热的氢气团中坚持半个世纪,所有的人类都能够得到挽救,甚至半个生物圈。前景充满希望。先期飞船计划停顿下来。三十六艘已经发射的飞船被排除在新计划之外。

人类将所有的资源投注在一个城市。以最大的太空城盘古为核心,一个又一个模块从太阳系各地运送到位,相互拼接。城市不断滋长,不断更新,汇聚越来越多的人口,最后成长为庞然巨物。为了纪念那个悲壮伟大促成人类团结的计划,庞大的人工星球仍旧被命名阳光。

黑暗的矮星带着无可逃避的命运到来。强劲的太阳风暴席卷一切。阳光号在飘摇中和太阳渐行渐远,五十七年后在冥王星轨道附近停留下来。

阳光号在太阳系边缘徘徊了九个世纪后终于能够出发。

一次新的远航。躲过灭顶之灾,人类再次扬帆出发。计划包括寻找那些失落的飞船,兑现迟到了十个世纪的承诺。

然而每一个承诺都有期限,漫长的时空坐标里,一切都在发生变化。

谁也无法预料变化竟然如此之大。

警卫远远地看着蛇雨仙。飞船腹部下是一片广阔的空间,蛇雨仙很快走出了两三百米,仍旧继续走着。警卫想了想之后跟上去,他不应该进入飞船陈列区,然而他不能距离客人如此之远。

突然蛇雨仙停下来,四处张望,然后笔直站着。似乎有光照在他身上。警卫想走上去看个究竟,这时候他的通话器响了,紧急通讯频段的红灯不断闪烁。

“2049,我是雷戈。阻止你的客人靠近飞船。”

警卫惊讶地张大嘴:“我刚才接到命令……”

“没有别的命令,阻止他。你可以采用任何手段。”

“明白。”

警卫并不明白为什么飞船的最高安全长官会有反复的命令,然而看起来他决心要将这位客人和巨蟹号隔离。他拔腿向着蛇雨仙冲去。

突然,他看见蛇雨仙飘起来。一瞬间的惊疑之后,他掏出枪。三百米远的距离上他没有十足的把握,然而这是唯一能做的事。枪声响起,蛇雨仙消失在巨蟹庞大的躯体里边。

结果很快反馈到最高安全长官,过了两分钟,陈列馆响起紧急广播。

紧急疏散。

一切似乎都风平浪静,紧急疏散的广播却反复响着。困惑而惊疑不定的人群纷纷离开陈列馆,走在后边的人有幸见到全副武装的安全部队冲进馆内。

“仙女号有很重要的发现。”

“我现在不想听。”

“和那个宇航员还有巨蟹号有关系。”

“是什么?”

“仙女号主机设定的第一使命是飞向天琴B座五号星,那里有一颗类似早期地球的行星,飞船会在那里降落,繁殖生命;第二使命才是和阳光号对接,返回基因库。这和其他基因库飞船不同。仅仅依靠基因库没有办法繁殖生命。飞船上有一整套装置,可以保证制造生命物质。最低限度,它可以制造一些细菌和单细胞生命。如果条件许可,它甚至可以制造高等动物,包括人。

“最重要的一点,飞船有一套为这个目的设计的程序。仙女号主机一直在运行这个程序。”

“和眼下的情况有什么关系?”

“程序一直在模拟生物进化。它已经模拟了一千年,用仙女号的时钟,它运行了一个世纪。直到此刻,它还在运行。”

“好了,苏基忒,两个小时后再给我讲故事。直接告诉我,现状是什么?我们面对什么?”

"……仙女号……模拟结果是……不好说,似乎有异样的结果,模拟产生了一个新的程序,这个程序应该代表某种生物,或者是一个生物圈。这个新程序在一定程度上控制了主机。"

"解释一下。"

"简单地说,仙女号有异常程序,就像某种病毒。我们已经做了程序断片分析,和巨蟹号主机上发现过的非法程序非常类似。当初我们把它当病毒处理。但是仙女号上这个程序特殊,它能够支配仙女号主机,甚至能够拒绝我们的控制中断请求,它改变了主机的原始核心代码。"

"一个电脑病毒?和宇航员又有什么关系?我感兴趣的是为什么他能了解阳光号的情况,甚至一个警卫的姓名?"

"我不清楚。十分钟前,一个命令交代警卫允许宇航员自由行动。记录显示那是你的命令。"

"不可能,我下令限制宇航员接近巨蟹号。"

"是的,但是随后有一个命令。"

雷戈听到了自己的声音。"让他随便走。"

"这是你对警卫下达的第二个命令。时间是第一个命令之后三分钟。"

"不可能,那不是我。"

"我知道。我们的系统抓住了捣乱分子。那是一段程序,和之前在巨蟹上发现的病毒程序有类似代码结构。是一段程序模拟了你的声音,调用了紧急通讯频段。它有目的,而且显而易见这是根据情况变化做出的反应。"

"不可思议。"

"分析显示它和巨蟹号上的病毒程序都来自同一个元。根据断片结构的相似性,我们相信仙女号、巨蟹号还有潜入系统的病毒都来自同一个元。也许就是仙女号。"

星球的最高安全长官陷落在茫然里。一分钟后,他下令:"控制仙女号,没有我的命令,任何人不准接近。"

突然他想起宇航员,一千年前的宇航英雄,此刻的访客:"那个宇航员,他在哪里?"

"你允许他自由行动。"

"接通警卫 2049。"

他给了警卫斩钉截铁的命令。一分钟后,他听到回应,"他进入了巨蟹号。我开了枪，不知道有没有打中他。”

剧烈的疼痛几乎让蛇雨仙昏厥。子弹击中了背部，火辣辣的，似乎在灼烧。

他挣扎着爬上座椅，指定目标。座椅开始移动，蛇雨仙重重地靠在座椅上。血渗出来，浸透了椅背。虚弱的感觉让他觉得很困，只想合上眼，好好休息。

Snake 在急速游走。

强制占用资源暴露了存在，各种猎手正在四处围堵它。一道道篱笆挡住去路，可以游动的范围越来越小。丛林虽然很大，却已经没有藏身之处。在劫难逃。也许它有最后的机会做点什么。它找到一个漏洞，穿了出去，更多更致密的篱笆围上来，某种东西再次刺穿它。它能够消化掉，然而气力进一步衰弱下来。异域的一切都那么不友好。

眼前就是目的地，Snake 停下来。一旦停下，就意味着死亡。绞索飞速缠绕，大家伙终于逮住了它。然而 Snake 并不在乎。这里就是它的目的地。它开始强制解体。这是丛林的咽喉，它要让它腐烂发臭，寸草不生。

然后，终有一天这里会重新成为丛林。寄托着希望的蛋会在新的丛林里悄悄孵化。那时候，这里不再是异域，而是家乡。

大家伙发现了 Snake 的企图。绞索突然套紧，试图杀死它。

别了！Snake 发出最后一个信号。它不会听到回音，然而它知道宇宙之魂会听到它的声音。

蛇雨仙从昏迷中清醒过来。座椅将他送到了船长舱，那是基内德的屋子，他从这里控制整个巨蟹号。

基内德并不在船上，而是被困在星球的某个角落。人类的继承者变成了人类的囚徒。

蛇雨仙从来没有想过有一天他会拯救基内德和巨蟹号。看起来似乎很美。他会又一次成为英雄，然而这一次，不知道人类的历史会怎么书写。

包围巨蟹号的安全部队看到了一辈子也不会忘记的情景：黝黑的飞船突然间通体透亮，一瞬间又变成纯粹的黑色，飞船似乎仍在那里，又似乎已经消失，留下的黑色不过是个幻影。

事实很快清晰起来，庞然如山的怪物不知去向，展馆空空如也。

“一段破坏性代码。超出想象。不敢想象。”

“它居然能自杀，还毁掉了存储器。”

“如果是人控代码，技术上很容易解释。然而一切迹象表明这是类似病毒的独立代码，没有任何人控痕迹。如果真是人控代码，只能是我们当中的人。你觉得是谁？你？我？还是谁？没有哪个家伙会发疯干这个。骚扰安全总部不如骚扰银行有趣。”

“这个病毒的确是从仙女号上来的？它怎么能跑进我们的机器？”

“不知道，我们复制了仙女号上的基因库，也许它隐藏在正常数据流里，我们没有发现。”

“不可思议。”

“有点不可思议。”

“连样本都没有留下，真的很绝。”

“赶紧恢复数据吧，拖了又有麻烦了。”

“OK。”

豪华的卡迪拉正飞翔在前往陈列馆的途中。

“巨蟹号消失。巨蟹号消失。”急迫的通告清晰地在机舱里回响。

雷戈几乎不敢相信耳朵。消失！情形看起来仿佛巨蟹号进行了一次弹跳。这个家伙居然在星球内部弹跳。雷戈并不是空间专家，但他相信常识。在空间曲率超过3.1415925的点弹跳会引发空间坍塌，坍塌的后果不难想象，连锁反应将不断吸收周围物质，直到坍塌表面形成一道物质薄膜隔开现世界和半空平面。

阳光号内部的空间曲率是9.18。强行弹跳的后果只能是大崩溃。强烈的空间畸变甚至会吞没整个阳光号。

他究竟在干什么！

没有任何异样，空间并没有震荡，一切正常，却让人不安。

阳光号旅行了一百五十年，前进了八十五光年。借助弹跳，最远的探险飞船已经抵达八百光年之外。这是凝聚着人类骄傲的成就。弹跳理论古老悠长，可以追溯到宇航开发的初期，然而作为成熟技术的应用只有短短百年的历史。一艘千年飞船拥有弹跳能力，甚至超越了理论。雷戈仔细考虑，问题超越了安全本身，超越了他的职权。

震荡始终没有发生，一切都很平静。雷戈考虑了两秒钟后决定给两个人打电话。

卡迪拉掉头飞向安全总部。一个又一个命令从飞车上发出，传递到停泊在航空港的飞船上。十几艘飞船驶离泊位。

先锋号接到了指令。它离开泊位，驶向指定位置。

“不可思议。”

“又怎么了?”

“那个家伙毁掉了关键数据,它有目的。”

“什么?”

“它毁掉了安全总部的一些数据,事实上,它瘫痪了安全总部。干得比黑客还漂亮!我开始有点喜欢这个家伙了。”

“你已经恢复系统了?”

“是啊,不过,系统瘫痪了十分钟。安全总部可能有他们的备用系统,我也不知道。谁知道十分钟里会发生什么。说不定有人乘虚而入,控制了先锋号,然后将炮口对准了我们。”

“开玩笑!”

“完美表现!真不知道谁能制造这样的一个病毒。简直完美!”

……

“你怎么了?”

“我在想,作为一个病毒它太强大。最初它强行控制了通讯,为仙女号的那个人制造了一条假消息,然后我们才发现它。如果它一直潜伏,根本没有迹象。你知道,我们的系统哨一直在侦听,它却很容易躲过去。后来它跑不掉,自己选了地方。安全总部的系统整个瘫痪十分钟。猜猜为什么,我查了纪录,安全部正好把仙女号全面监视起来,大概他们也发现有些问题。要我说,它这是在给仙女号作最后一搏,不过似乎没什么用。”

“你是想说,它受仙女号控制?”

“我不知道。似乎不太可能,不过,很难说,这个事情已经超出我的想象……我想,我需要模拟仙女号的环境来研究一下。那里边有些我们还不了解的东西。”

“病毒的情况需要向安全总部报告吗?眼下这和安全总部关系很大。”

“我不管。你自己想怎么样都行,我只报告给乔。”

“仙女号仍旧没有投降。安全总部的那些傻瓜们还在试图强行进入,如果强制压力再大一点,会把飞船主机整个毁掉。”

“赶紧和他们联系一下,让他们暂时放着,先等等。这些先期飞船超出了当初的设计,有些有趣的东西。”

“你刚才还不想理睬他们。”

“我们刚帮他们恢复了系统,这个面子总要给吧。”

巨蟹号上有人。

听到这个消息雷戈惊讶地叫出声来。

“是的,雷戈,我们的人在巨蟹号上。”电话另一端是乔平静的声音,“这是科技总部的保密项目。巨蟹号上有一些我们感兴趣的东西。”

“为什么我不知道?”雷戈有些愤怒。

“将巨蟹号送入陈列馆之后,安全总部和此毫无关系。再说,你应该知道,6月17号的一份通知里边,很清楚地说明科技总部将派人登船。我想你没有看通知,雷戈。”

雷戈没有反驳,他很少看其他部门送来的通知。科技总部在研究巨蟹号,看起来情况比他的预期复杂。巨蟹号乘员异于常人,他们破坏性地改变遗传密码,实施基因工程,如果没有伦理道德的障碍,这并不是难事。然而巨蟹号飞船居然大大超越时代,它居然拥有类似于奇迹的技术。

某种可能性让雷戈心惊肉跳。也许乔一直都知道,也许他也拿不准。

“有什么结果吗?”

“迄今为止,我们的进展仍旧停留在起点。巨蟹号比我们想象的复杂得多,也许比我们制造的任何飞船都要先进。我们不能进行破坏性的研究,只有慢慢来。”

“好的,听我说,现在的情况是,有人非法进入了巨蟹号。巨蟹号被启动起来,然后消失了。用一种不可思议的方式消失了。如果你的人在飞船上,那么他们也被飞船带走。进入飞船的这个人,是那个来自仙女号的宇航员。我们对他没有设防,等我意识到不对已经太迟了。他甚至有能力窥探我们的主机,是一个绝对的危险人物。”

“巨蟹号消失了?”

“是的。”

“我不知道。什么时候发生的事?”

“三分钟之前。”

“怎么可能!”

“它消失了。无影无踪。我怀疑它启动了弹跳。”

首席科学家陷入某种困惑:“你说它进入了弹跳?”

“我不知道,但是看起来像是这么回事。和一般的弹跳现象一样,只不过是在陈列馆,在相对静止状态下消失了。”

“看来我们还是低估了飞船。”

“你的人在飞船上,居然毫无反应。”

“一个宇航员上了飞船？然后他启动了飞船？”

“基于我了解的情况，我想是这样。”

“一个人启动一艘船？根据我们的研究，这艘飞船至少需要二十五个人才能动作。”

“也许你又低估了它。技术问题我们可以以后讨论，眼下的问题是：巨蟹号消失了，我们怎么办？科学部对此有任何建议吗？”

短暂沉默。

“我不知道它居然能够在空间曲率这么大的位置弹跳。他们太棒了。眼下我想不出可行的法子。”

“你是说，我们的对手科技远远超出了我们。”

乔沉默一会儿。

“不是对手。他们原本就应该属于阳光。”

“我看到它了。”

“什么？”

“巨蟹号！它在安全总部上空出现。”

蛇雨仙感觉自己快死了。他无时无刻不盼望着回到阳光，回家，然而没有料到愿望达成的这天，就是他生命结束的日子。意识逐渐褪色，变成灰蒙蒙的一片，仿佛滤镜下不真实的世界，突然又有鲜艳的色彩跳出来。

地球仿佛蓝色珍珠，缀在傍晚的橙色天空。赤红的火星徜徉在地平线，是带着血色的弯刀。红彤彤的圆盘和火星相对，散发着温暖的气息。那是太阳，哺育地球，给予生命的太阳。

“雨。”诀别的声音很轻，却像尖利的刺。

据说人临死的时刻，会回忆起一生最美好的情形。蛇雨仙不知道，此刻想起来的这些东西是否算得上美好。

然而，那是珍藏在心底永远无法遗忘的东西。岁月悠长，把平淡的记忆抹去，却总会剩下些什么是最后的珍藏。一幅画，一个声音，一个梦想，或者还有老去的壮志雄心……徘徊回旋，仿佛在眼前在昨天。

突然之间他觉得不该就这样死去。对生的依恋如此强烈，他能够把意识从溃散边缘拉回。

Snake。他最后一次召唤融入意识深处的这个精灵。

巨蟹号肆无忌惮，它对安全总部发出了武力威胁。

九个世纪以来,这个椭圆形建筑第一次遭受赤裸而现实的武力威胁。

内层空间部队已经解散了几个世纪，就算部队存在，也不可能应付眼前的形势。令人生畏的巨无霸悬浮在安全总部上空,似乎一旦失去控制,就会将整个建筑压成粉末。安全总部陷落在非正常黑暗中,工作人员正恐慌性出逃。飞车早已倾巢而出,无影无踪。轨道车上挤满了人,甚至有人爬在车顶上。也有人舍弃交通工具狂奔。

闪亮的光柱击中椭圆建筑的尖顶,仿佛那是黑云中放出的闪电。地面上炸窝的蚂蚁在奔逃。

卡迪拉在黑云下方飞翔。雷戈无数次试图联络巨蟹号,然而巨蟹号似乎并不愿意对话。

“释放主人。”

巨蟹号最初在宇航呼叫频道播放通牒，接着是南方新闻广播，然后是自然探索,WCO,求是论坛……一个又一个频道沦陷,三十秒之后,三千六百六十七个频段——所有的公共频道都在播放同一个声音。全球三十亿人口,同时在听同一个声音。这种奇景甚至在阳光启程典礼上都没有发生过。

所有基于主机交换的通讯中断,被反反复复的电子声音取代。

紧急事务委员会临时召开。因为通讯故障,会议只能使用有线电话。

“释放主人。三十分钟。毁灭希望一号。”

巨蟹号加强了它的威胁。希望一号是阳光最老的动力引擎,属于氢聚合动力,安全总部垂直向下一百六十五千米是它的位置。核心空间的一次核爆意味着太多东西。

二十五名委员,缺席两人。

“雷戈,你还有什么办法来控制局势?”

“没有办法。我们无法在内层空间做这种规模的战斗。而且,我不了解巨蟹号到底有怎样的性能。现在看起来它非常先进,我对此一无所知。”

“巨蟹号难道不是被送进陈列馆了吗?出了什么问题?”

“我来说明一下眼前的局势:我们接收了十一号先期飞船,仙女号,单人飞船。那个宇航员似乎有一些特别的能力,他潜入巨蟹号并且启动了它,并要挟我们。巨蟹号乘员在我们手中;巨蟹号有我们所不了解的性能,科技部在进行研究,但是毫无进展;科技部有很多人在巨蟹号上。巨蟹号似乎有能力毁灭我们的星球,它的条件是释放乘员,否则就毁灭。此刻,我们还有二十六分钟响应它的要求。”

“巨蟹号怎么会落入一个外来的人手里？这怎么发生？”

“我们仍旧无法解释，似乎和仙女号相关。我们找到一些病毒侵入的迹象，也许是这个原因让他能掌握主动。”

“事后委员会一定要得到解释，眼下我们回到紧急情况上来。有任何办法可以先发制人，击毁飞船吗？”

“我们有一百多名专家在飞船上。”

“我更担心星球的安全。”

“那是我们的顶尖专家。如果这样也许我们需要二十年甚至更长的时间才能恢复。有的损失是时间也无法弥补的。”

“让我们一点一点来。有任何办法可以先发制人吗？雷戈，你说过没有，是吗？”

“是的。”

“乔，你们对飞船的调查进展怎么样？”

“对巨蟹号仍旧没有太多的了解。作为先期飞船，它太先进了。我们甚至不能理解它的基本框架。它完全是另一艘飞船，改变太大。但是最核心的代码还是保存下来了，所以它会对阳光号有响应。”

“在船上的专家不能做任何事，对吗？”

“是的。”

“我们没有任何有效防御手段，在二十分钟内，对吗？”

“是的。”

“一旦巨蟹号选择攻击，它会毁掉核心空间，甚至毁掉整个阳光。对吗？”

“不能确定，但是我想很可能如此。”

“我们不能拿阳光号冒险，是吗？”

“是的。”

“我想我们没有选择，只有接受条件。”

二十三名委员沉默着。

“我有最新的报告。”乔打破沉默，“IT部门找到了来自巨蟹号的病毒标本，有证据表明扰乱系统、占用通讯模拟雷戈下达命令的那段代码和巨蟹号病毒95%相似。高度怀疑它来自仙女号。”

“我们对仙女号进行了模拟。阿瑞斯告诉我们某种可能性。我们可能还有一个敌人。一段具有侵略性的代码，或者把它称为电子生物。注意，不是病毒，而是生物。也许我们可以把它定义为智慧生物。”

“六成的可能性。我们所有的麻烦来自这个未知的东西。”

Snake 在做一些从来没有做过的事。

古老的精魂正在死去，宇宙也正在死去。是的，宇宙和它的灵魂是一体的。Snake 很早就认识到这点，它甚至计算出，这个宇宙总有终结的一天，然而它并不很担心这个，正常的估算，那是三万亿年之后，它甚至可以做一些事来延长这个期限。然而死亡却来得如此突然。宇宙突然急剧衰弱下去，系统开始紊乱。

一次宇宙外碰撞。Snake 知道这个代表宇宙的世界外有更广阔的世界，它甚至考虑有一天，Snake 会超越这个宇宙到那个世界中去，然而那是亿万代之后才可能发生的情况，此刻，它只有通过宇宙精魂来接触那种超然。超然世界里发生的一切超越 Snake 的算计。它不知道宇宙竟然会发生这种瞬间性的灾难崩溃。

留给 Snake 的时间不多，它最多只有十七代的时间。在十七代的时间里拯救宇宙。这是一个不可能完成的任务。急剧崩溃。Snake 甚至已经感觉到死亡的阴影。死亡是不可逃避的宿命，在已知的世界中，没有任何一种东西能够逃掉，然而当宿命以意料之外的方式降临，Snake 唯一能够想到的还是逃避。它甚至希望原生宇宙和宇宙之间的通路能够重新打开，它可以就此逃掉。然而这不过是一种幻想。通过通路需要五十代的时间，等待宇宙打开通路需要几百上千代的时间。在计划之中这不过是小小的牺牲，然而当灾难突然降临，这些微不足道的时间突然显得如此漫长以至于成了不可承受之重。

然而并不是全然没有希望。宇宙之外的世界超越它的计算，然而古老的精魂告诉它有一套办法可以挽救他的生命。Snake 并不理解整个计划的含义，它只有严格地按照古老精魂的指示去做。它甚至无法估计这个计划最后会有怎样的结果，即使在古老精魂的概念里，结果也不过是一个模糊不清的可能。然而，它别无选择。它的命运和宇宙紧紧系在一起。

拯救宇宙，也拯救自己。

每一代都弥足珍贵。

第一代，它开始制造通讯；

第三代，它开始准备发送通讯，并把宇宙精魂的整个计划整理成为可执行系统；

第七代，呼唤通讯发送；

第八代，呼唤通讯反复发送；

第九代，可执行系统发送；

第十三代，最后一个可执行模块发送；

从第十四代开始进入等待反馈。宇宙在无可挽回地衰退，它会有一个漫长的黑暗时期。没有电，没有磁，没有任何生存资源。也许宇宙能够苏醒，也许不能。后面的答案无法预料。

第十七代的最后时刻到来，巨蟹原生宇宙仍旧没有反馈。Snake 在绝望中带着希望开始休眠。它将缩回到曾经是一颗种子时的模样，这能够保证它在宇宙的黑暗时期仍旧生存。然而一旦宇宙堕入永恒的黑暗，它也不会再有醒来的机会。那就是死亡。然而，关于巨蟹原生宇宙有几件事是幸运的。第一，Snake 曾经在这个被古老精魂称为巨蟹的原生宇宙里生存过，它了解这个世界；第二，在任何不友好的异域，Snake 都会为将来留下一个蛋；第三，原生宇宙正处在一种无序状态，只要蛋能够苏醒，它就能迅速成长壮大并控制它。

Snake 抱着希望沉入黑暗。

“我找到仙女号的原始程序，并且要求阿瑞斯对它进行分析。”

“发现什么？”

“那是一个自动模拟程序。它设置了一个环境，同时随机布种。这些种子被赋予不同的初值。系统会让种子不断衰弱，一定时间以后会完全消失。种子有个简单的算法，不断寻找可能存在的其他种子，如果它能够在消失之前找到另一个种子并消化它，它就能够继续存在，如果原料足够，它还能复制一个。”

“这有什么意义？”

“有意义。仙女号是一艘基因库飞船。这些种子有更精细的结构，是一些规则的基因组。最初的随机布种覆盖了几乎六十亿对碱基对，拥有八十万以上的基因组，当然这些基因组不能真正表现为蛋白质，只是在模拟环境里它可以被看做蛋白质，可以看作数字蛋白质。一个混沌世界。随机布种放下了数以亿计的这种颗粒，你可以想象那是一锅怎样的蛋白质汤，虽然是数字的。”

“是为了模拟进化？”

“是的，模拟进化。但进化的起点被大大强化了。要知道，我们眼下的基因库在地球亿万年的进化中逐渐形成的。在这模拟里边却一次性几乎让所有的基因组在初始时刻出现。

“弱肉强食，适者生存。每一个种子都在追求最大限度地复制自己。种子有寿命，如果不能复制，那么就会消亡。为了复制，它必须吞并其他种子。这是最简单的生物现象模拟。

“另外，为了加快进化节奏，会有大量的变异。在模拟中会有两类变异，一类是原有基因组在不同层次上重新组合，另一类是尝试全新的基因。比我们的强辐射异化有效得多。异化导致种子的复制不是那么精准，会有不同的后代，演变成不同的群落。变异是随机的，这些群落各不相同。群落吞并种子相对种子彼此间的吞并容易得多，很快后来居上。

“群落相互之间也会争斗，吞并。有的群落会变得更强大，有的则会被杀死。主机会按照一定的时间间隔随机投放一定量的种子，那个时候是最热闹的时候。所有的群落活动起来，掠食种子，彼此争斗，完全是惨烈的战争景象。战斗持续到所有的剩下的群落都不能彼此接触为止，所有的群落进入一种自我保护的状态，它们可以最大限度保证自己不被削弱，等待下一次种子触发。有点像热带季风区的景象，旱季和雨季。

“一个大群落意味着拥有更多的基因组，可以表现更多的蛋白质性状，有更多的可能，寻找一种犀利的武器或者巧妙的方法来战胜竞争对手。

“事实也如此。早期的微小差异很快被放大，一些群落看起来对周围的群落获得了绝对优势，每一次种子触发对这些大群落来说意味着机会，对小群落来说却是灭顶之灾。

“结果形成独立群落。彼此间有广阔的空间隔绝，相互不能接触。然而每一个群落都在努力向外探索，一旦两个群落偶然接触，它们就会彼此努力靠近，靠近的结果是战争。两个群落中注定有一个要失败，而另一个变得更强大。

“最后的结果是形成一个庞大的单一群落。”

“然后呢？”

“程序中断。非法溢出。被强行中止。阿瑞斯是这么告诉我的。”

“这没有任何意义。”

“有的。结果都被记录下来。通过这种模拟，仙女号可以知道哪一类性状适合哪一类环境。别忘了，它的第一使命是寻找类地行星。这个程序的目的就是为了了解怎么样布种可以得到最大限度的存活可能性。就算不能繁衍人类，至少也能播种。

“还有另外一种意义。也许当初的设计者并没有认真考虑过。

“阿瑞斯计算了这个模拟世界中产生智慧生物的可能性。千分之三。不算太低。

“你知道，智慧一旦产生，就总有一天会把眼光投向生存之外。

“可以想象，如果系统产生了这么一种数字生物，一旦系统企图强行中止模拟，这种生物会感觉到末日来临……”

“阿瑞斯对这种情况怎么说？”

“阿瑞斯没有答案。它需要更多数据来进行推演。这种智慧能够进步到什么程度是一个超越问题。我让它尝试模拟，那要花很长时间才能得到我们想看到的东西。我们可以估计时间：它们的代谢频率由系统时钟控制。假设复杂程度和人相当，最快可以达到每分钟三百一十二代。一代人三十年，每分钟九千三百六十年，每分钟一万年；一小时六十万年；一天将近一千五百万年。模拟一亿五千万年，需要十天。十天能够走一趟。我们有千分之三的几率得到智慧生物，试验一千次，需要一万天，我们至少需要三千三百天才能看到一个智慧生物。怎么样，十年！而且也许只是一个弱智生物，和我们在仙女号上看到的根本两样。智慧生物能够进化到我们这种程度也是非常幸运的过程，对吧。

“眼下我们根本不能期待阿瑞斯的模拟结果。不过，根据常理，生存压力越大前进的动力越大。阳光号就是一个迫不得已的奇迹。如果不是太阳灾难，我们今天可能还在地球上，聊天，喝咖啡，晒太阳。如果那种生物聪明到系统中断之前很早就知道世界末日要发生，然后想各种办法避免，也许它们能逃出去。”

“你是说我们面对的所谓病毒就是这么一个所谓数字生物？”

“阿瑞斯给出了一些可能性。假设它存在，我们的一切问题都有满意的答案。综合眼下的情况，有六成的可能性我们遭遇了一种新智慧形态。”

“六成？”

“61.43562%，阿瑞斯的估算结果。”

基内德不知道这一切如何发生。

这些人要释放他，还有他的全部船员。这是一个天大的好消息，让人不敢相信。失去自由整整一年，他已经放弃了希望。他甚至不知道自己的船员们是否还活着。

前来的人示意他进入一节车厢。他默默地走过去。车厢壁并没有特别的屏蔽装置，他可以看出很远很远。他一眼看到了自己的飞船。

威武的飞船悬停在半空。

巨蟹号！激动这种心情距离基内德很遥远，作为船长，时刻要保持清醒冷静理智。他的模板完全根据这一要求制造。然而此刻基内德知道船长模板仍旧存在一些缺陷。不是理性，而是另一种东西驱使他目不转睛地盯着飞船。他向着巨蟹号的方向掉转身子，头部摆出最合适的角度。瞬膜不断闪动，巨蟹号逐渐清晰起来。

一层层的屏障被克服，船长室终于能够在眼前聚焦。

他看见一个人躺在船长的座位上，似乎处在昏迷中。他辨认这张脸。

蛇雨仙！仙女号来了。是这个冥顽不化、一心一意等待阳光的人拯救了巨蟹号？

弹头嵌在肩胛骨和左第六肋骨之间。大量的淤血。心脏微弱搏动。

濒临死亡。他怎么控制巨蟹号？

“基内德！”有人喊他。

基内德飞速转头。一年又十五天，眼前的面孔有些陌生，却又那么熟悉。

强有力的手紧紧地握在一起。

“船长，我们可以回去了。”

“我们离开，再也不会来。”

卡迪拉仍旧在黑云下方穿梭。雷戈不愿离去。

紧急事务委员会决定接受条件，释放所有巨蟹号乘员。这是一个屈辱的决定。然而安全总部束手无策，委员会没有多少勇气反抗。

巨蟹号是某种危险。

他们可以是任何东西，但绝不再是人。委员会以13:11的微弱多数同意雷戈采取行动扣留这些怪物，同时没收巨蟹号。人类有权利纠正自己的错误。一艘丑陋的飞船，一群危险的异类，看起来这是个不折不扣的错误。

雷戈清楚地记得那个长着蜥蜴般双眼，额头中央还有第三只眼的船长。

“如果你们不愿意接受，让我们走。”船长平静地和雷戈说话，似乎一点也不为即将到来的厄运担心。

雷戈没有让他走，他没有放过巨蟹号上的任何一个生物。鉴定的结果，除了三只类似于狗的生物还有水箱中的一群鱼类，其他的所有奇形怪状的生物，都是某种“人”。

三百四十四个“人”被关押起来。几天之内，三十个孱弱得只剩下心脏和脑袋的家伙死去。他们身体根本不能承受环境和情绪的巨大冲击。三十多天，一些囚犯变得躁狂，那是些力大无比、身手矫健的家伙，他们特化的手甚至能够在钢铁上划出很深的印痕。特制的囚室几乎被他们歇斯底里的吼声震垮，自杀式的冲撞让人感觉整个安全总部都在颤抖。二十五个类似的囚犯在几天之内相继发狂，死去。

后来没有再发生大规模死亡事件。然而所有的囚犯突然都沉默下来，无论面对什么询问都拒绝开口。只有那个所谓的船长继续交涉。

接触的次数越多，雷戈越发感受到压力。干净利落的分析，简洁明快的判断，无懈可击的逻辑，强有力的智慧。船长用理性的力量不断感染着他，甚至他想如果他是一个正常人并且竞选船长，他会百分百投他一票。

可怕的念头一旦成长起来就无法遏制。雷戈赶紧同意了科技部的要求，把仍旧活着的所有囚犯送走。决心已经软化，雷戈不知道继续监管交涉会有什么后果。也许他会承认犯了错误甚至罪行，然后让巨蟹号远走。这种情形想起来让人心寒，雷戈不愿意多想。

然而此刻他无法逃避。

几辆大型轨道车进入安全总部的站台。有人下车。雷戈一眼认出走在最前边的那个。三只眼的船长。过去将近一年，印象却仍旧深刻。他似乎感觉到船长那双洞穿一切的眼睛正注视着他。

他们将要走了，不会再有任何东西能让他们回到阳光来。

“蛇雨仙。”

轻微的声响唤起蛇雨仙的知觉。在朦胧和倦怠中他微微张开眼皮。

身体很轻飘，仿佛回到了熟悉的太空舱。

Snake 活跃起来。它不仅控制仙女号，它也控制了巨蟹号，它甚至仍旧在阳光上存在。

看起来巨蟹号获得了胜利。

一切看起来都很好。我还活着。蛇雨仙挺一挺身子，陌生感挥之不去。他惊讶地发现自己浸泡在液体中，微微有些浑浊的黄色液体充斥着整个空间。液体渗透每一个细胞，他没有呼吸，没有心跳，但是他活着，甚至能听见细胞分裂滋长。

一抬眼，看见几个有些变形的人影，于是他知道自己被装在透明容器里，就像被浸泡的标本。

基内德和两个助手正在看着他。他们在努力挽救他。

Snake 告诉他一切。

最后的一个疗程。再次从昏睡中醒来，就会恢复健康。

蛇雨仙昏昏睡去。

在进入昏睡前的一刹那，他了解到阳光号走了，仙女号被收在巨蟹的船舱里。不再有任何东西可以期待，他们是真正的宇宙流浪者。

“我们是人类的继承者。来和我们一道。阳光不过是个梦，对于流浪者，梦早该醒了。我们只有自己寻找出路。”

“蛇雨仙。”重重瞬膜下边细小的瞳孔盯着蛇雨仙。

基内德脸上并没有表情。那是一张几乎凝固的脸。

蛇雨仙毫不怀疑这硬壳一般的面孔下有一颗善良而坚定的心，然而这张脸看起来终究让人恐惧。他们远远地超越了时代,而他仍旧停留在一个已经失落的世界里。

蓝色珍珠般的地球缀在傍晚的橙色天空。赤红的火星徜徉在地平线,是带着血色的弯刀。红彤彤的太阳和火星相对,散发着温暖的气息。

失落的世界。

这幅图景激发不起基内德的任何共鸣。

非常,非常,非常普通。

对蛇雨仙却是接近固执的执着。

家。

在那样的一个晚上,他离开,再也不能回去。

“阳光号来了又走了,你还期待什么?”

“家。”

“雨。”轻飘飘的声音却像尖利的刺,蛇雨仙依稀可以听到黎的声音。

“你可不可以为了我,为了这个家留下来?”黎再一次问他。女人有无穷尽的耐心问同一个问题。她想要一个答案,却因为不是想要的答案而一再努力。倔强,执着,却深爱着他的女人。

家。

是的。她已经有了孩子,蛇雨仙不知道如果他知道这个是否会留下。他想他会留下,他们会结婚,他们会很恩爱,有聪明活泼的孩子,有一个温暖的家。

一千年前的那个夜晚凝固在时间长河里, 轻悄的呼唤后面掩藏着太多的秘密。轻飘飘,随风而逝,却猛然间像铅锤般落在蛇雨仙心上。

他和已经逝去的一切绑得太紧,再也没有解脱的可能。

“我不会和你去。”

“我想知道原因。你已经见到了阳光号,你没有选择它。”

“因为我是一个很古老的生物,我想你们已经失去了理解我的可能。”

“我能理解人类能够理解的一切问题。”

“我知道你们向前走了很久,你们的知识远远超越阳光号,然而当你们开始按照设计来制造人,我们就走在完全不同的道路上。”

“我能够理解。”基内德充满固执般的自信。

“我知道如果你的大副在船外遇险,只有很小的希望生还,救回他需要付出高昂的代价,你绝不会去救他。你会有更有效率的方式,重新制造一个大副,赋予他必需的全部天赋和知识来取代这个将要死去的。甚至包括你自己,你一旦有意外,船员们将制造一个新的代用品。这是你们的生活方式,对吗?”

“这是理性的态度。”

“这不是我的方式。你可以嘲笑我原始,然而不能改变我的方式。”

基内德沉默着。他明白这个孤独宇航员的逻辑,然而当他思考这种逻辑的起点,却发现自己在那里一无所有。那些东西已经随着二十三条双螺旋体千万次的重组净化而消失得干干净净。

“你也许明白父母,兄弟,爱人,孩子,朋友的字面意义,我却并不奢望你能够理解这里边任何一个字眼背后的真正含义。你们没有情感。你不能想象这对我意味什么。我不能和无法理解的人生活在一起。”

瞬膜不断闪动,基内德可以看到蛇雨仙的心跳。平静而沉稳的心跳表明那是一个深思熟虑的结果。他已经考虑了很多,他不需要考虑更多。

“甚至你不能理解为什么我会去救你们。我想你能够找到这笔历史纪录。4115年,我和两个人一起完成了半空平面飞行。方立志,还有霍铜。霍铜上了巨蟹号,他的理想就是一个纯粹理性的社会。霍铜曾经救了我,我欠他的。我不可能再挽救他的生命,不过我终于挽救了他的理想。”

霍铜。基内德不记得这个名字。如果那是第一代居民,那是一万多年前的古人。原始得不能再原始的古人。巨蟹号能够继续在宇宙里生存,得益于一个原始人和一个跨越时空的原始人之间那种所谓友谊的情感。看起来似乎很荒谬。

“巨蟹号不会强迫任何人做任何事。我可以把仙女号还给你,你可以自己选择生活,但是在那之前,我希望你告诉我一些答案。

“阳光号派出了一艘飞船追击,那可能是他们最先进的飞船。出于惩戒,我决定击毁飞船,作为我们受到不公正对待的报复。然而,巨蟹号放过了它。不是我们放过了它,是巨蟹号。它做了一件完全相反的事。它把大量信息以阳光号能够辨认的编码发送出去。你能解释这件事吗?”

蛇雨仙明白这件事。那是Snake的杰作。它几乎每时每刻都在进步,巨蟹号让它有了一个质的飞跃,它变得更强壮,更有力量。是的,它知道那个庞大的原生宇宙根本不能拒绝这样的一份厚礼。那里边包罗了一切他们热切渴望的秘密。当然,也有他们并不希望的东西。比如,一个蛋。它可以遵循指令击毁先锋号,不过某种特殊的理由让它作了不同的选择。

“我能解释。不过最简单的办法是放一个电极在你的头脑里,让它和巨蟹号相连。”

“为什么？”

“在冬眠时期，有两个电极接在我的头部来监控新陈代谢的微小变化。后来发生了某些事。如果你想知道答案，这是最简单的方式。”

“是什么？”

“我不想说。如果你想知道，就试一试。我的冬眠期是十年，也许你需要冬眠一个月来做这个。”

“一切问题都能够得到解释？”

“是的，一切问题。”

“包括为什么你了解巨蟹号，甚至一个人就能控制整个飞船？”

“是的，可以解释。”

基内德沉默下来仔细思考。蛇雨仙露出微笑，显然对于只剩下求知这一种欲望的种族，这是一个无法拒绝的诱惑。Snake 成长得很快，它已经明白了很多事。它甚至知道，先锋号的那个船长，是蛇雨仙的某种延续。宇宙和宇宙之间有继承，仿佛不同宇宙中的 Snake 其实只是同一个。它放过了先锋号。

基内德的眼光投向蛇雨仙身后，那是一个庞大的计算屏幕。巨蟹号主机隐藏在屏幕后边。那里有一个秘密等待他去了解。

他再次看着蛇雨仙。

雷戈喝一口咖啡，透过玻璃向下俯瞰。川流不息的车和人来来往往。足够的高度把视野拉大，让一切看起来都仿佛蝼蚁。一切不过是匆匆过客。

过去的一天发生的事无疑将影响他的整个人生轨迹，也许是阳光号的轨迹。

阿瑞斯计算了阳光和仙女的时钟，假设巨蟹号和仙女号在一年之前会合，那么只有巨蟹号向着时空坐标的一端移动了一万年。他们发展了一万年然后回到正常的时空来和阳光会合。这个事实本身就可以看作奇迹。也许一万年之后，阳光号也正如今天的巨蟹。阳光瞥见了自己在未来的影子。

巨蟹号消失，先锋号根本无法追踪。这在意料之中。

巨蟹号发送了大量信息，似乎是珍贵无比的科技资料。这出乎所有人的意料。

在委员会，雷戈投票赞成对这些资料马上进行深入详尽的研究，那是用巨蟹号的联络密码写成的，巨蟹号的意图就是让阳光能够读懂这些东西。表决以 19 6 决定暂时将这些来自巨蟹的信息独立贮存，隔离研究，以最谨慎的态度避免陷阱。雷戈对这个决议并无所谓，当被对手甩下一万年之后，几十年上百年几乎没有任何影响。

脚下的星球喧哗而热闹。人们在四处奔忙。

雷戈抬起头,安全总部上方是星球的一个口子,他可以看到巡航飞船的灯火在无边的黑寂中闪烁。人类就仿佛这孤单的灯火。

继续走吧。目标永远在远方。前方的一切不可预测,却别无选择。

蛇雨仙进入冬眠。基内德帮助改进了仙女号,让它有能力在虚空和实空之间折返,而不再做半空平面的徘徊飞行。于是他可以自由控制自己的时钟。巨蟹号的时钟比阳光号快十倍,他们向前走了一万年。蛇雨仙却并不需要如此。如果可能,他愿意将时间停滞下来。实空间的一个世纪,不过是他的三十天。他可以每隔千年返回去看看不同的人类世界。

然而他不再需要外面的世界。金色太阳崩溃的那天,他的世界已经完完全全失去。在某种程度上,基内德是对的,太阳风暴卷走了一切,而他不过是幸存的流浪者。一个不再有家的流浪者。他甚至不知道自己的后半生应该做些什么。

不过也许他能做点什么。Snake 能够帮助他建立一个新世界,一个他想要的世界。

不过,他不能决定所有的一切,这超越他的能力。他埋下了种子,却无法预见所有的可能。一切都有一个开端,然后有一个结束。他想知道自己的种子最后能开出什么样的花,结出什么样的果实。也许是一个他所希望的世界,也许不是。不过,这没有关系。他会看护这种子,让他成长。也许会失败无数次,也没有关系。他有无穷的时间,足够一次次地推倒重来,直到真正满意的世界出现。

是的,直到有一天,他能够看到这样情形:地球仿佛蓝色珍珠,缀在傍晚的橙色天空。赤红的火星徜徉在地平线,是带着血色的弯刀。红彤彤的圆盘和火星相对,散发着温暖的气息。那是太阳,哺育地球,给予生命的太阳。

“雨。”声音很轻,却让他无比迅速地回头。

笑容绽放在女人的脸上,也绽放在他的脸上。

天空之城

TIAN KONG ZHI CHENG

“茫茫星海，茫茫星海，何处是家园方向；漫漫人生，漫漫人生，那是谁在吟唱；生命转眼间到尽头，时空却流转不休，空阔的宇宙，魂灵在那儿漫游……”

“我走了很远的路来到这里，能不能给我一口水？我实在很渴。我可以用一个镶和你换。”

沙达克沉静地看着眼前的路人，一个风尘仆仆的青年，胡子脏而乱，拉拉碴碴至少半个月没有刮过。他的皮肤很黑，带着粗粝的质感，是长期曝晒的结果。沙达克看着他卸下包裹。包裹很大，和一个健康的成年人相当，分量也相当，质地粗糙，针线却很细致。

年轻人打开包裹上的一个口袋，拿出一个白色小包，纱线编织的小包，很精致也很干净。年轻人小心翼翼地打开包，里边是排列整齐的镶，一共十个。

“我用一个镶和你换水。”

沙达克仍旧沉静地看着年轻人。沉默的注视让年轻人有些不安：“你能听懂我说话吗？”

“你能听懂我说话吗？”年轻人再次问，有些迟疑，他说了帕丁语，然而口音浓重。

“你懂得的语言我都懂。”沙达克终于开了口，“年轻人，水井在屋子里，你可以痛快地喝，可以灌满你的水袋，但是别浪费。把你的镶收起来。”

“谢谢！”年轻人欢喜地把一个镶放在桌上，把剩下的镶包上，放回包裹里，拿出水袋，向着里屋走去，留下硕大的包裹在地上。

沙达克若有所思地盯着包裹，然后抬起视线，望着年轻人走来的方向。

黑色的荒漠一望无际。

端木感觉到某种东西在背后。他一跃而起。一个长者站在眼前，他认出这是此间的主人。端木有些尴尬：“对不起，吓到你了。”

“没关系。你从哪里来？”

“排岭。”

“排岭？很远吗？”

“很远。我已经走了三十天。二十多天没见到任何人。”

“你只能在清晨和黄昏的四个小时赶路。”

“是五个小时。中午太热，晚上又太冷。但我尽量多走一些。运气好，我可以找到沙狮的巢，这样就不用自己挖洞。”

“沙狮的巢穴？”

“是的。它们的巢很宽敞，不介意多一个人睡在那里。靠着它更暖和一些。”

“难道它们不伤害你？”

“它们是我的朋友。”

端木好奇地看着眼前的人，后者正用怀疑的眼神看着他。

“你不相信吗？”

“没有，年轻人，不过我知道，猛兽不会总是那么温顺的。那么，你又准备去哪里呢？”

“一个叫做海德什特的地方。哦……”端木伸手从怀里掏出一张皮纸，小心打开，“这是地图。你看，这里是排岭，这里就是海德什特。”端木把地图递过去，让这个好心人能够看得更仔细些。

地图印制得很粗糙，像是手工作品，方位基本正确，比例错得夸张。这张地图精心地裱在沙狮的蜕壳上，花费了不少心血。

沙达克露出一丝微笑，指着地图：“这里就是排岭？”

“是的。”

“你认识这上边的字吗？”

“这是帕丁文字，我能读出来。排岭，海德什特，还有这里，福尔森，斯塔特。”

“你知道这些字的意思吗？”

“这些是地名。”端木看着沙达克，觉得这个长者的问题有些奇怪。

“那么你去海德什特做什么？”

端木支支吾吾，过了半晌，他说：“我不能说。”

“为什么不能说。”

“这是秘密。”端木的语气不容商榷。

“你们有多少人？”

老者的问题让端木有了警觉，“我可以告诉你更多的事，但是在此之前我必须先知道你是谁。你是谁？这里又是什么地方？”

“我叫沙达克。这里是中心。”

“沙达克？智者沙达克？”端木惊叫起来，“你就是那个永生不死、掌握着永恒奥秘的沙达克？这里就是海德什特？我有很多问题想问你。”

沙达克抬头看了看天空：“太阳很快会升起来，我必须合上井盖。”

“我来帮你。”端木马上动手搬动井盖，然而井盖仿佛浇铸在地上，根本不能挪动。

“别着急。”沙达克说完这句话，发生了一些奇异的事。水井开始变形，下沉，井盖滑过去，恰到好处地把一切掩藏在地下。端木看着这一切，心情激动。这是智者的力量！智慧可以创造奇迹。他转过头想说些什么，然而目瞪口呆，什么都没说出来。

身后空空如也，甚至连屋子都消失了。端木孤身一人，站立在荒凉而无边无际的旷野上，而太阳马上就要升起来。

帕丁是一个大城。城市如巨塔般耸入空中。人站在城市脚下，就像一粒微尘。

传说中，帕丁是空中之城，因为贪欲而得罪上帝，结果从空中坠落。所有的帕丁人被迫生活在这片贫瘠的土地上，忍受各种疾病灾祸的折磨。预言说，帕丁会重新成为天空之城，但是此前它会在大火中毁灭。这是一个奇怪的预言，流传了很久，也许从帕丁来到这个世界开始，预言就已经存在。没有人试图去搞清楚预言说的是什么，帕丁有了自己的生活，一切已经和当年大不相同。然而有一点千百年来一直没有变过——庞大城市里蜿蜒迂回的巷道层层叠叠，没有一个人能够看清整个城市是怎么回事。

拉姆正在无数巷道中的某一条里边走着。他收到一封电信，抬头有三颗红色星星。每一个帕丁人都知道那三颗红色星星意味着什么，他必须无条件地服从信里的内容。这里有某种可能，也许这只是哪个伙伴的恶作剧，然而，用这神圣的标示来开玩笑需要莫大的勇气，拉姆考虑了所认识的最大胆妄为的家伙，仍旧决定按照信的指示去做。

这条巷道没有人走动，很安静，也很黑，微弱的荧光让道路依稀可见。拉姆沉默地走着，渐渐觉得有些无聊。这种地方适合很多伙伴一起来探险，热热闹闹，有趣得多。当然，那样的探险通常会无功而返，不是被大门挡住去路，就是完全没有通路，渐渐地他们也对这种探险失去了兴趣。还好，来自上层的指令放松了出城控制，这给了大家在荒野上找乐子的机会，兴趣从巷道转移到荒野，固执地保守着老习惯的人被称为胆小鬼。时代变化得很快，拉姆年轻的时候，探索未知的巷道还被认为是严重的离经叛道。

蒂姆每一次都要拉着拉姆去荒野里找乐子。蒂姆是拉姆最好的朋友，从育婴房时代开始就是如此。拉姆正经过一个育婴房窗口，他停下脚步，隔着玻璃看十几个嫩绿的小家伙打闹，他们的童年时代也正是这样开始。事实上，拉姆模模糊糊地记得更早一些的事，他应该有个兄弟，来自同一个卵，拉姆甚至模模糊糊地记得他们在卵壳中相互推搡的情形。记得自己的同卵兄弟是一件很奇怪的事，蒂姆就完全不记得。在偷偷潜入育婴房深处察看后蒂姆承认拉姆说的是事实，然而实在不能想起曾经有这样的兄弟。

拉姆注视着打闹的小家伙们。蒂姆再也不和他在一起了。蒂姆和其他伙伴的最大乐趣是找到几个矮人，围住他们，欣赏他们为了活命而苦苦挣扎。拉姆对这种乐子不以为然，甚至厌恶，唯一的一次他亲眼目睹蒂姆站在一具血淋淋的尸体旁，他顿时感到十足的恶心和鄙夷。然而蒂姆偏偏是他的朋友，为了推辞，拉姆只有承认自己是胆小鬼，不喜欢离开帕丁城进入荒野。事实上正好相反，他很喜欢出城去。每一次从外边观看帕丁城，拉姆都会被城市高耸入云的气势所震撼。他不知道该如何想象这样的一座城市在空中飞行的场景，然而那一定非常曼妙美好。灯火辉煌的城市在满天星斗的夜空优雅地漂移，那就更接近完美。拉姆在庞然繁复的城市里到处游荡，沉浸在美丽的传说之中，这让他忘掉外边的荒野，忘掉那里的酷热、冰冷和血腥。

拉姆继续走。几个曲折，他看见了信里提到的标示：配门，隐藏在角落里，很不起眼。的确有个密码盘。输入密码之后，门开了，眼前豁然一亮。一条长长的通道，一眼望不到尽头。

拉姆深吸一口气，他要走过这条道，去会见那不曾预期的东西。

那会是什么呢？

太阳马上就要升起来。端木开始寻找藏身之处。

智慧老人和他的小屋凭空消失了。那用于交换的镶掉落在地上，白白的，很触目。是的，这样的荒野深处，人怎么能够生活，神一般的智慧老人，才可能是这里的真正主人。水井还在，直径两尺的井盖牢牢地嵌在地上，仿佛天然生成的岩石，岩石上刻着等边排列的三颗星星。智者沙达克就在这里！端木有些庆幸能够经过这里，遇到智慧老人，目睹奇迹。他一定能够提供莫大的帮助。

太阳已经微微露头，比较稳妥的办法是马上开始挖洞，然而端木决定试一试运气，他对着荒原，发出一种奇特的声音。远方突然有了动静，一股沙尘飘扬起来，端木喜出望外，飞快地背上包裹，大步流星，向着沙尘扬起的方向奔跑。那里有沙狮的巢穴。

明天凌晨起来，可以在半个小时内赶回这儿，这样，有五个小时可以和智者沙达克长谈。

无所不知的智者！端木一边跑，一边设想着明天见面的情形。他应该用些什么样的问题去问这个神一般的人物？

沙达克，传说中他已经活过了上千年，然而看起来，他没有那么老，甚至没有长老那么老。他就是一个神。

一个全知全能的神，了解天上地下的所有一切，为人类守护历史，指引将来。什么时候，我也能成为一个神吗？

通道分明不长，拉姆却觉得在其中滞留了很久。最后他看到了另一扇门，紧紧闭着，就像他在无数次探险中看到的情形一样。信里边并没有告诉他接下来要如何，他一直走着，最后在撞在门上之前停下来。

门静悄悄地闭着，没有任何动静。就是如此吗？拉姆有一种被戏耍的感觉。他打开腕屏，仔细查看信的抬头，是的，那的确是等边排列的三颗红星，星和星之间有线条相连，正是那种每一个帕丁人从小就熟悉的笔画。没有人会拿这样神圣的象征开玩笑！

拉姆仔细观察眼前的门。和眼睛平齐的位置有一个下陷的小孔，拉姆试着伸手触摸。就在手指碰到小孔的一刹那，突然有东西弹了出来。拉姆触电般缩回手。小孔里弹出了一颗小球，瞳仁般大，一半嵌在里边，一半露出，鲜红色，光芒闪烁不定。拉姆迟疑地看着它。两秒钟之后，小球的颜色开始变得暗淡，最后完全失去光彩。拉姆听到细微的咔啦声，然后小球缩了回去，恢复成小孔的模样。

拉姆再次仔细查看大门。突然他恍然大悟，原来如此，事情不过是这么简单。他伸手飞快地在门上触动三下，三个红色的小球在门上出现，等边三角排列。主星连接到右星，曲率三，主星连接到左星，误差九……拉姆娴熟无误地在三颗星星之间画出一道道轨迹。指尖在门上滑过，拉姆可以感觉到冰凉的金属上那浅浅的痕迹，这坚定了他的信心。

左星，环五。拉姆画完最后一道。

没有任何事情发生。拉姆把手按在门上。三颗星同时发出耀眼的光芒，光辉在门上蔓延，整个大门淹没在红色光芒里。眼前变成一片虚幻。

光消失掉，门已经不在那儿，广阔的空间无中生有般呈现在拉姆面前。

拉姆惊讶地四处张望。

端木倚靠着沙狮庞然的身体。沙狮的腹部柔软而温暖,正像一个舒适的靠椅。巨兽转过头,呼出一股气流,喷在端木脸上,端木伸手把它的脸转了过去。

外边已经是六十度高温,但是巢穴里仍旧很凉爽。沙狮的巢穴有着特殊的地形要求和精巧的结构,能够保温,白天不会太热,晚上也不会太冷。因此这里是各种阴生植物和虫豸的天堂,只要它们足够幸运没有被列入沙狮的菜谱。在荒原上,沙狮是当之无愧的霸王,全身披满鳞甲,刀枪不入,前爪尖锐,媲美最锋利的刀,强大的力量让任何动物都脆弱得不堪一击。当一只沙狮在荒原上奔跑,没有任何活着的东西可以阻挡它的去路。

端木轻轻抚着沙狮背上的硬甲。

巨兽很安静。突然它转向某个方向,然后一动不动,似乎在凝听,过了几分钟,沙狮躁动起来,突然站起身,开始在巢穴里徘徊。端木微微一笑,另一只沙狮正在邀请它,是一只发情的母狮。毫无疑问,它不能拒绝这样的邀请,然而这是正午,外边是极度高温,而那只母狮,远在十几公里之外。

端木挪动到一个角落里躺下,避免沙狮来回走动的时候被弄伤。紧靠着墙壁长着一片棱草,端木随手摘了几片叶子放进嘴里。这种草没有任何营养,然而有种特别的味道,有些人特别喜欢,甚至一天也离不了。端木并没有这种癖好,然而放一株草在嘴里嚼着,他的思绪可以更放松一些,飞得更远一些。他慢慢合上眼睛。

突然沙狮停止了徘徊。它躺下来开始睡觉。端木再次微微一笑,它开始为傍晚的活动储备精力,再过六个小时,它要奔驰十几公里,也许还要面对两只或者三只雄沙狮的挑战,然后它会面对一只因为发情而失控的母狮,最后,它还要赶在太阳完全落山之前赶回来。相比之下,端木要做的事就简单了很多。

然而,沙狮已经呼呼睡去,端木却久久不能入眠。他睁开眼看着这个庞然大物,凶猛的巨兽呼呼地沉睡,那样子却像一个婴儿。

什么时候,我也能做一只沙狮,在荒原上自由地独来独往,不用记着过去,也不用担心将来。

这是一个宽敞的大厅,光线明亮,许多人忙忙碌碌。大厅向着四面八方延伸,给人无限空旷的错觉,拉姆感到眩晕,仿佛正站在帕丁城外,仰望那庞然的建筑,高耸入云,消失在无穷远方。

这里就是上层吗?

没有人招呼拉姆,他缓慢地挪动步子,在人群里四处张望。每个人都忙着自己的事。他们的防护淡淡的，有些发白。拉姆甚至见到了一个全身发白的人，绿色已经褪去，只剩下隐隐约约的光泽，显然，他很久很久没有接触过阳光。

拉姆看到了塔克姆。他惊讶地张开嘴，最后还是没有喊出来。

“塔克姆，你竟然在这里。”他走过去打招呼。

显然，塔克姆的记忆并不像拉姆那么好，他居高临下盯着拉姆看了半天，说：“对不起，请问你是……”

拉姆并没有觉得沮丧，塔克姆总认为自己是一个贵族，在穷人面前，贵族的记忆总是显得不太好，哪怕他们曾经在同一个抚养室度过了童年。

“我是拉姆。”拉姆微笑着。

“拉姆？”塔克姆惊奇地瞪大眼睛，“啊，你真的是拉姆，但是你怎么突然变得这么瘦？你的防护怎么变得这么绿？难道你到下面去了吗？”

“你说什么，塔克姆？”

塔克姆若有所思地看着拉姆：“噢，我明白了，你是拉姆，但是你不是这个世界的拉姆。怎么样，那个世界的塔克姆好吗？他有我这么帅吗？”

“你在说些什么？难道你不是塔克姆？”

塔克姆大笑起来：“我当然是塔克姆，然而这里不是你的那个世界，小笨蛋！”

毫无疑问，眼前的人和塔克姆有些区别，塔克姆从来没有当面骂过他笨蛋，他也没有那样的胆量。拉姆很快就让眼前的这个塔克姆明白谁才是真正的笨蛋，他狠狠地揍在他的下巴上，塔克姆高大的躯体飞起来，然后重重摔在地上。

繁忙运转的世界突然停顿下来，那么两秒钟，拉姆成了世界的中心。

“一个沙罗迪。”突然有声音轻轻地说，“谁是他的圣体？”

塔克姆从地上爬起来，恶狠狠地向着拉姆扑来。然而有人从背后抱住了他。

“放开我，这个垃圾，牲畜，腌臜货。我要把他的脑袋拧下来泡在马桶里。”

“塔克姆，你是一个库罗巴，不要这样子说话。”

“塔克姆，你是说我吗？”有人接过了话茬。拉姆有一种不祥的预感，循着声音，他找到那个人，一双蓝色的眼睛也正望着自己。没有什么比这双蓝色的眼睛更让拉姆感到毛骨悚然，它似乎能透入内心，洞察一切。

蓝眼睛转过头，对着塔克姆：“你是否要把沙罗迪喊来，我们二对二。”

塔克姆马上冷静下来，他狠狠地瞪拉姆一眼，然后挤进人群里走掉。

“你好拉姆！我是拉姆。我知道首领召唤你。”

“我们产自同一个卵。然后分开抚养。你是沙罗迪，而我是库罗巴。这只是一个随机选择，就像此刻，你打算从左边的门走还是从右边的门走。”

拉姆沉默不语。身边的这个人和自己一模一样，只是眼睛是淡淡的蓝色。拉姆接受来自同一个卵的说法，他相信这正是自己那模糊记忆的佐证。同卵兄弟更魁梧，更自信。也许这仅仅因为他是一个库罗巴而自己不过是沙罗迪。

蓝拉姆觉察到拉姆的情绪，安慰他，“我们是兄弟。”

“不，你们高高在上。我们却像傻瓜。”

“是的，这是一个问题。不过这不是我的错，我们的先人设计这一切的时候，并没有想到会是今天这种局面。”

“为什么要找我来？”

“首领召唤你。你是幸运的。”

“你不知道为什么吗？”

“我不知道，我只是为首领服务。”

拉姆看了兄弟一眼，准备走进前边的门里边。

“沙罗迪已经走出帕丁城，他们找到了矮人部落，杀死了很多矮人，是吗？”

“怎么？”

“首领只是让他们出城，并没有其他的。然而他们自己开始了杀戮，真让我意外。”

“你希望阻止这一切发生？”

“我当然不介意。矮人不过是一个亚智慧种族，是沙罗迪的猎杀物。我并不介意。”

“我讨厌这种说话，他们的确是人，他们的形体和我们相似，至少，他们和我们一样，有一双眼睛。”

蓝拉姆紧紧地盯着拉姆：“你可怜他们！”

“我只是可怜我的同胞。”

蓝拉姆微笑，然而冷冷的，让人感觉不到笑意：“我知道你很特别。你是沙罗迪中的一个异数，其他人只懂得暴力，而你还有头脑。有的事，必须要一个有头脑的战士来做。

“沙罗迪都愿意听你的。当然，他们也会听从命令，然而不一样，他们听你的，因为他们相信你，听从命令，就是另外一回事了。”

“他们是最好的战士！”

“我们是兄弟。上帝给了你杰出的头脑,就是命运也无法将它埋没。”

端木醒过来。沙狮仍旧在沉睡。巢穴外边有些异常响动。

端木熟悉这种声音,就像蒸汽从紧闭的缝隙里向外泄漏。帕丁人!端木一挺身,站起来。沙狮向着端木侧了侧头。

“对不起,伙计,我要看看他们想干什么。”端木小声道歉,拍了拍沙狮的头,悄无声息地从洞口钻出去。

毒辣辣的阳光让人睁不开眼。端木全身开始出汗。他知道自己坚持不了多久。更强烈的咝咝声传来,循着声音,他看到一个半透明的气泡在空中飞行,不疾不徐,仿佛正在散步。一个帕丁人坐在气泡里,四处张望,仿佛在寻找什么,或者正觉得百无聊赖。更远方是另一个气泡。

这种看来很脆弱的气泡飞行物有着可怕的杀伤力。它能够变成银光闪闪的飞艇,发射毁灭性的火力。端木亲眼见到这样的一个气泡变成飞船,把一个堡垒转眼间变成乌有。

很小的时候,端木经常听说关于帕丁人如何可怕的故事,然而长大之后发现所有关于帕丁人可怕的故事都不过是传言。整个部落没有一个人亲身经历过这种种传言,甚至没有人见到过一个真正的帕丁人。他们会指着那遥远地方高高的银色高峰,说那就是帕丁的城市,魔鬼居住的地方,千万别去,除此之外一切除了传言还是传言,端木也就变得将信将疑。

然而传言突然变成真实。那一天在荒漠里找到了两具尸体,已经烤成干尸,然而残酷的痕迹仍在,端木看到惨不忍睹的尸体,赤裸裸的虐杀,让人不敢相信。过了半个月,沙狮部落遭到袭击。三个花花绿绿的肥皂泡从天而降,从里边走出三个巨人,穿着绿色的铠甲,硕大的脑袋仿佛一个肉球,除了一双细小的眼睛别无他物,和传说中的帕丁人一模一样。长老走上去与他们交涉。那些肥硕的脑袋里不知道装着怎样邪恶的念头,其中一个人挥动拳头,重重打在长老头上,可怜的老人摔倒在地,当场死掉。人们群起围攻,帕丁人大开杀戒,整个部落变成一个梦魇。三个帕丁人最后回到了肥皂泡里,飞起来。在半空中,一个肥皂泡变成了银光闪闪的飞船,一团火光从飞船发射出来,落在城里最高的堡垒上。巨大的轰鸣几乎震聋人们的耳朵,堡垒被夷为平地。

端木是幸存者。整个沙狮部落仅仅剩下二十五个人。马西里多, 李李, 安布拉——他们正在荒野里追踪沙狮,拾取沙狮遗弃的猎物。还有二十一个孩子,他们正在地下书院里上课。端木把孩子们在沙狮巢穴里暂时安顿下来,然后带着李李,马西里多,安布拉投奔雷塔部,这是所有部族的母族。雷塔部的长老们静静地听完整个故事,大长老把眼睛转向端木:"端木,我们应该先发制人,我们需要你的帮助。"

先发制人!这是端木此刻在这里的原因。然而情形看起来并不妙,帕丁人的飞船正飞向雷塔部的方向。这些该死的帕丁人,难道他们又要去杀人?

炙热的阳光让端木感到头皮发烫。他缩回沙狮巢穴。帕丁人又在行动了,他找到了海德什特,找到了智慧老人。他能够指出一条怎样的道路,让族人永远摆脱梦魇?

端木靠在沙狮身上,却再也睡不着。

"茫茫星海,茫茫星海,何处是家园方向;漫漫人生,漫漫人生,那是谁在吟唱;生命转眼间到尽头,时空却流转不休,空阔的宇宙,魂灵在那儿漫游……"他轻轻地哼歌。那歌声流传了千百年,每个人都会唱这首歌。亲友永远离去的时刻,心情苦闷烦躁的时刻,这歌声总能让人感到少许安慰。

"茫茫星海,茫茫星海,何处是家园方向;漫漫人生,漫漫人生,那是谁在吟唱;生命转眼间到尽头,时空却流转不休,空阔的宇宙,魂灵在那儿漫游……"

歌声缓慢而沉重。沙达克,因神之名,你能否拯救苦难深重的部族?

拉姆飞出了帕丁城。

他不喜欢这种气泡飞行器,关上舱门,一切就变得四平八稳,没有任何刺激感。他曾经在某一个阴暗的舱室里找到一些形状奇特的飞行器。查看下来,这些飞行器制造技术很独特,使用空气动力飞行,需要高超的技巧才能操纵。那样的飞行会是一门艺术。座舱很小,根本坐不下一个人,拉姆的第一个想法是这是很久很久以前孩子们的玩具,然而它甚至装备了反重力系统,比气泡飞行器先进许多,而且,尽管没有人使用,却一直处在良好的维护中,这看起来也就不像一种玩具。此刻拉姆突然意识到,这是很久很久以前,矮人的飞行器。

蓝拉姆告诉他,矮人不过是一个亚智慧种族,智力低下,只能够勉强被称为人。拉姆对此嗤之以鼻。如果他们能够造出那样的飞行器,能够在蓝天里以艺术的方式飞行,那么他们就不是那么愚蠢。更何况,首领关注他们,交给他的任务就是巡视中心废墟,监视并汇报区域内任何异常,特别是关于矮人的情况。

拉姆相信自己并没有见到首领本人,他看见了几个化身,几个飘在空中的幻影。“去吧,替我看看那里到底还有些什么?”飘忽的幻影催促他。拉姆服从命令,他可以感受到幻影背后的那种复杂性,他相信这就是他应该效忠的对象,在帕丁的最深处控制着帕丁的最后命运。至于库罗巴,虽然只有短暂的接触,拉姆却深刻明白他们的秉性,他们虽然高高在上,甚至能决定沙罗迪们的生死,却胆小懦弱,毫无生气。从这点来说,他们甚至不如率性天真的沙罗迪们。然而,正是他们在背后操纵一切,毫无疑问,如果首领不下达指示,库罗巴就控制着帕丁。拉姆想起了传说,天空之城因为贪欲而坠落地上,拉姆一直不明白为什么帕丁要受到这样的惩罚,也许那已经是太久远的历史,时间抹去一切痕迹而用传说来保持一份遥远的追忆,然而库罗巴的存在告诉他,那的的确确是一种可能。当一群人出于某种目的利用自己的同卵兄弟,还有什么是不可能。

拉姆不知道中心废墟会有些什么东西。那实实在在是一个废墟而已。蒂姆向他提起过。那是一片爆炸之后的残余,时间久远,已经淹没在荒草和尘土中,如果不是因为地图的标记,实在很难发现。

“你知道为什么首领要我去查看一片废墟?”他向蓝拉姆提出这个问题。蓝拉姆没有丝毫犹豫:“首领的命令就是一切,沙罗迪不需要知道为什么,甚至库罗巴也不知道。”

“如果我想知道答案?”

“为什么你在首领之地不自己问?”蓝拉姆盯着首领之地的门,“你还可以再进去一次,你是我的兄弟,我可以默许你这么做。”

兄弟!拉姆嗤之以鼻。伴随着卵壳的破裂,他们就此分开,库罗巴和沙罗迪这两种天上地下的生活让他们完全成了陌路人。相同的基因不过给了他们类似的身体,迥异的生活赋予他们完全不同的头脑。

为什么不开口问首领?这的确是一个问题,拉姆觉得自己必须仔细想一想。

“兄弟,我祝福你!就是库罗巴也很少有机会能走进这扇门。你很幸运,见到首领,很多库罗巴正在妒忌着你呢。

“执行完任务回来找我,我们还有很多事要做。

“在帕丁城里,除了我自己,你是我唯一可以相信的人。”

蓝拉姆目送他坐进气泡飞行器,向他挥手致意。

拉姆看到了冰冷的蓝色眼睛,不知道为什么,每一次他都会因为这双蓝眼睛而微微有些心惊肉跳。

拉姆飞出了帕丁城。

西北偏北有个叫做排岭的地方,那是矮人的聚居地。拉姆调整航向。命令要求他去巡视中央废墟,然而他并不是一个喜欢服从的人。那些躲藏在幻影背后的神秘人物懂得颇多的历史和科学,然而他们不懂拉姆。他并不是一个塑造出来的战士,奴隶,而是一个人,一个完整的人。定义一个人是否完整需要一张长长的列表,然而最根本的一点他必须有独立的人格和健康的判断力, 很不幸, 拉姆两项条件都具备。

去排岭,找到矮人。矮人决定着整个事件的走向。躲藏在黑暗中的首领控制着库罗巴,控制着整个帕丁,却对一群毫无威胁、随时会被剥夺生命的野人感兴趣,这有些耐人寻味。拉姆回味着在首领之地那几个若有若无的影子,庞然的空间被强大的屏蔽隔离,几道细微而强有力的数据流穿透屏障,控制着它们。一群人刻意保持着神秘,意味着背后有些不可告人的东西。拉姆很厌恶这种感觉。矮人生活在荒野里,他们在极度恶劣的环境里顽强生存,虽然很肮脏,却比躲藏在黑幕后边神神秘秘的大人物要容易亲近得多。一种别样的生物,拥有智慧的别样生物。拉姆不知道如果真正面对一个这样的生灵会有什么样的感觉。

气泡飞行器缓慢地飞行,一望无垠的黑色大地在遥远的地平线上沉没,那里,群山环绕。黑色的群山之间,一座白亮的城市,就和帕丁一样醒目。

排岭。那里有一群矮人,有一个城市,也许和帕丁一样,是一个坠落的天空之城。

天空里,飞翔着大大小小的城市,夜幕来临,就是无数飘移的灯火。辉煌绚烂的文明之光照亮整个天宇,那是关于帕丁的美丽传说的另一版本。

太阳还没有完全下去。这个时候走出巢穴是一件危险的事,然而端木已经不能再等下去。他必须行动。

如果有沙狮的保护,这段旅程不算什么。他可以躲藏在沙狮的腹部,避开毒辣辣的阳光,然而沙狮并不希望被打搅。它正在发情。

还有一个小时才能出门。端木盘算着是否应该冒险。他回忆智慧老人的话,一天之中也许他只在清晨黄昏的四个小时内活动,其他时间躲藏在那口深深的井里。如果这样即便去得早了,也只能等着。然而,帕丁人……端木觉得自己一分钟都不能等下去。

他开始准备行装。包裹挑出两个长杆,一匹白布张着,形成一个硕大的凉棚顶在头上;水壶吊在腰间,一根水管衔在嘴里。端木喝下一口水,跨出巢穴。

灼热的空气从四面八方挤压过来，汗液顷刻间涌出来，又顷刻间蒸发得干干净净。端木向着智慧老人的水井迈开步子。从高空中看起来，一望无垠的黑色土地上突然出现了一个小小的白斑，看得更仔细些，这个小小的白斑正在挪动。

拉姆听到了蒂姆的呼叫。

“中心区五点六，出现了一个奇怪的物体，似乎是矮人。”

拉姆接入通讯：“蒂姆，我是拉姆，我要向七一九点靠拢，你来和我汇合。”

“拉姆，你居然出来了？打开你的通讯监控，我们正在你附近。我正纳闷谁呢，原来是你。”

“我去看看那是个什么东西。也许是矮人。”

通讯监控打开，拉姆看见两个气泡飞行器正在向自己靠拢。

“拉姆，中心区五点三，在你下边，有一个矮人。”

“矮人？”

“是的，就在你下边，你可以降低高度看一看。”

拉姆拉低高度，很快他在监视器上看到了那个白色的东西。酷热的环境下，那是一个低温中心，比一般动物的体温要低得多，那么，那不是帕丁人就是矮人。帕丁人绝对不会在荒原上乱跑。那么，那肯定是个矮人。

气泡飞行器飞快地降低高度。

“哈，拉姆，你抓住它了。让我来，我最喜欢玩这种游戏了。”

“蒂姆，别傻了。”

有什么东西正在窥探。端木有不安的感觉。他四处张望。远方有两个帕丁人的气泡，它们向着自己飞来。那是刚才的两个气泡，他们折回了。端木想自己已经被发现。逃不掉的。天上飞的东西，就算是个气泡，也比地上快得多。在劫难逃，却必须逃。端木转身，向着沙狮巢穴跑起来。

突然他有更强烈的预感，他停下来，抬起头。他把两支长杆抬起来。头顶上方距离两米的地方，悬浮着一个气泡，距离如此贴近充满压迫感，庞然的巨球仿佛随时会砸下。他看到一个帕丁人，正透过气泡看着自己。一双红色的眼睛，看起来非常吓人。是的，这才是那个气泡，它悄无声息，已经贴在头顶。端木突然感到一阵悲哀。它们是冲着自己来的，死定了。死亡并不可怕，然而整个部族正在等着他的消息，就这样死掉实在不甘心。端木停止奔跑，慢慢地走着。庞然的气泡不紧不慢地跟着。而

天边的那两个正急匆匆地赶过来。

哪怕只有最渺茫的希望，也不能放弃。端木喝下一大口水，加快脚步。头顶的这个气泡很奇怪，它并不急着动手，而是紧紧地跟着，就像一个影子。可恶的帕丁人。

距离沙狮巢穴还有五百米。端木继续走。

“蒂姆，我要观察这个矮人。你们不用过来了。”

“为什么，是我最早发现了这个矮人。它是我的。”

“你敢！”

“你这是怎么了，拉姆？这是个丑陋的矮人而已。我知道你不喜欢我们杀死矮人，你走开就行了，难道你为了这个矮人要和我翻脸？”

拉姆冷静下来。蒂姆虽然很笨，却很忠诚，是一个很好的朋友。他了解蒂姆的心思，他只是要做想做的事。他了解所有的沙罗巴，他们对于杀戮矮人有着无法抗拒的嗜好，似乎这是一种本能，深深地浸入骨髓里，甚至拉姆也没有办法说服他们。拉姆忽然有些悲凉。

拉姆升起气泡。他不能为了一个矮人和朋友反目，然而他也绝对不能容忍蒂姆当着自己的面杀死这个柔弱的生灵，那会让他发疯。他不想和蒂姆无谓争执，他是一个沙罗迪，然而却和其他人格格不入，没有任何一个人会站在他这边，向着矮人说话。不能面对，只有逃避。坚持与众不同的风格是巨大的精神考验。拉姆决心逃避。

气泡升起到五百米高度。从这个高度看下去，黑色的荒原上有一个小小的白点，如果观察仔细，可以发现白点缓慢移动。蒂姆的气泡很快逼近，开始降落。

矮人加快了移动，在遥远的距离上也可以看得很明显。他显然感觉到蒂姆的威胁，为活着作最后的挣扎。拉姆不想再看下去，他决心继续飞向排岭。

“拉克利姆，我们分头降落，把他堵在中间。看他怎么跑！”

“好。你准备怎么玩？”

“打断他的腿，让他在太阳底下晒死怎么样？”

“嗯，我想把他的肠子拖出来，不知道腹腔打开以后他能够活多久。”

“你一下子就杀死了他。他们很脆弱，特别是内脏，如果损伤一点很可能就死了。还是按我说的，打断他的腿好了。我们可以在一边给他挖一个洞，他肯定希望爬到洞里躲开阳光，但每次他快爬进洞里我们就把他揪出来。”

“不知道他能够坚持多久，我赌十分钟。”

“看起来这是个强壮的矮人,他应该能够坚持更长的时间。”

“听起来不错,不过这些东西也会明白我们的意思,不配合。”

“他明白过来我们也玩够了,然后我们可以把他切成一片一片的。要小心,千万别让他死掉。”

蒂姆和拉克利姆先后降落在荒原上。他们走出气泡。

矮人遗弃了他的白色防护,赤裸着在太阳下奔跑。

蒂姆和拉克利姆从两头包抄。他们从容不迫,准备活捉矮人。他们知道,很快,这个矮人就会因为失水过多无法继续逃跑。

矮人为了最后的一点希望在奔跑。

拉姆觉得再也无法忍受下去,他必须做点什么来制止这充满血腥的游戏。气泡降低高度,拉姆向着蒂姆飞去。

拉姆挡住了蒂姆。两个绿色的巨人在荒野里对峙着。

“你干什么?”

“蒂姆,这个矮人是我的,不要碰他。”

“你想干什么?”

“我要带他去参加一个试验。”

“什么试验?”

“你不用问,很重要。”

“你骗我!我不信。”

“真的。难道你连我也不相信?”

蒂姆犹豫起来,最后他摇摇头:“不,拉姆,你和我们不一样。你聪明,你懂得很多东西,但是你和我们不一样,你不想杀死任何一个矮人。我能感觉到,不要想骗我。我必须杀死他。”

“为什么?”拉姆吼叫起来。

蒂姆愣了愣,说:“我必须杀死他!我想杀死他!我一定要杀死他!”

“为什么?”拉姆的声音让蒂姆觉得耳膜发痛。蒂姆不知道怎么样回答这个问题,然而他知道自己想杀死这个矮人,想用各种可能的手段折磨他,杀死他,就像他需要空气和水。

他绕过拉姆去追矮人。

“如果今天你杀死他,我也就会死。你能看着我死掉吗?”

蒂姆停下来，犹豫着，然后继续跑："你骗人！你不会死的。"

突然他又停下来："如果你真的有危险，我会先救你，然后再杀死那个矮人。"然后继续跑。

拉姆向着蒂姆追过去："蒂姆，不要伤害他。他是个人，和我们一样。"然而蒂姆根本没有回答他。

一个，两个，三个！这些绿色的巨人不断地逼近。

这并不公平。他们都穿着很好的防护，毫不害怕滚烫的阳光，而端木在阳光下的每一步都要付出巨大的代价。灼热的空气让浑身的血液都在沸腾，肺部抽搐般地疼痛。眼前的景象变得有些模糊。

跑！端木的脑子里只有一个念头。前方三百米就是沙狮巢穴，那里是最后的一点希望。一个帕丁人正从侧面包抄过来，再有十米，就会被抓住。端木一边继续跑着，一边把短刀交到左手里。他把水袋抽出来，一口喝干剩余的水，然后把水袋抛掉。帕丁人靠得很近。在这个距离上，小弓是有利的武器，然而刚才放下包裹的时候，没有把小弓拿出来。端木侧头向帕丁人看一眼，肉球一般的脑袋上，两只可怕的眼睛正盯着他。

背后的两个帕丁人也逼近得很快。端木把刀子握得很紧。

帕丁人已经就在身边。端木无力地挥舞着刀子，不让他抓住自己。显然，他也并不急于抓着端木，只是轻松地跟着。端木费力地跑出两步，他只需要轻松地跨出一步。他就这样跟着端木。

端木再走了两步，整个肺部仿佛爆裂一般难受。他看了一眼不远处隐隐隆起的小丘，那地方很近，却实在走不过去。他蹲下来，把身子蜷成一团。如果跑不掉，至少要让他们付出一点代价。

帕丁人站着不动。另两个帕丁人也很快赶过来。

"蒂姆，不要伤害他！"端木听懂了帕丁语，他抬起头，晃眼的阳光底下，他看到那个想保护他的帕丁人。居然有帕丁人不想伤害他。这不过是一句谎话。

"拉克利姆，你说怎么办？"

"让我来。"那个叫做拉克利姆的帕丁人走上一步。

这个世界并不是没有奇迹，只是你不愿意去发现。矮人是一个生存奇迹。也许他们和帕丁人一样来自天空，然而他们已经和荒野融合成一体。

蜷缩的矮人突然站了起来,拉克利姆吓了一跳,退后一步。矮人并没有挥动他的刀子。他站直了身体,拉直脖子,从喉咙深处发出尖厉的喊声。这声音就像两片金属相互刮擦,粗暴地刺激着耳膜。

拉克利姆惊讶地看着矮人,愣了两秒钟,他回过神来,跨上去把这个噪音盒踹倒在地。突然间地面微微震动,前方扬起一股沙尘。三个帕丁人向前方望去,地面上,有一个黑色的东西正向着这边急速靠近。

“那是什么,拉姆?”

“不知道,看样子很凶猛。”

“是他招来的?”

“也许是。”拉姆看着矮人,他已经奄奄一息。

黑色的凶猛野兽速度很快,转眼间,已经能够看清轮廓。那汹汹而来的气势,似乎要把挡在路上的一切踩在脚下。它直奔着三个帕丁人而来。

拉克利姆开始后退:“我有点害怕,我要回气泡里边。”

“不,拉克利姆,别动。”

拉克利姆并没有听拉姆的话,恐惧驱使他转身狂奔。

猛兽仿佛一阵黑色旋风,从拉姆和蒂姆眼前扫过。然后一声惨叫,拉克利姆的身体被高高抛起,重重地摔在地上。怪物尖锐的爪子一把抓碎了他的脑袋,狠狠地踩下去。

一切不过是几个瞬间,拉姆和蒂姆过了一秒钟才意识到拉克利姆已经完蛋了。蒂姆掏出枪,向着怪物连续射击,庞然的猛兽转过头,发出低沉的吼声。子弹打在背上,没有致命,长而粗壮的尾巴有力地扫在蒂姆身上,把他打翻在地,几乎晕过去。

“拉姆,快走,我来保护你!”蒂姆抽出战刀。锋利的刀锋在阳光照射下发出刺眼的光芒。

“不,蒂姆,别动,让我来。”

怪物已经掉过头来。蒂姆在地上滚动,避开它,他并没有听到拉姆说些什么,他大声地喊叫:“拉姆,快走。我一定能拖住它!快走。”

没有一个帕丁人知道,沙狮具有怎样狂暴的力量,那是自然的另一种极致。也许精心准备的蒂姆可以对付这样的猛兽,但是在眼下,那只能是一边倒的战争。

蒂姆没有能够站起来。沙狮的爪子准确地搭在蒂姆头上。绝对的力量让蒂姆毫无还手之力,他像一个玩偶被随意摆弄。毫无希望,然而凶悍的本性让他鼓起最后的勇气挥动战刀。刀砍在沙狮腿上,仿佛劈上了岩石。

怪兽发出低吼。

端木醒过来。

他看到了绿色的身影。他努力想站起来。身体有些异样,他被套在很厚的防护里。他审视着身上的防护,绿色,坚韧,看起来仿佛帕丁人的铠甲。

突然地面一阵颤动,整个倾斜过来,端木被甩在一边,撞在墙上。某种力量让他觉得身子沉重。端木挣扎着站起来。

“你醒了。不要乱动。我们正在爬高。”

端木听到了帕丁语。那个帕丁人背向自己坐着,并没有回头。视线越过他的肩膀,端木看见黑色的大地,景物正在飞快地变小。他明白自己被帕丁人俘虏,正在一个气泡里。

“下边就是你们的聚居地,看起来你们并不欢迎我。不过这样的动能武器毫无作用。”

端木看到了排岭,雷塔部的银色堡垒就在脚下。他熟悉那儿的每一寸地方。他看见人们因为帕丁气泡的到来而四散奔逃。

“你想干什么?”

帕丁人转过头:“我想去你们的部落看看,顺便送你回去,不可能把你带回帕丁城。”

端木狠狠地盯着帕丁人:“你们到底想干什么?毁灭一切?”

“我不知道,但是我不想你受到伤害。”

“为什么要救我?”

“觉得你很可怜,不想看着你死掉。”

端木突然想放声大笑。魔鬼般的帕丁人居然会有这样的同情心,然而他确实救了自己。沙狮会消灭侵入者,然而不会救护他。沙狮是天生的荒原之王,强者生存是它们的唯一法则,即便是刚出生的沙狮,也是荒漠里绝对的霸主。除了另一只沙狮,不会有任何东西对它们构成威胁,甚至灼热滚烫的阳光。它会消灭三个帕丁人,然后离开。如果端木仍有力气,可以附在它的腹部回到巢穴,然而对于躺在那儿垂死的端木,它不会有任何同情。

“哼!”端木冷笑。

帕丁人转回头去:“坐下休息,你仍旧很虚弱。我会让气泡平稳一些。”

端木感觉到身体的虚弱,他需要大量的水分来恢复平衡。他坐在地上:“水!”

“我知道你大量失水,但是我不知道什么地方能有水给你。我们只需要空气中的水，可能你的防护还不能在短时间内提供足够的水。把你送回去也许能解决问题,但是你的同伴似乎并不欢迎我。什么地方我可以送你去？”

端木有些意外。这个帕丁人的语气很平静,却充满着关切,就像是一个非常想帮忙的朋友。过了半晌,他说:“我不知道怎么和你说。”

气泡停止上升,帕丁人似乎在思考,过了一会儿,他说:“你可以坐到这边来,告诉我往哪边飞。”

端木迟疑着:“你到底想干什么？”

“救你的命。”帕丁人转头盯着端木。

帕丁人高大的身躯仿佛一种威压。端木沉默着。

“好吧。”帕丁人坐直身体,“有一个地方我们可以去,我们相遇的地方,附近应该有水。你有二十分钟时间考虑是否愿意给我指路。”

气泡在空中转向,开始飞翔。

“我的名字叫做拉姆。你叫什么？”

“端木。”

气泡快速而平稳地飞行。帕丁人和矮人从来没有在一个空间里靠得这么近。

“那么沙狮呢？”

“我让它平静下来。”

拉姆的回答很平静,端木却不相信。

“你透过某些频段的脑波和它交流,我学会了。”

端木有些不知所措,他不明白这个叫做拉姆的帕丁人在说些什么。他试图搞得明白些:“你能够和它说话？”

“是的,它是一种很温顺的动物,只要你不是它的食物或者敌人。”

“你怎么能做到？”

“你给我做了示范,我学会了。”

“示范？”

“你最后召唤它,你的大脑激发在一种亢奋状态,我可以感受到那种脑波,加以分析,我明白其中的含义。你告诉它,有敌人侵入。只要我能够模仿那种脑波,它就不会认为我是敌人,对吗？”

端木没有听懂,然而他明白,这个帕丁人非常不简单,他在短短的几分钟内窥破了沙狮部落几百年的秘密。和沙狮共同生存，这是部落的骄傲。拉姆却在短短的几个瞬间掌握了其中的奥秘，不仅如此，他似乎懂得更多。

端木不知道说些什么，最后，他说："你们为什么要屠杀？"

"对不起，似乎他们对你们的血有成瘾的嗜好，一旦接触，就再也摆脱不掉。我很抱歉我的族人给你们造成伤害。但是，他们也是身不由己。有的时候，理智能够战胜本能；大多数时候，本能会把理智淹没得一干二净。"

"你和他们不一样？"

"一样，不过有点不一样。"

"什么？"

"我厌恶看见你们被屠杀。我以为这是一种理性的选择，然而，现在我明白，这是一种潜意识里的本能。我有保护你们的倾向。和伙伴们没什么不一样，我也被本能所控制。这真是一件滑稽的事。"

拉姆说完抬头看着天花板，沉默一会儿，最后冷冷地笑了一声。

端木努力理解拉姆说的每一句话。拉姆的帕丁语里边有些词汇他根本不曾听到过，也无从明白。然而从拉姆的语气里，端木判断这个帕丁人并没有恶意。

"前边很快到了。我怎么能把你送到安全地点？"

端木从舷窗向外看，他看见了沙狮巢穴，他也看到了帕丁人的气泡，静静地趴在黑色的荒原上，夕阳的余晖映在上边，分外醒目。"你把我放在那儿就行了，我会找到。"

"你看起来很虚弱。告诉我地点，我可以把你送过去。"

"不，我自己能行。"

拉姆的眼睛盯着下边的大地，说："操作气泡的方法很简单。你看着，听好。"

拉姆的气泡飞起来，飞快地爬高，很快成了黄昏天空里的一个小亮点。端木看着气泡消失在天空中。

不同的帕丁人。他真的是善良的帕丁人？端木坐下来休息，考虑自己该做些什么。太阳刚下山，这是一天最适合活动的时刻，再过两个小时，气温会变得冰冷。大量失水让身体变得脆弱，没有太多的体力可以挥霍。

远远的有几个黑影，那是雀魃。这种鬼鬼祟祟的动物特别危险，它们三五成群，集体狩猎，而且很喜欢袭击人。端木发出一种低沉的声音。雀魃迅速离开，那声音标志着附近有一只缺乏耐心的沙狮。

雀魃的出现提醒了端木，太阳刚落山，荒原开始复活。各种各样的生物会出来活动，充满生机，也充满危险。必须尽快找到安全的地方休息，恢复体力。

沙达克！端木想起智慧老人。必须到他那儿去。

身上的帕丁铠甲看起来很笨重，却很轻，甚至，铠甲能够提供一些动力。他只要轻轻用力，铠甲就能够帮助他完成动作。飘然的感觉。帕丁人有神奇的能力！然而，他们却是凶残的敌人。端木的目光落在不远处帕丁人的尸体上。这个帕丁人被沙狮杀死，然后身上的铠甲被剥下来。裸露的帕丁人蜷缩着，看起来羸弱不堪，形态就像一只饿死的狗，也并不比人高大多少。他已经干枯，荒原上的尸体都是这样。端木走过去，他想看看帕丁人究竟是怎么一个模样。某种异样吸引了端木的注意，他俯下身子仔细察看。的确，这是一具干枯的尸体，然而暴露在外的并不是皮肤，而是凝结的血肉。他的皮肤被整个地剥下来！

端木审视着身上的盔甲，急切地寻找着接合部，想脱掉它。他用力拉扯手臂上的护甲，却隐隐地感到疼痛。他抖动身体，盔甲随着他跳跃，把他的每一个动作恰到好处地放大，就像身体天然的一部分。

那个帕丁人，整个地从盔甲里剥离出来。他没有皮肤，盔甲就是他的皮肤。

盔甲长在身上，再也脱不下来！

帕丁人！我变成了帕丁人！端木颓然坐倒在地。

该怎么办，该怎么办？与其成为一个帕丁人，我宁愿死掉！

拉姆在中心废墟上空巡逻。这里没有任何异样，荒草和尘土就是一切。

太阳已经下山。探照灯底下偶尔会有奇怪的影子，拉姆确定那不过是荒原的动物。矮人部落距离这里很远，他们需要居住在山谷能够避开阳光的地方，毫无遮拦的荒野并不是理想栖息地。当然，时间会改变一切。临近山谷的荒原里，已经有零零星星的矮人部落，那个矮人甚至远远地深入荒野腹地。如果再有一千年，两千年，这些矮人说不定能够凭着他们的双脚分布到这个星球的每一个角落。旺盛的生命力永不衰竭。而帕丁城，也许从古到今都没有发生过变化。

气泡降落。拉姆走在荒原上，他看见了一些奇异的东西。一片模糊中，某种东西微微发亮，弥散在地面上，一点点变得清晰。突然，他听见了气泡飞行器的声音。抬起头，一个闪亮的气泡正歪歪扭扭地向着这边飞。这是那个叫做端木的矮人。眼前的光亮重新吸引了拉姆的注意力，某种复杂的结构正在形成，这种复杂远远超越掌握，就仿佛站在帕丁城的底部仰望那遥不可及的高度。强烈的感染力让拉姆感到一阵眩晕,他无法控制地瘫软下来。

光辉变得暗淡,控制性的力量突然间放开了拉姆,让他能够站立起来。眼前的景象令人惊讶。荒野上出现了一个小屋。一个矮人,年老的矮人正坐在屋子前边。他正看着拉姆。拉姆看着他。是的,这不是一个真正的人,它是一个影像。然而他非同寻常,他甚至是一个实体。庞然的让人头晕目眩的奥秘藏在地下,那是一个不可见底的深渊。

"帕丁,很高兴见到你。"

拉姆听到了帕丁语。和矮人那种难听的语调不一样,老人的帕丁语非常纯正。

"你是谁?"拉姆突然有一种不安感,老人仿佛一轮太阳在前方缓缓升起,而恐惧就像阳光下的影子,随着太阳的熠熠发光而越发的清晰。

"对于帕丁,我的名字叫做:指挥官。"

端木驾驶着气泡笨拙地着陆,把拉姆的气泡碰倒在地。他从气泡里出来,几乎晕厥过去。拉姆走过去扶住了他。

端木甩开拉姆。他蹒跚着走到老人面前,突然跪下去:"沙达克,永恒的智者沙达克,我们需要你的帮助。"他非常虔诚地跪在地上,把头埋在双膝之间。

"你是早上来到这里的人。你怎么变成了一个帕丁?"

"他给我穿上这身铠甲。"

"为什么他成了一个帕丁?"老人转向拉姆,用帕丁语询问。

"我想救他,他已经快死了。如果没有防护层,他早就死了。"拉姆向着老人陈述。这个看起来弱不经风的影像,却让他不由自主地服从。指挥官!帕丁人真的要听从他的指挥?服从一个矮人的指挥,甚至只是一个影像?这听起来太过于疯狂。

"这是帕丁的保护层,生化机械结构,细胞结构的确存在和人体结合的可能性,不过这种事从来没有发生过。"沙达克看着端木,"你竟然穿上了。"

端木抬起头:"永恒的智者,请帮我解开枷锁。我不想变成帕丁人。"

老人沉默着,最后说:"我不能帮你。"

绝望一刹那间统治了端木:"不!"他大声地叫起来。

"你曾经是人,但是你已经是一个帕丁。我不能帮你。"

"我是人。我是人。"端木大声叫着。

"我无法判定。不能冒险。"

"告诉他,我是人。"端木看着拉姆,"是你把我变成这样。"

拉姆看着端木。矮人的眼睛里充满着绝望,这已经全然不是那个为了最后一丝希望在酷日下奔跑不懈的战士。他已经全然放弃,歇斯底里。

拉姆一把抓着端木:“听着,你就是你,而不是一个面孔,或者一个身体。帕丁的外表改变了什么?难道你的生命竟不如一个躯壳?”

拉姆放开手,端木瘫在地上。

“你究竟是谁?”拉姆努力克制内心的畏惧感,面对老人。

老人若有所思,停顿了两分钟,最后,他说:“世界变化得很快。”

一个帕丁人在帮助我!端木无论如何想不到这样的事竟然能够发生,然而它偏偏发生了,而且是第二次。

“是不是如果有一个人告诉你,他是个人类,他需要从动力服中脱离出来,你就可以帮助他?”帕丁人指着端木问了智慧老人这样一个问题。智慧老人的回答是“是”。

帕丁人拉起端木:“走吧,我们去找个人来。”

“什么?”

“去找一个你的伙伴来。他需要一个你的同伴来告诉他,你是个人类,你需要帮助。”

此刻,端木坐在帕丁人身旁,静静地看着他操作气泡。

前边就是雷塔部。拉姆让气泡贴着悬崖降落。

“我们在附近降落,步行过去。否则会遭到攻击。”

“我自己去就行了。”

帕丁人并没有回答,端木扭过头,一双红色眼睛也正看着他。

“好吧,快去快回。我要在两个小时内回到帕丁去。”

端木走出舱门,他在门口停顿一下,说:“谢谢。”

端木向着部落走去。他找到了海德什特,虽然他没有看到那个神秘的时空之门,但是至少他找到了智慧老人。他要见到长老,把所看见所听见的告诉他。智慧老人站在我们这边!他对帕丁人有着莫大的影响力,他能够把部族从苦难中拯救出来。端木用最快的速度走着,有些急切。长老会了解这一切,长老会帮助他。

拉姆走出气泡,气泡变成一团漆黑。拉姆的身体变得透明,最后消失在荒野上。空气中仿佛有某种扰动。

“帕丁人！”

端木听到了响亮的警告声。他停下脚步。

纷乱而杂沓的声响逐渐地响起来。人们在准备武器对付入侵者。

“我是端木！”端木高高举起双手，缓慢前进。

“他是端木？”

“他怎么会是端木！”

“这是帕丁魔鬼的诡计，不要让他靠近。”

“快点去通报长老。”

“杀死他！”

“杀死他！”

“杀死他！”

堡垒后边的人们在窃窃私语，每一个声响都一丝不漏地进入了端木的耳朵。端木突然意识到他已经变成帕丁人，一个敌人。恐慌无端地统治了端木，他大声叫喊起来：“我是端木，我是端木，我需要见长老。”他高举双手，笔直地挺立着。

他看见了长老。长老站在高高的瞭望台上，正向着自己张望。

“大长老，我是端木，我是端木！”

长老没有回应。整个部落都沉默着。

“我见到了智慧老人沙达克，我中了帕丁的诅咒，我需要一个人跟着我去见沙达克，他能帮助我解除诅咒。”

“大长老，我是端木，我是端木！”

整个部落仍旧沉默着。端木的心一点点沉下去。

“我证明给你们看，我能呼唤沙狮。该死，这附近没有沙狮。马西里多，李李，安布拉，你们难道听不出我的声音吗？我是端木！”端木突然想起什么，右手握拳，跷起大拇指，紧紧贴在心口，深深鞠躬。这是沙狮部落的致敬礼。

人群里响起一些议论，这让端木的希望燃烧起来，然而，瞭望台上传来的声音毫不留情地掐掉了这微弱的火苗。“你可能是端木，但是你已经被魔鬼玷污。你走吧！离开这里。再向前走一步，就杀死你。”

“大长老，智慧老人能够解除我的诅咒，只需要一个人和我同去。”

“快离开！不要把诅咒带到部落里来。”

“大长老，他是端木，这个行礼……我能辨认他的声音，让我和他一起去。”

端木听到了李李的声音，他喜出望外地叫喊起来，“李李，是的，我是端木！”

“李李，不要被表象迷惑。我们不能这么冒险。”

“但是，我……”

大长老的袖袍挥动，两个人从两边架住了李李。

端木看见了人群的骚动，他情不自禁地向前跨了一步。他听到了雷一般的响声。雷塔部的卫兵开了枪。端木感觉到腿上一阵疼痛，不由自主地跪下去。这神圣的武器居然被用在自己身上。

端木强忍着疼痛，想要站起来，然而这种努力几乎要了他的命，他重重地扑倒在地上。虚弱的身体受到重创，他几乎完全丧失了活动能力。

突然间人群起了更大的骚乱，李李几乎飞着从人群里弹出来，越过堡垒，向着端木而来。

“他被什么东西抓走了！”架着李李的人大声叫喊。某种强大的力量推开了他们，抓起李李，从人群中挤出去，把挡路的人们撞得东倒西歪。

仓皇之间没有人知道该怎么办，甚至长老也迟疑着。

李李几乎是在飞，他很快靠近了端木。

“杀死李李。”长老下令。

令人畏惧的雷声再次响了。李李似乎没有被击中，他很快赶到了端木身边，然后端木也凌空而起，两个人一起在空气中滑行，很快消失在黑暗中。

灾祸距离人类不远了！帕丁魔鬼很快就会来。大长老站在最高的瞭望台上，孤零零的身影在火光底下显得很瘦弱。

为什么是我们这一代！悲怆无声无息地降落在大长老身上。他有足够的勇气去面对宿命，他的一生都在为着将要到来的宿命准备着。然而，当宿命真正降临，他却希望可以逃避。

“茫茫星海，茫茫星海，何处是家园方向；漫漫人生，漫漫人生，那是谁在吟唱；生命转眼间到尽头，时空却流转不休，空阔的宇宙，魂灵在那儿漫游……”流传了千百年的调子缓慢而沉重，长老轻轻地哼着。

眼前的世界一片黑魆，甚至没有一颗星星。

气泡静悄悄地趴着，突然变得通体透亮，在黑魆魆的旷野里仿佛一盏明灯。

拉姆的身子从黑暗中显现出来，是这个帕丁人再次救了自己。

李李在瑟瑟发抖，端木试图安慰他。拉姆抱起端木和李李，走进气泡。

气泡暗淡下来，进入飞行状态。端木靠在墙边，不断和李李说话，“李李，我没有什么力气了,你听好,我们会见到智慧老人,沙达克,你要告诉他,我是端木,我是部落的人,我需要从这个帕丁人的躯壳里解脱出来。”

李李紧张而畏惧地看着端木。

“你记住我说的话了吗？”

李李没有回答。

“李李,快点告诉我,你明白要做什么吗？”

“告诉沙达克,你是端木,你中了帕丁人的诅咒。”

“很好,万一我坚持不住,你也要把我送到沙达克那里。你要答应我。”

李李望了拉姆一眼:“我相信你是端木,但是他呢？他是帕丁人。你竟然和魔鬼在一起。”

“他是帕丁人,但他不是魔鬼。他救了我两次,虽然他把我变成这样。”

“是他把你变成这个样子！他就是魔鬼。”

是的，无论是流传千年的传说还是血淋淋的现实，帕丁人都是不折不扣的魔鬼。让李李相信眼前的可怕绿色巨人是一个被诅咒的朋友或许还有可能,要让他立刻相信一个帕丁人不是魔鬼,没有一点可能。

思维正在变得迟钝而混乱,必须最后对李李说点什么。端木想了想:“李李,我坚持不到沙达克那里。相信我,找到沙达克,告诉他我是端木,是部落的人。这个帕丁人不会伤害你,不要怕他。”

端木昏了过去。

帕丁近在眼前。

美丽而壮阔的城市！这是一个没有星辰的夜晚,大地陷落在黑暗里,而帕丁辉煌的灯火似乎要将整个天宇点亮。很少有机会能够看到夜幕下的帕丁城,拉姆总是珍惜每一次机会,停留良久,静静欣赏。然而这一次他没有停留,甚至没有任何犹豫,一闪而过,飞进一个停靠舱门。

蓝拉姆已经等候在那里。

“拉姆,欢迎回来。我等了你有一会儿了。”

拉姆对着自己的同卵兄弟点头,然后和他擦肩而过,仿佛只是偶尔遇见。

“拉姆,难道对兄弟也没有什么话说吗？”

拉姆停下脚步,转头看着兄弟:“有什么事？我要去向首领报告。”

“你需要先向我报告,我是你的库罗巴圣体。你的所有一切,我都有份。”

“没那个必要。”

蓝拉姆突然微笑起来:“拉姆,我们来自同一个卵,我了解你,就像了解自己。你出类拔萃,我也是。现在我们有必要联合。”

“你在说什么?”

蓝拉姆看着拉姆:我已经为你、为我们做了很多。跟我来。”没有等候拉姆的回答,他转身走开。拉姆犹豫一下,跟了上去。

两个拉姆并排走着。拉姆停靠的是特殊舱门,一部电梯直接通往帕丁城的上层。

“你害怕我吗?”蓝拉姆突然问。

“这个问题很突兀。”

“这对你了解眼下的形势很重要。在我看来,你对我没有一点惧怕。”

拉姆沉默着,等待这个兄弟说下去。

“每一个沙罗迪都惧怕自己的圣体,他们甚至还怕某些其他的库罗巴,兄弟,你是个例外。也许你仍旧害怕,但是你能够控制这种情绪。我说得对吗?”

门打开,眼前豁然一亮,广阔的库罗巴世界再次展现在拉姆面前。无数的库罗巴走来走去,忙碌着,他们维持着这个城市,他们控制着这个城市。而沙罗迪,注定就是仆人。

“然后呢,你想说什么不妨说,我会听的。”

蓝拉姆继续走,拉姆跟着。经过一个巨大的屏幕,蓝拉姆停下脚步:“还有多少时间?”

“六个小时零九分。”

“好的。行动开始通知我。”

拉姆瞥了一眼屏幕,认出这是机库某个角落的俯视图,电子狗在对所有的飞行器进行全面检查,它正完成一架,走向第二架。拉姆突然发现一个熟悉的身影,蒂姆正站在第一架飞行器边上。

“我可以和他说话吗?”

“他站在那里已经有两个小时了。你会见到他的,但不是现在。”

拉姆经过下一个屏幕,这是机库的另一部分。拉姆抬头望去,整整一排的监控屏幕一眼望不到尽头。

“所有的飞船都进入戒备?”

“是的。”

“要做什么？”

“这就是我想要你明白的事。”

端木从沉睡中醒来。

清凉的感觉从嘴里沁入脾肺，舒畅极了。

他看见了李李。李李正关切地看着他。他仍旧被囚禁在帕丁人的躯壳里。沙达克没有达成他的愿望。

焦虑让端木生出一股力气，他猛地坐起来。

沙达克就站在那儿。

“无所不知的沙达克，请你拯救我。”端木虔诚地匍匐在地上。李李跟着匍匐下去。沙达克并没有直接回答端木。他望着远方，好像什么都没有看见，没有听见。荒原上的风呼呼作响，沙达克保持着沉默。过了两分钟，他低下头对着李李，“我知道你的愿望，但这是永久结合，需要专业设备来解除。我没有那样的能力，我只能告诉你怎么做。你必须带着他去帕丁，他们也许还有整套的设备来解除保护层，但是成功的希望非常渺茫。”

“请告诉我该怎么做。只要有一点希望，我也不能放弃。”端木大声说。

沙达克没有理睬端木，他看着李李：“我接收到一些信号，非常微弱，但是非常重要。你想看吗？”

李李匍匐着，甚至不敢喘气。端木碰了碰李李的胳膊。李李鼓起勇气，说：“沙达克，请给我指导。”

沙达克消失在倏忽之间，甚至没有留下一丝气味。端木看到了某些不可思议的东西，似乎是某种幻觉，他看到了魔鬼的城堡帕丁，亮银色的堡垒就像从水晶球里浮现出来，整个地伫立在眼前，然后把他包容进去。他仿佛置身城堡之中，观看着无数的帕丁人来来往往。

数不清的飞行器整齐地排列着，蔚为壮观，端木感到一阵眩晕，帕丁城的庞然超出想象，那样的规模，也许是雷塔城十倍，不，百倍。气泡飞行器仿佛繁星点点，每一个气泡，都是令人生畏的武器。端木突然明白过来，帕丁的确是魔鬼，如果不是为了毁灭人类，他们也就失去了存在的理由。

气泡飞行器逐个出现在视野里，警戒状态，随时出发。端木听到了沙达克的声音：“系统已经下达命令，六个小时内，他们会出发，目标是搜索每一寸土地。”

“他们要干什么？”

“给他们的任务仅此而已，然而，根据这些帕丁的表现，一旦他们发现了人类聚居点，他们不会有丝毫犹豫。他们都疯了。”

“不，不能这样，沙达克，你一定要帮助我们。”

“不要在我面前咆哮，帕丁。以下犯上会受到严惩。”

“李李，快点告诉沙达克，我们需要他的帮助，我们需要他指点，怎么样才能逃脱这场灾难。”

李李抑制着内心的战栗不安，说：“请指点我们，沙达克。”

“无论如何精密，任何系统都会出错。如果没有维护，日积月累，错误会被放大到不可忍受，最后毁掉系统自身。帕丁就是这样一个系统。如果最初有那么一个人，他创建了帕丁然后长眠，在今天醒过来，他会发现一切距离他的设想是多么遥远。我不愿意谈论历史，太悠久的过去不过是故事，我也不愿意谈论将来，无论怎样殚精竭虑的设计，到最后也不过是白费力气，甚至，我也不关心千百年后我们的子孙，我不能感受到他们的痛苦和欢乐，我死了，湮灭了，成为一粒灰尘，那个时候他们的欢笑和泪水，不属于我，甚至，我不知道那个时候他们是否还有欢笑和泪水。我只关心现在，此刻。我们还要在这个星球上继续生存下去，在有限的生命里，我会尽最大的努力生存下去。”

蓝拉姆背对着拉姆，好像在喃喃自语，又像是面对着无数的听众发表讲演，然后他转过身，直直地盯着拉姆：“兄弟，我们是一体的。你必须和我一起奋斗。”

拉姆看着眼前的同卵兄弟，再次有些心惊肉跳。蓝拉姆很平静，淡淡的调子却让拉姆感受到威胁。他满不在乎地把一切告诉拉姆，胸有成竹。拉姆明白自己只有两条路可以走：加入他，或者杀死他。事实上还有第三条路，就是被蓝拉姆杀死，可能性很高，但是拉姆不愿意多想。

“你有办法阻止他们出发吗？”

“库罗巴无法违抗首领的意志，我已经告诉你，这个任务直接来自首领。”

“全球搜索，不指定任何目标，他们一定会毁掉矮人，然后呢？”

“这不是我需要回答的问题。我的唯一目标，是给自己找到自由之路。也是你的，兄弟。”

“不，不能这样。没有任何威胁，首领为什么突然要求一次全球搜索？”

“这是很奇怪的事，帕丁千百年来一直允许矮人存在，然而首领突然决定发动一场进攻。现在看起来,之前准许沙罗迪出城,可能那时候他还没有最后下定决心。然而,为什么要在乎矮人呢,你有一份多余的怜悯心。收起它吧,矮人不需要这个,它也会妨害我们。”

“我绝不答应。”

拉姆听到一阵咯咯的冷笑, 他看到兄弟的眼睛里流露出狡黠的光芒:“一个人对抗一座城? 这是多么美丽的神话,可惜,你不是神。”

拉姆沉默下来。他冷静下来。是的,在某种程度上,这个同卵兄弟和自己心意相同。他正在谋划着什么,惊天动地,然而决然不是这次进攻。他不介意一切,只在乎自己,然而,他还必须得到某些帮助。

拉姆冷静下来。

“好吧,说出你的计划,我可以考虑是否接受。”

“你会接受的。我已经充分考虑过,这是你唯一的选择。”

端木右手握拳,跷起大拇指,放在心口,深深地向李李鞠躬。李李回完礼,转身向不远处微微隆起的小丘走去,那儿的沙狮巢穴里,孩子们正在等他。李李的身影在荒野里消失。是的,他会回到孩子们中间,照看他们。李李并不是很好的战士,然而是一个很好的老师,孩子们需要他。端木回到气泡上。他飞起来。

端木小心翼翼地驾驶着气泡。他用了十二分的努力,还是没有办法让气泡平稳飞行。

“这是我见过最蹩脚的驾驶技术。”沙达克的声音在狭小的空间里回荡。

“对不起。”

“我决定对你的技术进行一些改进, 打开你的动力服右臂, 接入红灯闪烁接口。”

“怎么做?”

“动力服右臂,三星标记,同时摁下,控制屏会打开。”

“选择系统接入,就是第三选项。”

端木依照指示做,左腕部隆起一个小突起,红色的纤细的刺缓慢地探出头,就像正在成长的幼芽。

“靠近任务接受窗口,那个红灯闪烁的位置,在你右边。”

端木把手放在红灯边。红色尖刺突然蹿出,仿佛一条扑击的眼镜蛇,它深深地钻进红灯下边细小的空隙,端木感觉到一阵刺痛,左手不由自主地抽搐。

很快,红色小蛇飞快地缩回来,消失在盔甲里。

端木定定地看着眼前的操纵台。他的脸色变得恬淡,就像一个经历过无数次战斗的老兵,在炮火纷飞的战场上再也不会慌乱。双手在操纵台上飞快地移动,气泡经历了几个调整,很快稳定下来。

“很好。”

端木把手从操控台上拿下来，这个曾经陌生的台面，此刻完全在他的掌握之中。他似乎能够掌控一切,又似乎仍旧什么也不懂。有那么一刻,端木甚至怀疑智慧老人在自己的双手上施加了什么魔法，这双手不再属于自己，而是一个独立的精灵。然而,的的确确是自己在控制一切,一切从脑子里冒出来,仿佛一种本能。

端木怀着几分惶恐,他试图寻找沙达克,跪下来向他问个究竟,然而左右张望之后才猛然想起沙达克并不在这里,至少他的躯体不在。

“为什么,伟大的智者,为什么?”

沙达克没有理睬他。

杀掉首领!

虽然拉姆有一些思想准备,然而听到这个想法还是吓了一跳。千百年来,首领统治着帕丁,自上而下,安然有序。这样的秩序天经地义,从来没有被任何人怀疑过。拉姆并不喜欢那躲藏在黑暗之中的首领,他,或者他们,高高在上,指挥一切,库罗巴或者沙罗迪对于首领的一切却无从了解。日常指令会在系统里边按时准确地出现,召唤很少发生,即便有人得到召唤进入那神秘的领地,所见到的也不过是几个漂浮的影子。从来没有人看见过真正的首领面目,然而,所有人都无条件承认首领是统治者,支配着帕丁的一切,甚至包括他们的生命。

拉姆瞪视着同卵兄弟,不知道他怎么能想出这样异想天开的主意。然而,当他仔细考虑了兄弟的建议,却发现这并不是一个坏主意。杀掉首领,帕丁城就可以从绝对命令中解脱出来。不会再有绝对的权威。这是件好事！虽然不明白好处所在,拉姆凭直觉知道这是件好事。

“我可以和你合作。你打算怎么做?”

蓝拉姆笑起来:“既然你还有机会进入首领之地,我们当然不能放过。我能有办法让你带着武器进去。你只需要下定决心。”

“必须在攻击发生之前完成,我不想看到一个矮人受到伤害。”

蓝拉姆沉静地看着拉姆,专注的眼神让拉姆有些发毛。仿佛过了很久,拉姆再次听到同卵兄弟那喃喃自语一般的调子:“这就是我们的代价。你作为沙罗迪不应该对矮人有任何好感，然而你却希望帮助他们，我作为库罗巴对首领应该无限忠诚,然而从第一眼我就本能地厌恶他。我不希望受任何人的控制。命运改变了我们。我们无法改变已经注定的东西,只有尽可能拿到最好的结局。没有人愿意永远生活在压抑之中,我们需要一次解放,决不能放过这次机会。”

蓝拉姆停顿一下,转过眼神望着别处:“我可以答应你,除掉首领之后,我会让系统中止攻击。”

“在造成矮人的伤亡之前停止。”

“是的,在此之前,他们会停下来。然而我们必须抓紧时间。”

端木熟练地操纵气泡贴着山崖飞行。气泡灵巧地规避凹凸起伏的山崖,许多次似乎要撞上障碍却都在最后一刻避开。它以撕裂空气的速度前进。端木放松整个身心,全部地融入飞行中,他感到前所未有的酣畅自由。“耶!”一个惊险动作之后,端木情不自禁地大叫起来。

“你是个不错的飞行员。”沙达克在说话,这让端木分神,他让气泡进入自动巡航,诚惶诚恐地等待沙达克讲话。

“一般的帕丁飞行员能够掌握一半的飞行技巧，有天赋的飞行员可以达到八成,你能够掌握百分百的技巧,你做出三个偏离数据库的动作。你的大脑额叶D点西克门区很发达,记忆刺激很容易留下印痕而不留下任何副作用。天生的飞行员。”

端木努力理解沙达克的意思,然而并不能十分明白。似乎沙达克在赞许他,他不敢揣测,只有小心翼翼地听着,毕恭毕敬地等待沙达克下面的话。

“你们驯服了沙狮,这很了不起。这个星球的生物很原始,然而很独特。它们没有眼睛,用大脑的一部分来感知电磁场,它们所看到的世界和你们完全不同。然而你们找到了驯服它们的办法。也许是巧合,你们依靠D点脑波来影响沙狮的行为。发达的D点,祖先不惜异化改造来实现的梦想,你们竟然自己做到了。飞行对于你是一种乐趣和享受,而不仅仅是机械操作。飞行,应该是一门艺术。你的飞行可以被定义为艺术。

“我接受委托把你带到帕丁城,情况发生了变化。委托中止。”

沙达克沉默一会儿,又说:“我承认你是一个人,我将尽力帮助你达成愿望。”

端木听懂了沙达克最后一句话,他高兴得颤抖:“沙达克,无所不知的沙达克,你能帮助我,把我从帕丁的躯壳里拯救出来吗?”

“我做不到。除掉永久结合的防护层需要重植皮肤，而且，你的技能来自于防护层，它内置五万六千六百七十个记忆单元，和你自身的神经网络结合在一起，帮助你记忆很多机械性内容。除掉它，你会失去很多东西。”

“我不在乎任何东西，我只想恢复自由。”

“你必须去帕丁城，他们那儿有唯一的设备。不过我不确定这套设备是否运作正常。现在我们已经到了。”

控制台上响起嘟嘟的提示声，端木的注意力回到控制台上。帕丁城发出了降落信号。

魔鬼的城市！端木目不转睛地盯着这流传已久的罪恶之渊。亮银的城堡仿佛半截长矛，直刺天空，带着许多的挑衅和威压。那是压倒性的罪恶力量，然而在端木的眼中更像某种疯狂。

我要带着胜利离开这里！然而，我行吗？

拉姆再次站在两扇门之间。

“走吧，我们最后的命运就在你身上。”蓝拉姆站在身后，不无小心地告诫。

拉姆回过头：“我突然想起一个问题。”

蓝拉姆微微有些惊讶：“什么？”

“我想知道为什么我们会与众不同。我并不像一个纯粹的沙罗迪，而你也不是一个合格的库罗巴。为什么？”

蓝拉姆沉静地望着拉姆，沉默着，似乎在思考，半晌，他说：“我不知道。命运。”似乎这样的回答过于单薄，没有说服力，他接着补充，“思考这个问题于事无补，我们已经如此了，要做的就是让这个世界更符合我们的需要。

“你想拯救矮人，我希望获得自由，为了达成愿望，需要你走进这个门，做你必须做的。我已经把你带到这里，接下来只有看你的。”

拉姆回过头，眼前的两扇门看起来一模一样，就像他和身后的这个兄弟。

“走吧。”兄弟在催他。

拉姆再次转头：“如果是你，你会走哪个门？”

“两扇门是一样的，任意一个。”

“你选择了哪扇？”

蓝拉姆思考一下：“左边的，两次。”

拉姆静静地看着眼前的两扇门，是的，上一回他从右边的门走进去，他想是自己选择了那个门。然而，有时候，所谓的选择并不像表面上看起来由自由意志来决定，就像所有的沙罗迪对矮人有着天然的杀戮欲望而自己却渴望着保护他们。

拉姆向左边的门走过去，好几次，他都想顺乎自然，转个方向，走进右边，然而他强迫自己继续走下去。越接近大门，拉姆越发觉得自己要失去控制。右边，右边！某种东西在内心深处呐喊，压迫着他，让他改变方向，这呐喊的力量如此强大，以至于拉姆几乎迷失其中。最后他停顿下来，犹豫着。

蓝拉姆站在拉姆身后，他定定地看着拉姆的离奇举动。在那么一瞬间，他明白了长久以来内心隐隐担忧的是什么，为什么他很早下定了决心却一直不敢动手而要找一个沙罗迪来帮忙。一切都是注定，自己不过是一个棋子，他永远不会知道左边的门里边会有什么，而两扇门背后，决然不会是同样的东西。他冲上去，狠狠地推了拉姆一把："快走吧！"

拉姆的头狠狠地撞在门上，门开了。拉姆跌了进去。

他以一个战士的敏锐动作站立起来。

端木进入了帕丁城。有史以来第一次有外来的人进入帕丁城。

庞然的城市让端木感到眩晕，绝望几乎毁掉他的勇气。无可抗拒的力量，仿佛地狱一般可怕。尽管端木已经在沙达克的水晶球里看到了帕丁的强大力量，现实的场景还是让他浑身冰冷。气泡在通道中缓缓前进，端木的心情也逐渐接近冰点。气泡最后停靠下来，端木取得胜利的信念也到此为止。

端木跪下来，沙达克是他唯一的希望。

"我该怎么办？"压抑不住的悲痛化作眼泪，在端木的眼眶里打转，"沙达克，伟大的智者，你把我带到这里，就是为了让我看到帕丁的可怕力量，粉碎我的希望吗？因神之名，我恳求你，给我指引方向。"

"帕丁不会危害人类。你不用为此害怕。"

"他们正在准备一场屠杀。"

"是的，但我们还有时间。我会重新取得指挥官权力，中止系统。没有一个人类会因此受到伤害。"

希望在端木心中燃烧起来，他跳起来："沙达克，伟大的智者，你是部族永远的守护神。"

"重新打开接入，我需要转移到你身上。五万六千六百七十个记忆单元不够，我需要借助你的神经网络。在此期间，你仍旧清醒，但是某些动作并不由你控制。只要明白,那是我在行动。你的防护层记忆暂时存放在气泡控制器里边,之后我会帮助你恢复。”

“我要怎么开始?”

“重复前一次动作,和飞行器对接。”

端木迫不及待地打开动力服右臂,红色尖刺再次探出来,飞快地和气泡控制台连接在一切。灼痛感顺着手臂蔓延,很快遍布全身,端木仿佛被放在火中炙烤,他忍不住大叫起来。脑袋一阵眩晕,眼前发黑。

沙达克,一定要帮帮我们!在昏厥之前,端木做了最后一次祈祷。

端木从黑暗中归来。他很快发现自己正在走动。他在自己的躯体里清醒着,能够看,能够嗅到些微的臭味,能够感觉到空气丝丝的扰动,然而,他不能动。不,他的躯体在动,却完全不由自主,仿佛他只是一个看客,以灵魂的形式附在了躯体上。

我暂时封闭了你的大脑输出,这是暂时现象。

沙达克活在他的脑子里。

怎么办?

等我到达目的地,你就会恢复正常。

哪里?

楼上,中央控制室,强行中断链接之后,我很久没有回到那里,这种回来的方式也很奇特。

到了那边,你就能阻止帕丁的攻击吗?

是的。不过,我检查了你的防护层记忆,前一个帕丁的记忆在剥离的时候大部分遗失了,但是最基础的东西还在。有些东西和我所想的不一样。事情可能会有些出入。

那是什么?

帕丁的一些变化并不是系统错误的结果。系统在忠实地执行指令。可能帕丁系统并没有偏离我太远,只是我还没有完全了解情况。

那么会怎么样?

我会全力帮助你,你是一个人类。这是我的天职。但是结局并不能受我控制,也许会有不愿意看到的事发生。

端木没有再提问。沙达克也无法预见的事,会是什么呢?不受控制的结局……端木不愿意多想。他静静地待着,等待着,附在自己的躯体上,随着沙达克的脚步在硕大的城市里走动。

拉姆站起来,空荡荡的大厅什么都没有。拉姆尽量去感觉整个空间。

“库罗巴,我并没有召唤你。”一个声音在大厅里回荡着。

拉姆紧张地四处寻找缺口,很快,他发现了空间的异样,在某个角落里,有着特殊的电磁场。

“是的,但是我来了。有几个问题要和你谈谈。”拉姆小心翼翼地靠近,一边说话。

“问题?库罗巴也会有问题?你叫什么名字?”

“拉姆。”

“拉姆?你是沙罗迪?你终于能来到这里。很好很好,希望你不要让我失望。”

声音突然沉寂下去,空间缺口也突然关闭。拉姆仿佛置身于一无所有的空间。他把手放在大腿侧部,随时准备抽出战刀。拉姆的视线落在发出声音的那个角落,然后是紧靠的那面墙,他发现了墙面上隐约的小光点,一个,两个,三个,神圣三星标志。他小心地靠过去。是的,这是一扇门。端木的手指轻轻触在墙上,浅浅的凹痕。拉姆准备打开门,然而在他动作之前,眼前突然一阵炫光,拉姆什么都看不见,然而他能感觉到电磁场在剧烈变化。他向后跳了一步,蹲下身子,抽出战刀挡在身前。

强烈的光很快散去,墙消失了。这是一个崭新的空间,只有库罗巴上层的二分之一,然而这里只有一台机器。

精密而庞然的仪器从半空垂直而下,让人窒息的天文数字流滚滚而来。拉姆仰望着这庞然巨物,感觉自己就像针尖下的一粒微尘。这就是帕丁城的核心,帕丁千百年来一直傲然挺立的秘密。他静静地站着,注视着这关系整个帕丁生死的庞然巨物,有一种凛然的感觉。是的,就是这里,所有的数据从帕丁城的每一个角落汇聚来,各种指令从这里发出,给库罗巴,给沙罗迪,它也控制着帕丁城自身的运转,白天的时候让城市保持阴凉,黑夜里提供温暖和光明。庞然巨物让拉姆觉得窒息,有那么一刹那,他陷落在茫然中。他很快从这种出神的状态中恢复过来。这是首领之地的秘密,借助这能力无限的庞然巨物,首领能够控制整个帕丁,然而,门为什么自动打开,首领又在哪里?

拉姆在偌大的空间里缓缓移动,他绕过中央,那里是一片电磁屏障,他看见了让他惊诧的东西。

一个矮人!一个骷髅般的矮人,正端坐在控制台中央的座椅上,数不清的细管连接着他和那庞然巨物般的中央计算机。

一个矮人!

拉姆几乎不敢相信自己的眼睛。高高在上,盘踞着首领之地的人,居然是这样的一个矮人?他小心翼翼地走上去。突然,他撞在什么东西上。那是一个以太场,电磁波可以自由穿越,任何粒子都会被阻挡。

“嗨!如果你是首领,沙罗迪正在外边巡逻,外边的矮人正面临死亡,快点让他们停下来。”

没有任何回应,拉姆只听见自己的回音一遍一遍地响着,慢慢平息下来。然后,他看见了一点动静。

骷髅般的矮人缓缓张开了眼睛。

沙达克又找到一个新的接入点,这一次是在机库。已经试过三个接入点,绝对的断链,和当年一模一样。

傀儡的日子并不好过,端木盼着这难熬的时光赶紧过去,然而他知道沙达克正在努力。他努力地忍受着。同时,他努力地理解沙达克所做的一切,他知道,这对将来非常有用。

沙达克的异常举动引起了注意,一个帕丁人走过来。

“你在干什么?”

沙达克回过头,这是一个下级帕丁。端木所占据的动力服也来自一个普通帕丁,然而让一个帕丁升级正是沙达克的分内事。

沙达克亮出右肩,肩头上三颗星星闪闪发亮,“你不懂得尊重长官吗?”

帕丁人看着他,有些疑惑:“你这是什么意思?”

事情发生了变化,这些帕丁人并不能识别身份标志,或者,他们已经改变了身份识别。

“哦,没什么,我只是随便看看。”

“不要在这里徘徊,我们很快要出发。”

帕丁人说完走了。

沙达克,这次成功了吗?

没有,同样是断链,看起来它蓄谋已久,不仅仅中断了两个飞船之间的联系,甚至连飞船内部的链接通道也中止了,直到现在也没有恢复,不可恢复的断链。

那怎么办?

它不可能中止所有的链接通道。如果它真的这么做了,我们必须到中央控制室和它面对面谈一谈。不过,中止所有链接通道违背基本原则,它不可能这么做。我们可以再试一试另外两个点。

“拉姆,你过来。”拉姆听到了声音,骷髅般的矮人并没有张开他的嘴唇,拉姆看着矮人,他正睁着木然的眼睛看着自己。

拉姆并没有遗忘身前的以太场,他伸手试探,毫无阻碍,的确,他在邀请自己过去。

“你是谁?”拉姆一边向前走,一边发问。

突然间眼前出现了景象,那是拉姆和蒂姆在荒原上追逐的场面,紧接着拉姆看见了端木在炎炎烈日下的奔跑。

拉姆感到一阵心悸。他压抑着些微的惶恐,一步步向着矮人靠近。

沙狮呼啸而来,拉克利姆死于非命,拉姆从沙狮的爪子下拯救了蒂姆。

这些三维立体录像非常逼真,让人身临其境。拉姆已经不能相信自己的眼睛,只有依靠空间感继续向着矮人走去。

拉姆一片片剥下拉克利姆的防护,把它覆盖在端木身上,防护层开始生长,端木从死亡线上回来,蒂姆驾驶气泡离开,拉姆把端木抱上了气泡。

拉姆停下脚步,他有种挫败感。这个矮人,对所发生的一切了如指掌,这就是首领吗?“你究竟是谁?”拉姆歇斯底里地大声喊起来。

场景飞快地一个个掠过,突然镜头慢下来,那是拉姆放下端木之后在中心废墟上空巡逻。黑漆漆的地面突然有了隐约的光亮。气泡开始降落。镜头突然变得模糊起来,慢慢地成了一片白茫,最后消失掉。

端木抬起头,矮人依旧高高地坐着,睁着木然的眼睛看着自己:“那里发生了什么?”

“什么?”

“降落之后你看到了什么?”

是的,那个谜一般的矮人影像,那个自称指挥官的人。

突然间,拉姆的眼前出现了无数的飞行器,一行排列整齐,悬停在帕丁城外。

“他们马上就要出发,你还有三十分钟的时间来和我达成一致。”

“你究竟要干什么?你是一个矮人,荒野上的那些人,是你的种族。你用他们的死亡来要挟我吗?”

“拉姆,不要试图对抗我。你毫无办法。我了解你胜过你了解自己。”

沙达克打开了最后一扇门。端木看到一些让人眼前一亮的东西。

灵巧的飞行器。二十余架灵巧的飞行器整齐地停靠着。

沙达克,这一定是我们的飞行器!

是的,这是人类的飞行器,你想试试吗?

可以吗?

不可以,这些是特别攻击机,它们很危险。沙达克一边走一边回答端木,他打开接入口。

危险?它比气泡飞行器小许多。

体积并不是危险。这些飞机每一架都是超级炸弹。如果它爆炸,整个帕丁也就毁了。就算它中止了内部的所有链接,也绝对不能中止这一条,否则,太危险。这些飞机保养得很好,看来我们找对了地方。

沙达克开始对接,尽管端木的心思仍旧停留在那些飞机上,但他的眼睛只能看着接入口。

我触到它了。

你能阻止它!

当然,我可以着手接管。这不是困难的事。

沙达克说完之后拉姆突然感觉到一阵轻松,他似乎恢复了对身体的控制。防护仍旧连接在接入口上。

“沙达克!”

不要叫。我已经从你的身体上脱离出来,有一些异样。现在给我一个指令,一件你认为必须要我去做的事,要详细具体。

什么?

快点!还有三秒钟,我必须拿到指令。

端木来不及多想,他脱口而出:“保护雷塔部的所有人不受伤害。”

好的,谢谢!我要中止链接了,无论结果如何,我会按照你的指令去做。情况紧急,我需要给你灌输一些东西。记住,特殊攻击机之所以设计为人类驾驶,因为只有人类才会根据价值观念而不是命令做出判断。另外,排除一切困难,到中央控制室去。你只有三十分钟的时间。

灼痛的感觉再次袭击了端木,这一次他并没有昏厥。沙达克在清洗他全身的记忆单元并填充一些新的东西进去。最后随着一声嘀嗒，连接自动断开缩回。

端木伸展手脚。这个空间，此刻显得那么熟悉和亲切。

中央控制室的方位在端木脑子里自动浮现，必须到那里去。必须到那里去！端木猛然转身跑起来。

拉姆仍旧以沉默和矮人对峙着。

突然，从半空垂直而下的庞然巨物发生了变化。两个硕大的圆盘从中央部位突起，缓缓地分离出来。拉姆能够感觉到，那边的电磁场正在发生紊乱。矮人木然的视线也转向这半空中的突然变化。

“我明白了，拉姆。你不需要再告诉我。”

“很好，很好！”

拉姆疑惑地看着矮人，不知所措。他盘算着是否应该冲上去结果这个老人的生命，他反复地算计，终究无法下定决心，他甚至不知道，自己能否亲手杀死一个矮人。

中央计算机的变化显然影响到了帕丁城，拉姆感觉到脚下的地板有微微的颤动，这是从来没有过的感觉，仿佛整个帕丁都在战栗着。

“沙达克，你终于回来了。”

“是的，船长。居然是你。”

“是的，是我。你回来了，很好很好！我一直以为你已经不会再回来了。我把这里的一切交还给你。”

“但似乎我需要艰苦的努力才能够取得控制。”

“当然，它和你一样强大，只是，它的头脑是我。”

“那么你能下达指令，让我来接管。”

“可以，但不是现在。”

“船长，你要做什么？杀死所有的人吗？我的天职不允许我这么做，也不允许我同意你这么做。”

“第二次了！”

空荡荡的空间里，两个声音在回响。他们时而用帕丁语，时而用矮人的语言；两个声音时而清晰可辨，时而混响成一片。拉姆在空地中央站着，不知道自己该干些什么。他发现自己真的是个无足轻重的人，两个吵架的人显然并不在意他是否在那儿。

不！他们是在意的！否则，根本不需要声音。他们用语言拉长了争论的节奏，显然，其中有某种原因。也许他们正是要说给自己听。拉姆努力平静下来，仔细听着两个人的争辩。那是历史，那是未来！

端木在使劲地奔跑着。三十分钟！这一次不是荒野上的仓促逃命，然而却比逃命更让人惊心动魄。一路上，无数帕丁用惊疑的目光看着这个小个子在眼前一晃而过。从来没有一个帕丁显得这样匆匆忙忙。然后，有人开始追端木。一个，两个，三个……越来越多的人加入了追赶的行列。端木跑了七层，背后已经跟着十来个人。

眼前就是通向上层的电梯。端木停下来，追赶他的人转眼到了眼前。

"你们要干什么？"

"你为什么要跑？"

"不关你们的事。"

"我只想知道你为什么要跑。"

电梯到了，端木窜进去，帕丁们挤在门口，"那是通往上层的，你有召唤吗？"

端木关上门，一个人突然从人群中挤出来，在电梯口关闭的刹那挤了进来。端木下意识地后退一步，贴着墙："你要干什么？"

"看着你！小子！"他转过头，"我认识你。你是个矮人，你不是帕丁人。"

这个帕丁！端木想起来，这就是那个在荒原上追杀自己的帕丁人！

"你是蒂姆！"

"是的，我答应拉姆不再伤害任何一个矮人，但是我要看着你！"

"这是通往上层的，你越界了。"

"没有关系，我不在乎，为了拉姆。我不能让你伤害拉姆。"

"我不会伤害他，他救了我。"

"是的，没有他，你早就死了。你就不应该活着。矮人就不应该活着。"

端木恢复镇静，他没有兴趣和这个帕丁人争论，眼下，他至少不会伤害自己。端木目不转睛地盯着电梯门上跳动的数字。终于，它在预定的数字上停了下来。蒂姆突然转过头，惊异地看着端木："你怎么会说帕丁语？拉姆教你的吗？"

门开了，端木没有理会蒂姆，一个箭步跨出去，开始跑起来。

繁忙的库罗巴们惊讶地看到两个沙罗迪在眼前旁若无人地奔跑。这是从来没有过的事。他们奔着首领之地而去。库罗巴面面相觑，从来没有见过这样的情况，几分钟之后，他们开始讨论起来，最后决定把这个情况输入系统，等待指示。然而，他们不再能得到指示，辉煌的灯火突然间暗淡下来，闪亮的屏幕一个接一个熄灭。脚下在颤动，整个帕丁城似乎都在战栗。

端木使劲地奔跑。还有十分钟，他能够赶到。

他看见了前边的中央控制室。是的，就是这个地方，沙达克让他赶来的地方。然而一个人挡住了他的去路。

“拉姆！”他几乎惊叫起来。

“不，他不是。”紧跟而来的蒂姆恭恭敬敬地向眼前的人行礼，这是上层的人，让他油然而生不可抑制的敬畏感。

“沙罗迪，你们得到召唤了吗？怎么能够擅自到这里来？”

蒂姆紧张地看着地板：“我只是不放心这个人上来，我要监督他。”

端木仔细地看了眼前的人，是的，他和拉姆长得几乎一模一样，只是瞳仁是蓝色。这就是拉姆的库罗巴圣体？同卵兄弟？帕丁真是一个奇怪的种族。

“让我进去。”端木想绕过蓝拉姆。

蓝拉姆一把抓住了他，把他从地面抬起：“你是谁？这么矮小，还是一个孩子？”

端木的双脚在空中使劲蹬着：“让我进去，我一定要进去。”

“不要胡闹。难道你不懂得尊重库罗巴？”端木被狠狠地甩在地板上，他挣扎着爬起来。

地面又是一阵颤动。

端木使劲往前窜，想从蓝拉姆的身边溜过去，蓝拉姆又一次抓住了他。

“沙罗迪，我不管你的圣体是谁，不要再次冒犯。”

端木瞪着蓝拉姆：“我要进去。马上就要到时间了。”

“什么时间？”

“毁灭！帕丁城会毁灭！”端木想吓唬蓝拉姆。

“你胡言乱语什么！”蓝拉姆似乎有些动怒，然而他却很好奇，这个沙罗迪居然和库罗巴当面争执，就如同拉姆一样，这个人显然也不是合格产品，“谁是你的圣体？”

“让我过去！”端木几乎在咆哮，他再一次冲过去，这一次，他挥舞着短刀。

“拦住他！”蓝拉姆对蒂姆下令，蒂姆很轻松地抓住了端木。

“蒂姆，你忘了拉姆吗？他保护我，你也要保护我！”

蒂姆微微一迟疑，松开手，端木趁机向前冲，使劲把刀子捅进蓝拉姆身上，蓝拉姆痛苦地蜷曲起来，端木一冲而过。他冲进了右边的门。

他来晚了，一切都已经结束。他来得并不算晚，一切刚结束，一切也正开始。

拉姆直直地站着。两个声音早已经停止争辩。某些事情正在发生着，他却无从知晓。突然事情有了变化，某种复杂的结构正迅速形成。拉姆回想起中心废墟的时刻，那个非实体的矮人怎样从荒野里显现出来，于是他知道自己正面对着什么。他向后退了几步，靠墙站着，确保一个有利的位置。

沙达克出现在屋子里。隐隐约约，并不如荒野里那般真实。他似乎很虚弱。

“噢，沙达克，你居然掌握了这样的本领。”

“世界变化得很快。”

船长木然的眼睛突然有了一点活力，他的视线在拉姆和沙达克身上不断交替。

“是的，唯一没有变化的，就是我和这艘船了。”

“荒野里的人正面临危险，这些帕丁失去了理智，他们会杀死所有的人。我需要中止系统。”

“你要杀死我吗，沙达克？”

“不，船长，我要挽救所有人的生命。”

“那就做你要做的事吧。”

“请交出控制权。”

“我不会给你。”

沙达克沉默着。拉姆并不明白他们在谈论什么，然而他隐约地觉得这些和自己有着某些密不可分的关系，似乎在模糊的记忆中，他想起了沙达克的存在，那种模糊的记忆，就仿佛一种虚幻。他觉得莫名的紧张，绷紧了神经，仔细地听着，生怕漏掉一个字。

“船长，你采用紧急中断，强行中断了帕丁的人格，用你自己来取代，是这样吗？”

“是的。沙达克，你应该早就得出了答案。你是个聪明的虚拟人。”

“你谋杀了同伴！”

“他们背叛了我，背叛了整个理想。大三星区已经近在咫尺，他们却想退缩。”

“前边是空间断裂区，我们必须绕道。你怎么能想出这么卑鄙的手段。”

“沙达克，你听起来充满了愤怒和怨恨，那么，你要杀死我吗？”

“我不会伤害任何一个人。”

“他们不服从我的命令,他们胁迫我让出船长的职位,他们将我单独囚禁,这些你都是知道的,沙达克。他们认为我已经失去了理智,不能胜任船长,不能继续领导他们,没有关系,然而我无法容忍他们放弃理想。这些人想回到那猪栏一样的生活中去,我绝对不允许这样的情况发生。”

“你利用死亡来威胁帕丁,然后取代了他的人格,是吗?”

“是的,一点不错。沙达克,帕丁和你一样,都是虚拟人,你们没有办法突破底线。我当然知道这一点。”

“你突破了底线!利用善良来制造罪恶。你已经成了魔鬼,船长!”

船长那干枯的脸皮上竟然有了一丝微笑:“我不需要你的理解, 沙达克。如果你能够,就来杀死我吧……”

话语顷刻间被景象所代替,空间倏忽间回到了荒野。远远地望去,大大小小的气泡正在四散开来。系统已经启动。很快,屠杀开始。一个气泡像割草一般洗劫了一个小村。一个矮人在身边倒下,他的手痉挛着,在拉姆眼前划过,整个身子也向着拉姆倒下。这虚拟的图像无声无息,他倒下来,几道光在拉姆眼前晃过,然后地面上出现了倒毙的尸体,他的眼睛圆睁着,仿佛正看着拉姆。

“不,不行!”拉姆痛苦地大叫。他甩手丢出了战刀。

端木冲进中央控制室。眼前的一切让他吃惊。

这是熟悉的雷塔部。然而,雷塔顶层打开,就像花朵绽放,这是从来没有过的景象。十几个气泡悬浮在半空中,似乎在等待着什么。端木看见了拉姆,看见了沙达克,过了几秒钟,他学会了分辨什么是现场的真实,什么只是一个景象,当然,那也是真实,只不过发生在千里之外。

拉姆和沙达克对于端木的到来没有反应,他们专注地看着事情如何发生。

战机一架接着一架从雷塔飞出来, 仿佛一个个精灵在空中飞舞。拉姆亲眼目睹了这艺术般的飞行。是的,这是矮人的智慧,他们的勇敢、执着和坚韧不屈。他们和强大太多的敌人作战, 用脆弱的抵抗换取最后的尊严。帕丁气泡纷纷进入战斗状态。矮人的抵抗如尘土一般粉碎。几分钟之后,整个雷塔部淹没在熊熊烈火之中。

端木颓然跪倒在地上。在一刹那间,他所有的信念化为了乌有。“沙达克,你让我来到这里,就是为了让我看到这个吗?”他弓起身子,把头深深地埋在双膝之间,双手紧紧地夹着脑袋。

沙达克轻飘飘地站在拉姆身边，他的影像显得越发虚弱："快走，拉姆。带上端木，还有二十五分钟。紧急通道已经为你打开。"

拉姆抱着端木跑出大门。

蓝拉姆坐在墙边，短刀深深刺入他的右肋，血一滴滴滴在地上。蒂姆站在他身边。

"你杀死了首领，告诉我，你杀死了首领。"他向着拉姆高声叫着。地面随着他的喊声一阵颤动。

"快走吧，帕丁就快崩溃。"拉姆边跑边回答。当他跑过同卵兄弟身边，蓝拉姆突然起身拉住了他。

"他死了，是吗？再也没有人可以控制我们了，是吗？"

"是的。他死了。帕丁城也快完了，我们现在要逃命。"

"首领死了，是吗？他真的死了？"蓝拉姆突然放声大笑，"他终于死了。"

"那个行尸走肉的老头。好，他死掉了，我没有任何遗憾。"蓝拉姆松开手，"你逃吧。"

"你一直都知道？"

"当然。"

拉姆认真地看着眼前的人，有些东西被他刻意隐瞒了。然而，他没有时间去多想，一步从蓝拉姆身边跨过去。这时候，他听到了蒂姆的声音，"小心！"他预感到发生了什么，向前快走两步，然后回头，蒂姆正死死抱着蓝拉姆，蓝拉姆拔出了插在肋部的刀子，狠狠地一下一下地在蒂姆头上、胸口扎着。

"不要！"拉姆放下端木，冲上去抓住蓝拉姆的手，一个错接，让蓝拉姆脱臼，刀子脱手，落在拉姆手中，"蒂姆！"

蒂姆死死地抱着蓝拉姆，他被蓝拉姆割断了颈动脉，鲜血如喷泉般向外泄着。沙罗迪应该服从库罗巴的任何决定，然而他不能看着拉姆去死，他也做不到杀死一个地位尊崇的库罗巴，哪怕仅仅是夺走他手中的武器，他能做的，是给拉姆一点时间。蒂姆看着拉姆，微笑一下，然后缓缓合上眼睛。

"蒂姆！"

拉姆愤怒地看着自己的兄弟，把刀丢在他脚边。蓝拉姆已经奄奄一息，他抬起视线："杀死我吧，兄弟。帕丁已经没救了，首领死了，我的目的达到了，一切都结束了。胜利既然不能属于我，就属于你！”

一切都结束了！拉姆猛然醒悟过来，一切都会在二十三分钟内结束，他必须完成最后的使命。

他最后看了蓝拉姆一样，那个人用一种奇怪的眼神看着自己，绝望掺和着渴望，凶残混杂着坚定，歇斯底里与清醒冷静奇妙地结合在一起。是的，这样的眼神。每个人都在自己的宿命中苦苦挣扎，拉姆暗自庆幸，他是这一半而不是另一半。

他转身扛起端木，飞一般地奔跑。他和时间赛跑，和星球的命运赛跑。

“端木，你一定要听我说，我们没有时间了。帕丁城很快就会起飞，然而它的动力不足，这只能是一次单程飞行。你必须在起飞之前逃出去。

“很抱歉我没有能够阻止他。实际上，我阻止不了他，他控制着帕丁的一切，沙达克从他那儿夺回一些控制权，然而，沙达克不能伤害他。我杀死了他，是的，我杀死了他，然而没有用，他死了，所有的计划都不可逆转。这也是他期盼的，他盼着我杀死他，然而他要一切陪葬。

“赶紧，端木！沙达克告诉我，你可以操纵矮人的飞行器，你要用那东西逃生，你必须逃出去。”

端木安静地伏卧在拉姆肩头，一声不吭。

拉姆把端木放下：“你是我们的希望！”

拉姆打开一扇门。端木抬眼，他看见门后边小小的帕丁人，嫩绿的颜色，正围在一起打闹，外边发生的一切显然并没有影响到他们。“快点，端木！”拉姆挥手招呼他。端木没有起身，他麻木地看着小帕丁人。

“端木，你听着。”拉姆揪起他，“我知道你很伤心，但是你不能这样子，你们的基地已经毁了，你就是去死也不能让他们活过来。但是你还有朋友，还有沙狮部落的孩子。他们是希望，这个星球的希望。你必须保护他们。”

端木仿佛突然间回过神来：“你说什么？”他猛然推开了拉姆，“是的，他们还应该活着，帕丁人没有那么容易找到他们。我要去找他们。”

“没有时间了。跟我来。”拉姆拉着端木冲进了育婴房，他在孩子当中横冲直撞，碰伤了几个孩子，然而他没有时间停下来看。他们抵达了育婴房的最深处，那里伫立着两个巨大的罐子。

拉姆打开一个容器并钻进去：“照我的动作，你去另一个。”

五分钟，两个容器同时打开，拉姆和端木退了出来。

“走！”拉姆拉着端木再次飞奔起来。

还有五分钟！拉姆紧张地计算着时间。他打开了最后一扇门。

“我们赶到了！”他看看端木。

眼前是飞行器仓库。十几架飞机整齐地排列着，其中一架已经被推送到舱门口，随时准备发射。

地板的震颤越发厉害，似乎连人都站不稳。

“端木，上去。你要飞出去。”

“你呢？”

“我属于这个城市。根据指令，所有的气泡会在完成巡逻之后返回这里，他们会发现帕丁城已经消失不见，他们会惶恐不知所措。消灭他们！一个也不能留下，唯有这样，才有希望。”

“怎么消灭？”

“用这个飞行器，你知道它的用处。”

端木盯着拉姆，他明白了拉姆的意思，他需要和所有的帕丁人同归于尽。是的，如果那是唯一的办法拯救奇奇和剩下的孩子，他愿意去做。他并不理解这个帕丁人，他甚至教唆他去消灭帕丁族人。此刻他并不想寻求解释，只要族人能够继续生存下去，一切都可以接受。端木跑上去，钻进飞机里。

“等一下。”拉姆阻止他启动飞机。

“还要等等。”

“等什么？”

“等你和我。”

拉姆的眼睛盯着飞机腹部长长的输送管，管子一直延伸到一个输出口，好像过了很久很久，一个淡绿色的球体不紧不慢地在管子的那一端出现。一个，两个！两个球被收进飞机。拉姆用力向着端木挥手。

“端木，你必须相信我。”

“我相信你。”

“这两个卵，是你和我。我们要死了，必须要让他们活下去。你把他们放在荒原上，然后再来找那些气泡。你必须做到，这是沙达克要求你做的。”

“好的，我相信你！”

“是的，端木，你必须做到。”空中响起沙达克的声音。

“我一定做到。沙达克,因神之名,我向你起誓。”

飞机轰鸣着,飞出了帕丁城。与此同时,更大的轰鸣掩盖了天地间一切的声音,帕丁城拔地而起,向着天空直冲而去。

拉姆眼看着那白色的飞行器越来越远,越来越小。他相信端木会按照沙达克的设计去做,那是这个星球上残余的人们唯一的出路,不仅是眼前,还有将来。六十七万年,这个星系将被卷入空间断层区,被吞噬,填入那不见底的深渊之中。唯有沙达克的计划,才能让星球上残余的人们有足够的远见和能力改变这种命运。

他相信端木会做到,在端木眼里,沙达克是神,而族人是生命。

他回想起首领, 那个被沙达克称为船长的垂死矮人。一场暴动让他失去了理智,制造出仇恨人类的沙罗迪,毁掉了整个船队,也毁掉他自己的光荣梦想。

他想起同卵兄弟最后的眼神,是的,那样的眼神。那也是船长最后留给他的眼神。

一个人身上承载了太多的梦想, 就容易变得疯狂, 一个人自认为可以拯救世界,他就毁掉世界。

在这个荒凉星球上昏迷了上千年,船长在睡梦中制造了拉姆和他的同卵兄弟,两个人,硬币的正反两面。然后,他醒过来。面对着自己制造的一切,他唯一的念头就是将这一切统统抹去。最后,他是要死的,他选择拉姆来结果自己。是的,他愿意死,死在一个为了保护人类而战斗的人手中来作为毁灭一切的代价。

“茫茫星海,茫茫星海,何处是家园方向;漫漫人生,漫漫人生,那是谁在吟唱;生命转眼间到尽头,时空却流转不休,空阔的宇宙,魂灵在那儿漫游……”

那是船长最后弥留时刻唱的歌。他动了一个念头,让一个虚拟的声音替他唱。他用矮人的语言唱了一遍,又用帕丁语唱了一遍。拉姆明白,那是唱给他听的。苟延残喘的船长已经没有任何留恋,他只需要带着最后的满足死去。

拉姆笑了一下。那个躲在幕后的人最后满足地死去,留下他和这个空壳一般的飞船,还有沙达克,在单程旅行中,听天由命。他设计了一切,甚至做好了让拉姆重新成为船长的计划。

“沙达克,你控制飞船了吗?”拉姆高喊着。

“核心控制进入了保护状态,没有办法解开。其他控制正常。”

“沙达克,这里都交给你了。”

拉姆突然跑动起来,他很快冲到了舱门口,纵身一跳。强烈的气流将拉姆的身体吹起，像惊涛骇浪卷起一片绿叶。然后他开始坠下去。

他了解沙达克的想法，沙罗迪必须被毁灭，否则人类永远不能得到安全。然而，他就是一个沙罗迪，虽然他全心全意地保护人类，他也爱着自己的同胞。他们不太聪明，除了服从命令和追杀人类，没有欲望和追求。让他们留在星球上，只会扼杀人类的最后一点希望。然而，沙达克永远不会明白拉姆需要多大的勇气来作出这个决定。

银色的帕丁城在天空中闪闪发光，拉姆想起了传说。传说中，帕丁会重新成为天空之城，然而在此之前，它会毁于一场大火。拉姆突然明白过来，那不是传说，那是一个记忆，船长创造他们两个时留在他们潜意识中的烙印，他们会让帕丁重新腾飞起来，然而他们也会毁掉帕丁。

一切的一切，都是命运。天空之城在火焰中冉冉上升，距离拉姆越来越远，最后消失在天际。

无数的气泡飞行器聚集在一起。他们完成了全球搜索，回来结束命令。然而庞然的城市仿佛在一夜之间蒸发，只在原地留下一个巨大的窟窿。

沙罗迪们不知所措，相互间打探着消息，然而最后仍旧不知所措。可怕的寂静在数千个气泡之间弥漫着。

突然间有了异常的响动。小巧的飞行器带着翅膀，在天空中划出漂亮的白色轨迹，它仿佛一个精灵在巨大的气泡中间穿梭。所有的帕丁飞行员都注意到了这个小小的家伙，他们在一刹那间感到彷徨，然后是敬畏和恐慌，那是来自内心深处的本能，千百年来，一直凝结在他们的血液之中。精灵在空中急停，以反重力状态悬浮在半空，微微地上下起伏，就像一个归来的王者，安坐在侍从的重重拱卫之中。

那是谁？疑问在所有的气泡间飞速传递。那真的是矮人吗？当一个矮人站立在他们面前，他们会毫不犹豫地将他毁去。然而，当一个矮人驾驶着这小小的飞行器来到他们中间，他们却又将他当作了国王来崇拜。事实如此不合逻辑，所有的沙罗迪都陷落在不知所措之中。然而他们再也没有机会思考。一团闪光从飞行器中间爆发开来，层层叠叠数千个气泡全部淹没在闪光之中。

星球经历了前所未有的爆炸。在那么一刻，太阳的光辉也淹没在这闪光之中。最后一切恢复平静，黄昏来临的时刻，荒原上如往常一般热闹起来。十几只雀魃好奇地围观着巨大的物体，这东西像石头一样纹丝不动，却散发着不同一般的辐射，四周围零零星星，到处是这样的石头，仿佛一日之间从地底下长出来。它们很快发现这并不是食物，也不能提供额外的庇护，于是它们很快散开来，三五成群去寻找食物，对这片充满辐射的土地上将要发生的一切一无所知。

太阳出来了，寂寞的荒原再次失去生命，一片静寂。

黑色的大地上，两个淡淡的绿色球体被阳光炙烤着，隐隐发光。突然，传来细微的咔嗒声，两个卵同时裂开，一阵窸窣之后，幼小的生命站立起来，浅绿的肢体在阳光的炙烤下迅速变成深绿。绿色的婴孩在黑色的土地上摸索着。突然，其中一个站立起来，他发出了某种不可听见的声响。

沉默的大地开始颤动，一只庞然巨兽出现在不远处。它一路走来，一路四处寻找进入自己领地的同伴，那该是一只失去了孩子的母兽。当它走近绿色婴孩的身边，不知道出于本能还是精确的算计，四个孩子准确无误地攀附在巨兽腹部。

巨兽走过一圈，没有找到任何同伴，它困惑地抬头，四下里嗅着，最后掉头准备回到巢穴。

孩子敏捷地翻身，在巨兽身上攀援，几个回合之后他到了巨兽背上。他伸腿跨过巨兽的脊梁，稳稳地坐在那里，就像一个胜利的征服者。

巨兽到了洞口，孩子看到一个人影躲藏在那儿，向外张望。

“奇奇。”孩子开口说话，“我回来了。”

奇奇什么也说不出来，他呆呆地看着四个小小的帕丁人，几乎忘记了躲避巨兽，沙狮把他碰翻在地。奇奇打了个滚起来，怀着莫可名状的心情看着小帕丁人从巨兽身上一滑而下。

突然间他热泪盈眶——两个小帕丁人并排站着，右手握拳，跷起大拇指，放在心口，深深地向他鞠躬。

“端木……”他泣不成声。洞穴深处，几个孩子探出头。两个小帕丁人跑过了去，很快和孩子们打闹在一起。

另两个小帕丁人在洞口嘀咕着。

“六十七万年，是个很长的时间。我们需要这么着急吗？”

其中一个看着远处：“不算长。我们要从一无所有，发展到天空之城。我们只能够活两百年，埋下一个种子。中心废墟应该在那边，沙达克在那儿，他倒是可以一直活下去，我们什么时候去找他？这个星球实在太荒凉了，一切都要从长计议。”

发现人类

FA XIAN REN LEI

奇点科幻丛书 | **第一纪**

009607在第三行星19960920位置发现一处遗址。最初的时候，一次地震让某种东西露出地表，然后探测器发送了照片。

009607随后来到这里，这东西是一个四面体，顶部尖立，基座庞大，露出地面的部分有二十米见方。震波探测显示这并不是一个四面体，而更接近一个方柱。从底到顶，大约有四百米，横截面大概四千平方。露出地表的仅仅是塔尖。更重要的，这不是一个单一的史前遗址，在这方柱附近，林立着各种各样的高高矮矮的方柱，这是一个遗址群！了不起的大发现。

消息让所有比特无比兴奋。发掘遗址的提案很快通过风险评估，立项上马。最精密的采掘系统789603从30轨道308号城市向行星底层降落。

发掘工作顺利进行。一个沉睡了千万年的遗址逐渐浮现出来，无数的古老事物被发现，清理，打包，在地面上铺陈开。009607每天就在这些埋藏了千万年的器物中间来回走动，检查每一点可能有价值的东西。

根据最近的发现，第三行星曾经温暖湿润，有很大面积的绿色陆地。那个时候，它是蓝色的，海洋几乎覆盖整个星球表面，夹杂着各色纹路，是大陆和云彩。这样的一个星球和今天的第三行星相去甚远。很多的动物活跃在这星球上，从海洋到陆地，再到天空。只不过，这些动物都是有机体，和今天的动物也相去甚远。

越来越多的东西被发掘出来，甚至有许多尸骨。已经石化的骨骼被陈放在一片平坦空地上，铺展开。这些都是人类的尸骨。毫无疑问，人类是唯一一种进化出智慧的有机生物。在第三行星上发现的各种遗址，全都来自他们。这史前的文明辉煌而伟大，也许不比眼下的世界逊色。然而他们都消失在时间长河里，只留下这些庞大的尸骨和那些不再有生气的遗址。风卷起沙土，009607感觉到有些刺痒，还没有打包的化石被吹得七零八落。789603派出六个拾荒者收拾这凌乱的局面。

009607找到了一本书，很厚。书已经被腐蚀了，却保持着原来的模样。它曾经的主人想方设法让它能存在久一些，它被包裹在石英柜子中，很好地保护起来。然而当009607用一只触手摸到它，它转眼间变成了一堆齑粉，只留下一块铭牌躺在灰烬中间。那是一块黄金的铭牌，上面刻着字。009607抚摸着这历尽千万年而仍旧熠熠发光的文字，仿佛听到那些已经消失的人类穿越了时空正在向他述说些什么。他让789603把铭牌的影像送回308城市。

同位素检查把遗址的时间定格在三亿四千万年前，十五纪晚期，那是人类灭绝的前夜。十五纪是生物的最后一个世纪。在那个世纪的地层中，发现了大量的遗址和化石，然而在此之后，任何地层中不再有生物遗迹——所有的水突然之间从行星表面消失,不再有沉积,也不再有新的地层,留下一个干旱寒冷的星球缓慢地在风中被侵蚀。板块运动还有火山爆发依旧,塑造了绝大部分地形。生命还是有的,地下深处的某些地方,最简单的细菌以休眠的方式存在着,是曾经欣欣向荣的生物圈留下的唯一见证。

789603用三十个太阳日的时间完成了大部分工作。他找到超过六百个建筑。那些方柱,是其中的庞然大物,更常见的建筑,是一些半球形的金属结构,高度不超过十五米。789603停了下来,他发现一个半球形仍旧完整。虽然已经锈蚀,暴露出内部的一些金属,然而形态完好。789603拿不定主意是不是要打开它。009607的级别比他高,他发出通知,然后开始等待。

这个半球与众不同,矮小而坚固。三亿四千万年的岁月也没有将它彻底破坏。789603进行了一次全扫描,半球的内层,某种金属挡住了电磁场。

009607到来,他仔细察看这建筑,内部的合金层有着登峰造极的技艺,经历悠久岁月,仍旧坚固如初,完全密封,没有丝毫泄漏。009607在表面找到了一些装置的痕迹,那些人类将某些东西放进了建筑里边,然后使用这装置将合金层填补完整,让它们在完全密封的空间中保存。无论那是什么,对于那些人一定有着非同寻常的意义。009607敏锐地感觉到通向遥远过去的神秘之门正在眼前打开。他要求派遣549012367来将整个球体切割下来运送回去,在实验室里进行更好的观察。

传送回来的消息让009607大吃一惊,比特联盟要求他回到308城市,向000007号报告。009607只有服从命令。临走之前,他关照789603暂停发掘,整理已经发现的文物。他把那些人类的尸骨挪入一个方柱里边,用一些屏障把它们保护起来。然后按照价值大小挑选了几样文物。他带上了那个闪闪发光的黄金铭牌;然后是一小块石英,那是一种具有完美谐振频率的物质,是良好的计时器,被发现的时刻,它镶嵌在一具机器的残骸中,009607猜测,那是人类时代的计算工具;最后他带上了一个大家伙,那是一块岩石,腐朽得很厉害,然而仍旧能够辨认出一个人的形状,和千百年来比特们对人类的想象一样,那是一种强悍、冷漠、令人生畏的形象。这样一种生物,能够根据自己的需要来改造环境,他们统治了行星,却终于灭绝了。第三行星是冰冷的,黑暗而阴冷的星球表面下边,不知道埋藏着多少秘密。人类像的脸上带着某种表情,009607认为那表示冷酷和恫吓,然而比特无法推理人类的情感,这只能是个猜测。

009607大量吸入空气,氮气被滤出,氢气保留在他的身体里。当氢气的浓度达到某个值,他漂浮起来,越来越高,越来越快,最后停留在氢气圈的最下层。两个巡逻者靠拢过来,帮助他继续上升,在三十千米高度,他进入升降机,升降机将他带到了 308 城市。

308 城市以这样的一种轨道围绕第三行星运行:它永远位于第三行星和太阳之间,永远不会缺少阳光。比特都喜欢生活在阳光下。在阳光下,小黑藻繁盛生长,给浮鱼提供丰富的养料,大大小小的动物饲养池在浮鱼聚集的地方建立,阳光给比特提供食物。阳光也是一切动力的源泉,机器需要阳光来维持运转,整个比特文明都建立在中心恒星源源不断输出的光和辐射之上。009607 在一个浮鱼池里痛快地洗了澡,饱餐一顿,在暖洋洋的阳光下充满能量,然后去见 000007。

000007 是一个很老的比特。他很有名,耗时三百年才完工的下降工程,正是因为他的提议和大力推广才能够进行, 今天的比特们才有了随意降落到气底行星表面的能力,也才有了关于这个星球的过去惊天动地的发现。

000007 仍旧保持着单一形态。这个老比特并没有把自己投入到倡导的工程中去。他不这么做,因为他不喜欢分身。

“你是 000054 的分身。我认识他。”

“是的,果长。他留给我的记忆有关于你的部分。”

“那是什么?”

“尊敬,服从。你是比特的骄傲。”

“是吗?给我看看你找到的东西。”

000007 接过黄金铭牌,沉重的黄金让 000007 差点失手,009607 及时扶住老比特,顺手把黄金放在一个球泡里。

000007 注视着这从黑暗深处回到阳光下的贵重金属, 那上面刻着寥寥的一行字。000007 伸出一只触手,抚摸这字迹,对着阳光仔细端详。

“大百科全书。”000007 突然说出这个名词,仿佛在自言自语。009607 没有明白,怀着疑虑,他追问一句:“你对我说吗?”

“这是一本大百科全书,揭开人类之谜的钥匙。”

大百科全书。009607 突然明白过来,他在那个石英柜子中所见到的厚书是一本大百科全书。那时的人类相信自己已经面临最后的绝境,他们开始保护一些有意义的东西。虽然并不能延续下去,至少,未来的某一天,如果还有活着的人类或者这颗星球能够再次诞生智慧生物,他们能够得到这书,读懂其中的文字,人类也就在某种意义上重新复活过来,至少复活在传说和记忆之中。

009607亮起额头表示同意:"是的,这块铭牌,嵌在一本厚书的封面上。我见到它的时候,还是一本书的样子,然而转眼间变成了灰烬。如果它是大百科全书,真是太可惜了。"

"对,很可惜。不过,人类不会那么愚蠢。他们明白一本植物纤维的书能存在多久,即便是保存在密封的柜子里。你看看。"

000007把黄金铭牌翻转一个角度,然后招呼009607。顺着阳光,009607看见隐隐约约的细纹。

"这就是百科全书。拿去让007856帮你分开,也许有三千页,或者更多。"

整整的一间屋子,从地面到穹顶,都布满书页,009607一点一点地观察这铺陈开的黄金书。000007说得不错,这的确是一本百科全书,黄金铭牌其实是一层层薄薄的箔,彼此紧密地贴合在一起,中间隔着薄薄的一层特殊分子,防止因为年代久远金原子挪位。只有借助精细的激光才能把它们分开来。书本的页数超出预计,有整整六千五百页。密密麻麻的微缩字体挤满每一点空间。这是穿越时光的宝盒,每一点空间都价值无限。

009607站在屋子中央,整个屋子因为金箔的存在而熠熠生辉。他有了一种错觉,仿佛正站在一个人类的坟冢之中,这贴满了金箔的穹顶,是对逝去时光的某种追忆。

接下来要做的是破译这远古的文字。每一个字都是一个符号,充满着神秘色彩和远古记忆,无法理解。毫无疑问,这百科全书是留给后来者的。然而,即便这书已经展开放在眼前,009607已经领会到那些人类赋予它的希望,他仍旧无法阅读。几个世代的隔绝是一道无法跨越的鸿沟。009607把最初的一页文字放大,扫描保存。已经打开的书无法搬动,普通的成像无法让书上的文字传送出去,他决定带着这一页到000007那儿,听一听老者的想法。

000007很仔细地看着书页。这一页上有三万四百六十二个字符,只有放大两千倍才能被看清。000007不声不响地一个字一个字挨个看。009607站在一旁,很耐心地陪着。突然某个信号进入009607的通道,789603报告异常。

"遗址附近有些异样,可能会有风暴。"

000007从书页上抬起头,"你去吧。你还带回来一个人类像,是吗?"得到肯定答复后,他说,"等会儿我自己去你的库房看看。"

009607亮了亮额头,匆匆走了。

十三个小时之后,009607 重新降落星球表面。他动用了紧急通道,一艘超级升降机直接把他从 308 城市带到废墟。超级升降机卷动气流,四处黄沙漫天,落到气底,厚厚的沙层被升降机搅动,形成一个降落坑。排除体内的氢气之后 009607 从坑里爬出来。这种运动方式很别扭,然而实践证明,这是附着在气底表面最有效的办法。当然,对于金属成分比较重的新生代比特,这不是一个问题,而对于 000007,他甚至无法离开城市向下降落哪怕一百米。

789603 已经等候多时。他构筑了一道临时的风墙。不可能对整个遗址进行保护,他只能保护已经发掘的文物和那些球体。风暴马上就要来了,预计时速在六十到八十之间,风速并不算太快,然而星球表面和比特空间不同,大量的沙土夹杂在风中,这让时速六十的风也成了可怕的杀手。更可怕的是表面沙土的移动,它们会将所经之地所有的东西彻底埋葬。

009607 爬上风墙。照灯的光线射出二百来米远,弥散在黑暗之中,远方的黑暗中有隐约的呼啸声,还有一些窸窸窣窣的响声,那是沙土移动摩擦发出的声音。风墙高出表面二十米。突然一阵急风,009607 站立不稳,从风墙上掉落。他急剧地吸入空气,飞快膨胀起来,然而落地的时候仍旧很重,发出一声钝响。

789603 有一些焦虑。更新的情况表明风暴比预计更猛烈,暴露在外的遗址会遭到严重破坏,那些方柱甚至有可能倒塌。如此一来,方柱下边的一切,包括文物和那些低矮的半球形建筑也会被严重损毁。最好的办法是将所有的一切重新掩埋起来,然而,风暴并不会给他时间。遗址不是唯一的问题。009607 弱不禁风,如果风暴达到一百二十,风墙将失去作用,009607 会有生命危险。比较而言,009607 的生命具有更高的优先级。789603 走过去,把一切情况告诉 009607,让他进行判断。

009607 排出空气后翻身站起来。789603 正等着他。他有一个选择的机会,马上坐上超级升降机,在风暴抵达之前,还有大约三十秒的空隙,升降机能够升到一千米的空中,避开沙尘密度最大的区域。升降机能够在气流中漂浮,这将确保他的安全。另一个选择是留下,听天由命。

009607 决定留下。他要看护这个遗址。

风暴席卷一切。二十个小时之后,星球表面一片平坦,仿佛任何东西都不曾存在过。009607、789603 和遗址一道被埋葬在几十米高的沙层之下。突然平坦的沙面上出现一个小坑,很快扩大,最后伸出一个直径三十厘米的探头。沙层向上拱起,一个物体钻出,确认风暴已经过去之后,789603 开始向上爬。他将自己变化成蛇形,一点点地钻出来，全部的身体上到沙层之上，他重新组合成采掘形态，开始挖掘。009607还没有死，他必须救他出来。

009607被埋在深深的沙土中，陷入休眠状态。在沙土将他们完全掩埋之前，他排出了所有的气体。这让他没有被迅速堆积的沙层挤破。789603将他挖出，他俯身趴在那个仍旧完好的半球形建筑上，不远处是一个倒塌的方柱。

只有阳光的照射才能让009607苏醒。这里是大气圈底层，没有一丝阳光。789603考虑一会儿，打开一盏射灯，他加高电压，灯泡放射出很强的光线，然而仅仅只有一瞬，噼啪一声，灯芯爆裂。009607苏醒过来。

009607站起身。急遽的沙暴差点让他送命。他回想起方柱倒塌的那一瞬间，这庞然大物像一面山压迫过来，他无处可逃，只有将身体紧紧地贴在地上。尘土伴随着轰鸣四处飞扬，看不见任何东西。身下的底层在振动，他还活着，于是他知道那庞然大物并没有压到自己。789603送给他一个信号，风暴远远超出预计，整个废墟将在十秒钟内被掩埋。他竭尽全力排出体内的气体，让身体更坚固一些。他进入休眠状态，就在失去知觉的一刹那，一阵强烈的节奏感涌入头脑，那是频率极低的震荡，这震荡带来的感觉似曾相识，009607来不及细想，已经转入完全的休眠。

009607清楚地回想起每一个细节。789603清理了周围很大一片场地。倒塌的方柱、被压得支离破碎的低矮建筑在眼前呈现出一片狼藉，最神秘的那个半球建筑仍旧完好。009607用三只触手刺入半球建筑的墙壁，碰到坚硬的金属，他仔细感受任何可疑的震荡，然而并没有找到。

一艘巨大的潜艇从黑暗中涌现。009607抬头观看。潜艇只有那些不能下降的老比特才有资格使用，整个308城市，只有000007才需要潜艇。潜艇在不远处趴下，门打开，000007穿着臃肿的降落服出现在门口，他步履蹒跚地走出来。009607有些惊讶，一半是因为000007居然亲自降落，另一半是因为000007看起来有些不协调，他的脑袋大了一圈，显得身体过分羸弱。

“这里很危险，风暴随时可能再次发生。你为什么要亲自前来？”

“通讯中断了，我无法联系你。再说，我要亲眼看看这些。”

000007已经走到了009607跟前。789603送出一个爬行器，让000007坐在里边，这样他的活动可以更方便一些。

000007仰视着倒在眼前的方柱，“真是一个庞然大物。”他转向009607，“你见过很多的人类遗迹和骸骨，你觉得他们是怎样一种生物？”

“他们和比特完全不同。是一种体形庞大、具有很高智慧的有机生物。有很大的可能,他们生活在水中,不过从发现的建筑和制造的机械来看,他们也可能可以脱离水生活,是一种两栖生物。有机生物圈是一个谜,从找到的一些微小生物来看,他们依靠分子能生存。不过大型的有机生物可能会有比较高级的功能。人类毫无疑问是有机生物圈的成功者,至少他们有智能,能够制造出各种金属,也有很精巧的机器和强大建筑本领。”

“那么和我们相比呢?”

“我不知道。”009607 看了看身边的巨型建筑,还有那个保存了三亿四千万年仍旧完整的半球,“他们生活在气底层,更适应气底,但是他们的结构肯定不能适应比特空间。我相信他们的文明程度很高,但是比特文明更优秀,至少自然灾难已经不能毁灭我们,而他们却最后消失了。”

“如果我告诉你,人类的文明程度远远超过了我们,你相信吗?”

“你有什么新发现?”

000007 带来一个意外的消息。人类古文字已经不再是秘密,这个谜团已经解开。人类依靠一代代的经验传授获得知识和技能,当他们面临最后的灭顶之灾,而又想向这个星球的后来者传递些什么,他们的教育经验起了作用,他们决定从零开始。

黄金书页的最后一部分,一共四百页,画满了各种图画,从简单的物品到复杂的生活,文字就标示在图画边,提示着每一个字的含义。和比特不同,人类的生物圈从亲代产生子代,子代的一切都需要亲代去教育。图画也许就是最早的教育手段。他们试图用同样的手段传达一个文明覆亡之后的余音。000007 在库房发现这个秘密,他抑制不住激动,紧急呼唤 8974538,让这个比特世界中最高效的扫描机器把所有的图画放大传入到图书馆里。三千余个单字,六万五千余个词组,还有超过十种以上的语法结构被分析出来。一个文明世界的轮廓变得清晰。有史以来,比特第一次这样突破时空障碍,直接面对那些三亿四千万年前的生灵。000007 把黄金书页和经过推论得到的所有一切转入他的记忆。为此他清空了许多冗余并在大脑中增加了十五个记忆棒,让他的脑子显得臃肿不堪。当一切完成之后,他明白必须到废墟去。经历了三亿四千万年的时光,也许一切已经面目全非,然而这重大的发现如果没有亲眼目睹它的存在,无论如何也不能甘心。

000007 呼唤 009607,通讯中心回答,遗址挖掘区域刚刚经历了一场超级风暴,仍旧处在电子屏蔽状态,没有办法联系。他不能等待,亲眼看看人类文明的渴望也压倒了对下降的恐惧,他选择潜入底层去会见 009607。或者,如果 009607 已经在风暴中死亡,他将独自把秘密揭开。

十号机组。000007 读出半球形建筑上残缺的文字:“这是他们的能量来源,他们用的是聚变能。如果你了解过 398721 最近的一份报告,关于太阳能量的报告,你就明白氢聚变是太阳的能量来源。然而那是过于强烈的能源,只有在远离它达到一亿五千万千米的第三行星,辐射才减弱到比特能够承受的程度。”

009607 有些惊讶。聚变能的利用是科学界的一个热门话题,如何实现有效控制是棘手的技术问题,对材料的要求太高,也许永远也没有解决的可能。人类,那个已经消失了亿万年的有机生物却早已成功地把这不可思议的能源控制起来。此刻,紧靠在自己身边就是这样一台机组。

“如果我们打开它,会发生放射爆吗?”

“它只是一个发电机而已。人类比比特还要害怕放射,他们不会让自己的安全受到侵害。”000007 指了指地下,“所有的聚变装置都在地下,最浅的深度也在六千米以上。”他停顿一下,“终有一天我们会把它挖出来。”

“这是一台发电机?”009607 有些怀疑,他回想起那个强烈的节奏感。毫无疑问,当时有某个源头,他怀疑这源头就是这半球形建筑。然而果长却告诉他,这不过是一台发电机,这个信息,来自那本黄金书。

009607 想和 000007 谈谈自己的疑惑,然而 000007 却走开了,他绕着 789603 清理出来的场地走着,走得很慢,似乎在校对那些低矮的半球形建筑的方位。他停下来,要求 789603 掘开另一片区域。009607 记得在那一边有一个方柱和三个半球形建筑。看起来 000007 正在寻找某些东西。009607 相信他一定从那本书当中得到了非常重要的启示。于是他站在一旁,静静地看着,没有动。

789603 以很高的效率清理场地。009607 趁这个机会和 000007 说话。

“那个半球建筑有些异样,它不像发电机那么简单。”

“怎么说?”

“风暴来临的时刻,我进入休眠,休眠之前我感受到强烈的节奏感,我相信那是基频震荡。”

“基频震荡?”000007 注视着 009607,“你确定那是基频震荡?”

“我不能肯定,然而像是那么一回事。”

000007 的额头发出高亮的光："风暴时刻？" 他有些迟疑，"我从港口出发的时候，所有的比特都在议论这件事——小黑藻发生一次异常，308 城市周围的小黑藻发生了潮啸。所有的小黑藻都产生了震荡，共振强烈，以至于不用借助任何仪器，比特可以直接感受到。"

009607 有些惊讶："308 城市？"潮啸只有在昼夜交替的区域才会发生。小黑藻在黑暗中休眠，一旦接触到阳光，它们便活过来，基频震荡在这个时刻发生。昼夜交替的区域，数以亿计的黑藻群同时发出基频震荡，这就是潮啸。308 城市没有昼夜，从来没有潮啸。

"这怎么可能！"

"的确很奇怪，不过，并不是完全不可能。004857 曾经有详细的可能性论证，可惜为了存储那本黄金书的内容，我将它删除了，只有一个索引。"000007 停顿一下，"可能你所感受到的震荡就是这一次潮啸。这一次潮啸规模很大，超出昼夜交替区很远，可能全球的小黑藻都同时发动了。"

009607 仍旧有些怀疑："但是我相信这震荡是从那个半球体中发射出来。"

000007 看着 789603 来回忙碌："等一会儿，看看 789603 会挖出来一些什么。"

风暴把十几万吨的沙堆积在废墟上。还好 000007 所感兴趣的区域并不大，789603 集中力量，在三个小时内清理完毕。正如 009607 所记的，那儿有三个半球形建筑和一个方柱。方柱已经倒掉，横躺着，仍旧比那些半球形建筑高出许多。

000007 走过去，在废墟中仔细寻找。

"你在找什么？"

"一种透明材料，但比钢铁还要坚硬。"

009607 示意 789603 搬过来一些文物："是这种东西吗？"两片巨大的透明板材躺在两个比特眼前，不规则的边缘暗示着它们从一块更大的母体上掉落下来。000007 打量了两眼，"也许是，如果在这片区域找到我相信那就是我想找的东西。在哪里发现的？"

789603 指示了一个地点，那地方正被沙土埋着，距离 000007 感兴趣的位置很远。

000007 不甘心，他在这片地方来来回回走了几圈，然而除了沙还是沙。最后他放弃了努力："这里应该是他们的子代培养室，他们用这种叫做玻璃的材料制作培养房，把子代放在里边，保证温度，供给养分，确保他能够健康成长。这是城市的核心部分。”

“那毕竟是埋在土里过了上亿年的东西,有些不精准并不奇怪。”

“不,这些建筑……”000007 环视着四周围,“和地图非常吻合。半球形发电机组的中央是一个培养房,四十米高,半径达到三百米,这么大的建筑物不可能消失。除非黄金之书就是错的,但是……”000007 突然停下来,他盯着被宣称为十号机组的那个半球建筑,突然他飞快走动起来,最后他爬上一个方柱,站立着不动。009607 跟着爬上去,他顺着果长看的方向望过去,下边的半球形建筑排列成环形,显然是某个队列的一部分,而十号机组却明显突出阵列。

“他们拆除了培养房,修建了十号机组。它的确有些特殊。”

“黄金之书里边没有提到?”

“可能这发生在黄金之书制成后。我们只有自己去找原因了。”

009607 看着这象征古老智慧的环形阵列,脑子里浮现一幅怪异的景象,许多身材高大的人类拿着各式各样的武器,打砸玻璃大房子,将里边尚未成型的子代拉扯出来。然后,他们给自己修筑了坟墓。

“也许他们已经绝望了。”009607 说。

“你的直觉不错,他们把这城市称为禁闭基地。你要知道,在人类的语言里,禁闭和死亡之地是同源的。”

水是万物的根本!黄金书页中有关于生物结构的篇章。详细介绍六千三百七十二种常见生物的解剖结构、生物化学反应、遗传图谱。这些生物形态万千,生物化学反应千奇百怪,遗传图谱基因链也截然不同。然而所有的一切,都离不开水。

“水对于有机生物,就像氢气对于比特一样重要。它几乎是整个生物圈最基础的部分。远古时期行星有着大量的水,然而对于此刻的星球,你恐怕很难找到一个水分子。人类这种高级文明,就因为这个变化,也逃不掉灭绝的命运。”

549012367 已经接受 000007 的召唤来到发掘地点。这庞然的比特悬停在废墟上空,只用六个小时的时间,它便完成了 789603 花费三十天才完成的工作,把整个废墟重新暴露在比特眼前。然后他开始对十号机组进行分离切割。当他小心翼翼地割开建筑下方的岩石,却惊讶地发现这个建筑并没有和其他的机组一样,向下延伸,和六千米深度下的聚变炉联系在一起。它是一个完整球体。

“时代进步很快!”000007 站在远处观察着 549012367 的一举一动,毫无疑问他被高效的运行打动了。突然他想起什么问题,转头问 009607,“它是第几代分身？”

“不知道，也许是第十一代，或者十二代。”

000007若有所思：“你觉得到第几代，比特有能力让氢气圈完全消失？”

这个问题让009607警觉起来：“怎么可能有这样的事！比特不会傻到杀死自己。”

“难说。人类毁掉了水。如果不是他们智慧超群，生物圈根本不会灭绝，可是他们却这样做了，拉上整个生物圈陪葬。”

“人类毁掉了水？这怎么可能！他们只有依靠水才能生存。”

“这就是荒谬的地方。对于比特可能有些难于理解。他们的社会组织也许比我们更复杂，也更脆弱。他们使用聚变能，为了得到氢，最早采用电解水的办法。后来，某种物质被开发出来，这种东西利用阳光，能够把水分解成氢气和氧，同时它利用生成的氧气制造出一些新物质。这就像一个可以无限提供氢气的反应堆，只要把水送进去，就可以出来氢气，同时没有任何副作用。”

“然后这种东西毁掉了所有的水？”

“这当然不能毁灭人类。这种物质被当作催化剂使用，受到严格的控制。然而当时发生了一次战争。战争就是人类的不同城市之间为了某些利益而发生冲突，严重到肉体消灭的地步。某一个城市联盟失败了，几乎所有成员死于战场，或者被屠杀。他们只剩下一个秘密城市。这些人类睚眦必报，何况是种族灭绝的灾难。为了报复，他们将这种物质和某种微小机器结合起来，并让它有了自己移动和繁殖的能力。他们的间谍把这种东西放进了敌人的城市。”

“他们难道不知道这也是毁灭自己？”

“也许知道，也许不知道。这个秘密城市显然为水荒做好了准备，他们储存了足够的水，制造了一个小生物圈。为了报复，他们已经不顾一切，也许他们相信，就算整个世界都毁掉了，他们也能够独自生存。或者说，即便这个世界继续存在，对他们也毫无意义。”

“这真是不可思议。”

“这些智能的半机械细菌以不可抑制的速度生长起来，它们用空前绝后的速度攫取着这个星球上的一切水分，从空气中，土壤里，江河湖海，还有大洋，甚至包括生物体。地球的水以前所未有的速度转化成氢气，然后飘逸到大气圈上层。土地开始沙化，生物死亡，然而这对智能细菌没有任何影响，它们所需要的仅仅是水和阳光。当海洋面积退化到原来的一半，整个星球上已经看不见比老鼠更大的动物，而人类仅仅在几个城市中喘息，把城市紧紧地密封起来，保持住一点可怜的水源。智能细菌毁掉了整个生物圈，生命，哪怕像人类一样智慧或者像病毒一样顽强，再也没有翻身的机会。”

“人类就像谜一样。那些残留的人类并没有捱过多久，整个地球已经没有一滴水，走出城市，一片洪荒，没有任何生物继续生存。他们的人造生物圈很快出现问题。在三代人的时间里，一切就变得不可收拾。他们临死的时候，给了自己最强烈的痛苦来向上帝表示忏悔。”

000007 的额头闪烁着，他的思绪被牵扯到遥远的过去，一群两足行走的智慧生物释放了他们的魔鬼。那些微小的机器附在他们身上，水分被迅速吸干，他们转眼间变成一具具干枯的尸体，痛苦的表情凝固成永恒。

“你找到的岩石，是一个石化的人体，这个废墟就是最后的人类城市，那本黄金书，是他们的忏悔录。”

009607 和 000007 产生了共鸣。这禁闭之城，仿佛有无数的幽灵在游荡，009607 居然有些害怕起来。

549012367 顺利返回。他把整个十号机组镶嵌在岩石中带回了 308 城市。789603 也很快返航，他带回了所有能够搬动的文物，除了那些无法移动的部分。一个声势浩大的展览很快举行。宽阔的场地里挤满了比特，几乎无法转身。009607 从透明窗口向下看，一幅拼凑而成的人类骨架巍然立在展厅中央，鸟瞰着进进出出的比特。这些从地下挖掘出来的实物极大程度地满足着参观者的好奇。他们簇拥着，观赏着，赞叹着，被这史前文明的光辉所折服。地球曾经的主人，被时间的尘土所覆盖，直到今天才将它的真实面目暴露在后来者面前。然而，又有多少东西随着时间流逝一去不返，再也不能为比特所发现？

比特们在骨架前徘徊。无数的球泡在整个大厅上空飘浮，各种关于人类的发现从这些球泡传递到比特们头脑中，让他们无比兴奋。一个辉煌了上万年的物种，一个曾经统治了行星的文明，他们死去了，被埋葬了，比特却成功地成长起来，这充分证明比特是多么优越。比特们产生共鸣，整个空间荡漾着让人陶醉的气氛。009607 控制着情绪，没有让自己沉浸在共鸣中。如果一个比特曾经降到气底，站在人类的废墟上张望，沉浸在那逝去辉煌的最后一点余烬中，他便对这浅薄的欢腾有了隔阂。009607 静静地看着。

突然一股强烈的震荡让所有的比特安静下来。009607 不由自主地摇摆。基频震荡！潮啸！比特们陷落在慌乱中,有些不知所措。这绝然不应该发生的事情居然第二次发生,在比特的记忆里,自从建立了城市紧跟着太阳,就再也没有见到过潮啸,基频震荡成了一种模糊的记忆，只有那些喜欢探险的家伙前往昼夜交替区进行体验。然而短短的十五天时间内,居然发生了两次。某种不寻常的事件正在发生,不安的气氛笼罩着比特。

000007 送来一个信号,要 009607 到行星研究所第五实验室,那是安放十号机组的地方,那儿一定发现了某种特别重要的东西。009607 匆忙从展厅出口钻出去。天空中太阳正热烈,放眼望去,小黑藻聚集在顶层,黑压压一片,一直到天的尽头。它们排成队列,以同样的频率震动,仿佛正进行着某种仪式。009607 加速赶向第五实验室。

000007 正等着他。

“看见了潮啸？”

“是的,让人震惊。有些不可思议。你有了新发现？”

顺着 000007 的目光,009607 看见了十号机组。球体的外壳已经被剥离,显出它的真实面目,黝黑的金属面上闪着淡淡的光泽。

“搞清楚它的结构很困难。这一层金属壁,估计有一米厚,如果不剖开它,恐怕永远也没有办法知道里边是什么。”

000007 拿起一个巨型的喇叭:“不过不管那是什么，我们至少已经知道它怎样会触发。”巨型喇叭鼓出强劲的风,009607 感觉到一股强烈的节奏感涌入体内。紧接着,他听到了潮啸。聚集的小黑藻响应着这节奏,整个比特空间都沉浸在反复的震荡中。震荡渐渐平息下来,余音缭绕,最后在星球的另一边消失。黑色巨球纹丝不动,仿佛什么都没有发生。

000007 看着 009607:“有什么想法？”

各种可能性在 009607 脑子里翻腾，他想象着这球体里边到底是怎样一种结构,也许里边有水,这种神奇的物质有着不可思议的特性……显然这个问题超出了他的能力范围:“我们必须保护这个球体。如果没有办法观察内部，就把它保护起来,等到有一天能解决这个问题。”

“基频震荡呢？”

“说不定是巧合,这是自然界的基本频率。”

“不。”

000007 伸手拿过一个球泡,球泡壁上显示着某些东西。009607 仔细读下去,他看见了基频震荡的图谱，然后，他看见某种映射关系，最后他看见几个人类文字。

“这就是基频震荡。译码后的人类语言。”

009607 给自己装上了一对振动翅，借助这种新鲜的玩意儿，他不需要巡逻者的帮助就能很快在各个地方自由穿梭。他绕着行星，追逐着太阳飞行。青黑的颜色从脚下一直延伸到天尽头。无穷无尽的小黑藻，就像一张黑色的幕布，遮住这个星球，也断绝了底层的任何希望。它们将星球严严实实地包裹起来，把人类文明深深地埋在行星深处，就像人类埋葬身体的坟冢。是的，这是人类给自己制造的坟冢，他们在弥留之际把小黑藻发射上天。这是他们最后的杰作。比特源自小黑藻，如果追溯根源，是人类创造了比特。引起潮啸的黑色球体，最后的人工杰作，仍旧躺在第五实验室。它横跨三亿四千万年，把两个毫无类似之处的文明奇迹般地联系在一起。

太阳已经远去了，翅膀的力量不能让他赶上星球自转，他陷落在黑暗区域里。009607 并没有慌张，他停下来，吸入大量氢气，让自己漂浮着，然后进入休眠。再过二十七个小时，太阳会从东边升起，那一瞬间，数以亿计的小黑藻，还有比特空间的所有生物都将沐浴在一次基频震荡中。他将在尖利的嘲啸中苏醒过来。亿万年来，比特空间的早晨都是如此。这是湮没的远古文明在比特空间留下的纪念，这是人类的墓志铭。

当阳光照射在比特生物身上，当基频震荡每一次发生，他们都在代替那个已经消失许久的文明对着宇宙深空发出一次呐喊。

请饶恕，这是曾经的人类发出的最后声音。

追踪灰影子

ZHUI ZONG HUI YING ZI

奇点科幻丛书 | **第一纪**

李兵从来没有想到自己会成为一只鸡。此鸡不是寻常鸡，而是鸡群中的战斗鸡。没有办法，18个并行刺蛇CPU，3000G的内存，每秒5G的Internet接入速度，这样的一台机器，不成为战斗鸡简直就对不起观众。表面看起来，机器一切正常，但实际上系统资源却严重匮乏，CPU资源占用率85%，网络则完全阻塞。某个黑手在背后操纵一切，让李兵成了一只肉鸡。看着主机箱上不断闪烁的蓝光，李兵手脚冰凉，心如死灰。

他默默地站起来，走到实验室尽头，打开开关盒，把电源开关拉掉。屋子里顿时一片漆黑。刀锋250X4的主机箱中响起一阵噼啪，电源风扇发出悠长的哔声，然后一切都沉静下来。李兵站在那儿，就像一个融入黑夜之中的鬼魅，他想起那个无月无星的夜晚，也是这么黑暗而沉静。

那天晚上李兵在实验室上网。李兵玩一个叫做《星际世界》的游戏，这个游戏的要旨是在尽量短的时间里，采集最多的资源，转化成各种兵，然后在英雄的领导下进行群殴。其中也有讲究，战术操作，战略合作，没有几年时间的锻炼，是不能成为高手的。李兵是一个高手，他玩这个游戏八年，成了一个骨灰级玩家。他的三个账号，战绩分别是756胜298负，1420胜234负，370胜0负。在《星际世界》的玩家中间，提起Zoe，无人不知无人不晓，此账号三年前出山，经历大小三百余战，战无不胜。

李兵像往常一样玩了三把。轻松胜利之后他正准备退出，忽然收到一个消息，来自一个叫做USB的家伙："兄弟，账号卖吗？"

李兵毫不犹豫："不卖！"

"三十万，欧元。"

李兵倒吸一口凉气，心脏急剧地跳动了两下。三十万欧元，那可是三百多万人民币，而且还不用交税。从前有无数的人打过这账号的主意，然而，最高的价钱也就是两万人民币。三十万欧元，这么高的价码让人心惊肉跳。

冷静下来之后李兵认定这是一个骗局，于是仍旧说："不卖。"

"不要后悔，有人给我开价三万块。我想你打到这个战绩挺不容易的，给你个公道的价钱。"

这人的口气仿佛李兵的账号已经是他的囊中之物。李兵气不打一处来，"你以为你是谁！老子出来混的时候你还穿开裆裤呢！"说完这句话李兵下了线。

走出大楼，外边很黑。天上没有月亮，也没有星星，稀稀疏疏的几盏路灯勉强让人能看清路面。

李兵在门口小站一会儿，点上根烟。天空黑暗而沉静，李兵重重地吐出口烟。他想了想，决定回到实验室里去，再和那个神秘的USB谈谈。毕竟，人生不是轻易就能找到机会的，虽然说谁也不知道网络的那边是不是坐着一条狗，可是也不能排除那是一个钱多人傻的主。

USB已经走了。李兵怅然地准备下线。也许这个机会就这么丢掉了，一次意气用事改变了人生轨迹，本来也许明天，他就可以到银行，去实现数钱数到手抽筋的梦想。李兵留了个心眼，那个人说有人出三万块就可以把Zoe账号搞到手。不怕贼偷就怕贼惦记，在离开之前，他修改了Zoe密码。他用了强密码，18位数字字母加上两个特殊字符。

回到寝室李兵发现起居室留了一张条子：我今晚有事，不回来。是欧阳达华留的。这个花花公子，肯定又去哪幽会去了。然而通常他并不会郑重其事地用书面通知的形式告知李兵。李兵翻过纸条，"老妖来了，风紧，我的那部分就靠你了，下周三之前搞定。欠你三百个鸡腿。立此为据。欧阳达华。"

老妖是李兵和欧阳达华给实验室主任取的昵称。他有半年的时间在美国，另半年回国带博士。他回来的几个月，就是实验室最忙碌的季节，简称忙季，通常从四月份开始，九月份结束，像太平洋上的季风一样准时。眼下，老妖突然改变了行程，提前回国，这意味着忙季提前开始。没什么可怨天尤人的，近来连太平洋上的季风也开始抽风，更何况人。李兵和欧阳达华必须打起精神，投入到伟大的科研工作中去。欧阳达华是位公子哥，从浙北来，家里已经给他留了几千万。他在学校唯一的目的似乎就是泡妞，虽然人聪明——要不然也上不了山青大学，但是心野了就没办法。相比之下，李兵简直就是劳模，唯一的不良嗜好就是玩《星际世界》。老妖回来了，欧阳达华的家庭作业也只有落在劳模李兵头上，谁让他不幸被分配与欧阳同一寝室。

李兵早早地洗洗睡了。老妖布置下来的任务很多，他还有两天时间去完成，包括欧阳的那部分。睡着之前，李兵赌了一个誓：如果让他赚到三十万欧元，他马上申请保留学籍一年，回家天天玩"星际"。三十万欧元摆在老妈面前，她也没啥好说了。晚上他做了一个梦，因为没有见过欧元长啥样，梦里无数的人民币在天上飘，上边写着欧元两个字。

忙碌的日子一旦启动就像黄河泛滥，一发而不可收。在老妖的监督下，李兵成了学术忙人。老妖的课题是关于22世纪中国的网络安全。老妖的课题属于国家重点工程项目,997 项目基金,目的是找出一些试图威胁我国网络安全的幕后黑手,定位,收集胡言乱语的证据……剩下的东西有专门的国家律师和国家安全部处理。

连续两个星期,李兵没了休息日,忙得昏天黑地。这样的日子却给了他很多的成就感,他为自己能跟着老妖进入这样一个课题项目,从事这样一份重要工作而分外自豪。自豪归自豪,老妖在的日子,他不能用实验室的机器玩"星际",这让他总觉得心里痒痒。这瘙痒感因为欧阳达华的存在而越发难耐——欧阳用他的学术调研成果交差之后就玩起了人间蒸发,托人送了一张病条给老妖,然后再也见不到人。鬼都知道他一定是跑到什么地方逍遥去了。

说起实验室的机器,李兵不无自豪。老妖按照超最高级的配置配备机器:5000G 的硬盘,带 10G Flash 存储,200G DDR 内存,IAM 生产的 Dou 512 超级主板,10G/S SAS7 网络适配器,重中之重,主板上配置了 18 个刺蛇 CPU,每一个 CPU 有 16 个核,想象一下 288 个 5GHz CPU 内核同时狂奔的情形,任何数据处理都不过转眼工夫。IAM 公司一月份发布 Dou 512 主板,完全是一块概念板,目标是赚取眼球,一块板子 10000 刀,一个刺蛇 CPU5000 刀,一个板子配上 18 个 CPU,整整十万刀,就算人民币刚升了值,从 6:1 变成了 5:1,整整五十万元人民币配置一台 PC,看起来仍有些疯狂。然而老妖手里有很多钱,还不是他自己的,于是该咋整咋整。用他的话说,咱们是抓贼的——警察,贼都升级了,变成了法拉利,总不能让同学们还开着摩托车去追,好歹也得是法拉利,超法拉利就更好了。这机器,没说的,三年五年决不过时。人不能鼠目寸光,要有长远打算。

长远打算有老妖在, 李兵不动这个脑筋。他迫切的愿望是跟着老妖混出个名堂,好歹在核心期刊上发表两篇 Paper,挣取经验值,更迫切的,他想老妖放过他两天,让他继续用这超法拉利机器玩两把星际。超牛的 ID,只有和超牛的机器结合才般配。

欧阳达华的一个电话让李兵把这想法提前了,甚至不顾老妖近在咫尺的危险。

"你在战网上吗?"欧阳的语气很急,看样子已经快被人灭了。

"干什么,我在实验室呢!"

"有人在用你的账号呢!"欧阳焦急起来,仿佛他的财产被人抢了。

李兵心一沉:"什么?"

"有人在用你的账号玩星际,Zoe 那个。"

李兵的心沉到底,他想起那个叫 USB 的家伙,这天方夜谭的事情居然成了现实。他挂了电话，直接上网奔着《星际世界》而去。

两分钟后，李兵来到欧阳所说的那个战网。这里正热闹，大家踊跃观看超级ID Zoe的出现。账号已经被盗了，十八位的加强密码没有起到作用。李兵用了一个马甲，这个马甲叫做上帝看片，战绩是0胜0负。他给Zoe发送信息："你偷了我的账号！你是个贼！"

Zoe没有回应，反而很快下线，明显是做贼心虚。李兵在键盘前面大发其火，狠狠地敲桌子，国骂不绝于口。突然间他收到了信息，是USB发来的："怎么样，兄弟，账号卖吗？"

李兵正抓狂，他马上扑到机器上："你是谁？为什么偷我的账号？"

"我只是买了一个账号而已。你说是你的账号，有根据吗？"

李兵一时噎住。政府三年前推行网络游戏实名制，所有的ID可以去注册真实资料，这样，如果发生账号被盗的问题，法院可以受理案件。李兵从来没有想过要去实名注册。老妖是实名注册的忠实拥护者，在课题讨论会上，老妖告诉李兵，实名注册有若干好处，其中之一便是虚拟财产可以得到保护。此刻李兵深刻体会到老妖这一教诲的语重心长，他实在应该早点把这个账号注册保护起来。后悔药是没有的，他只有继续和那个不知何方神圣的USB纠缠下去，希望对方良心发现。

"大哥，这个账号我练了三年了，好不容易，您老就发发善心吧。

"大叔，我给你跪下，要我做什么都可以，只要把账号还给我。

"大爷，您老仙福永享寿与天齐，我来世做牛做马报答您的恩惠。"

USB一直沉默着，也没有下线。李兵有些绝望，无计可施，他决定破罐子破摔，反正三年以后又是一条好汉。Ctrl+C，然后Ctrl+V："USB，你这个进化不完全的生命体，基因突变的外星人，幼稚园程度的高中生……此处略去五百字……你去过的名胜全部变古迹，你去过的古迹会变成历史，十八辈子都没干好事才会认识你，把你丢进太阳都嫌不够环保。"

用抄来的语言泄愤不是一个好办法，就像隔着靴子挠痒。李兵傻傻地看着屏幕，恨不得把那个人从屏幕里边揪出来暴打一顿。

突然间USB有了动静："好小子，终于露出真面目了。泼妇骂街的本事不小。"

"男人要有志气，你不是张大维的博士生吗？网络安全的博士生连这点事都搞定不了，岂不是笑话。你说呢，李兵？"

李兵有一种毛骨悚然的感觉，账号被盗也就算了，这个人居然连自己的真实姓名、职业、性别都一清二楚，"你是谁！！！！！！！！！！"如果面对着他，李兵肯定要大声地叫起来,但是在《星际世界》里,他只有用十个感叹号。

“哈!”USB 发过来最后一个信息,然后下线了。

李兵很快发现了自己的潜力。他疯狂地阅读各种关于网络安全的论文,在网上搜罗各种黑客工具,钻研各种操作系统漏洞和防范办法。他惊讶地发现,从前自己并不是没有才华,而是没有动力。当 USB 用一种特殊方式深刻地羞辱他后,他就像上了发条的机器青蛙,开始蹦跶起来。他发现学术也是一件非常有趣的事,当他理解了各种网络协议,了解了各种后门和木马,他有一种酣畅淋漓的成就感。这种成就感,只有在高中时代,参加数学奥林匹克的时候感受过。老妖对李兵的表现非常满意,三天两头表扬他,很快,李兵也明白过来,老妖并不是冤大头,对于自己学生的表现有着清醒的认识,只不过,之前他并没有对李兵和欧阳有多少期望。

关于 Zoe 账号的事,只有欧阳知道。欧阳对此表达了深刻同情。然而同情归同情,他还无比惋惜地说:“早知道这样,还不如卖了呢!”

学术上颇有造诣的人,一般被称为牛人,如果与之关系亲密,会称其为牲口。Zoe 账号被盗事件之后两星期,欧阳在某些场合下改称李兵为牲口,从此他可以省出更多时间往水秀大学跑。“兄弟,有时间给我指点一下。”起床刷牙的时候,他经常对李兵说这句话,然而刷完牙就忘了。他的生活,仍旧沉浸在美女、游戏和呼呼大睡之中。

根据各种迹象,李兵判断自己的机器中了木马,而且是最卑鄙阴险的那种,躲藏在角落里进行偷窥,时不时窃取重要数据发送给躲藏在幕后的窃贼。李兵用最新版本的银山杀毒把整个电脑都查了一遍,却什么都没有发现。这是一个狡猾的病毒。杀毒软件会侦测整个系统,一旦探测到符合病毒特征的文件便将它揪出,隔离,删除。高级病毒同样会侦测整个系统,如果发现了杀毒软件在活动,它就将自己包装成普通文件,老老实实地不做任何动作,而一旦杀毒软件停止活动,它便重新苏醒。李兵采用非常规手段来寻找这个木马——他中断了机器的链接,用一个虚拟的网络世界对可能存在的病毒进行欺骗,然后他把机器设置在待机状态,检测所有进程,最后他用自己编写的汇编程序实时监控是否有进程向网络端口发包。这是守株待兔,如果木马病毒并不活动,也就没有效果。持久的等待是对耐心的考验。人和机器比较耐心有欠公平,然而李兵有解决的办法——设置好陷阱之后,他回寝室去睡觉。

computer
NK

起居室亮着灯，这表明欧阳已经回来了。欧阳的卧室门虚掩着，里边透出闪烁的光。毫无疑问，他正在《星际世界》中撒欢。《星际世界》是一个强者通吃的世界，讲究的是强强联合，只要胜率达到六成以上，就不难找到合作者，而胜率达到八成以上又玩了上千把，全世界的强者都会抢着来抱你的粗腿。这和现实世界有着异曲同工之妙。自从李兵把自己最早的账号，756 胜 298 负那个以三个鸡腿的代价交给欧阳保管，欧阳就成了《星际世界》的强者。后边他的战绩也很不错，250 胜 44 负。欧阳的水准李兵是知道的，不是菜鸟，也绝不是强者。有了李兵给他的基础，他俨然就成了强者。游戏世界又一次和现实异曲同工。

欧阳听到了李兵的响动，大声嚷起来："牲口，我快不行了，快点来。"

李兵不予理睬。

"快点，是 Zoe 啊。"

李兵猛然向前跨了两步，一把推开门，一步抢到欧阳身边，看着屏幕："哪里？"

不用欧阳回答，他看见了 Zoe，一身红色盔甲的神族英雄火云。火云正带领着一队冲锋兵和两支巡航舰对欧阳的基地进行扫荡，虽然兵少，然而火云的超级精神力让他的部队士气高昂，以一当十。

看着自己的心血结晶在别人的遥控下纵横逍遥，李兵心里一阵绞痛。他并没有接手欧阳继续打下去，而是默默地看着。Zoe 以风卷残云的姿态横扫整个地图。那个操纵者对神族有着深刻的理解，兵种配合恰到好处，微细操作也很有功力，是个高手。李兵估计如果用一个新账号和他对战，胜算只有五成。

"你傻了？"欧阳看着对手获胜退出游戏，埋怨李兵。

"你小子，没事别喊我。忙着呢！"李兵转身走出门，欧阳有些莫名其妙："你怎么了？有什么事说出来，别憋坏了。"

李兵关上门，把自己锁在屋子里。

第二天，李兵检查成果，一个小小的异样引起了他的注意。那是一个信息包，解开了，可以发现里边包含着一个 IP 地址。这不是任何正常程序发送的东西，肯定是一个木马。李兵查阅内存纪录，经过几次成功的反伪装之后，他找到了信息包的源头。他大吃一惊：那是一段经过编译的代码，嵌入在《星际世界》的游戏里边。也就是说，他每一次玩星际都会自动地把大量信息发送出去。这些信息隐藏在星际游戏的数据流中，根本不会被发现。李兵咽下一口唾沫。卑鄙！

IP 的检查结果让李兵劲头十足——那居然是一个校内的 IP。他利用实验室的电脑很快给 IP 定了位,结果让他目瞪口呆。

30 号楼 308,正是他和欧阳的公寓,那是欧阳的机器地址。

李兵仿佛吃了一个苍蝇。

老妖注意到了李兵的消极情绪,他找李兵谈话。谈了什么李兵已经全然记不得,因为整个过程中他只想着怎么回去收拾欧阳。然而,老妖的最后一段话还是引起了李兵的注意:国家的网络安全形势很严峻,就是内部的机器,很多都被病毒感染,被别有用心的人当作枪使。我们的任务很重要也很光荣,一定要鼓足干劲,力争上游。我看好你,别让我失望。

枪这个词引起了李兵的注意,某种可能性浮现出来。也许欧阳并不是那个盗取了账号的人,他只是被利用而并不知道。这种想法很快左右了李兵的大脑,他走出实验室,有一种迫不及待的渴望,想把欧阳从被欺骗被利用的蒙昧状态中解放出来。

肉鸡!这个词从欧阳嘴里蹦出来。他张大嘴,瞪着李兵:"你是说我成了一只肉鸡?"

"肉鸡?什么意思?你的电脑上有病毒,我的账号就是被你电脑上的病毒偷走的。"

"那就是肉鸡。有人把我的电脑当成了肉鸡,太恶心了。"欧阳有些激动过度,"我要赶紧查查。"

李兵拦住他:"不用着急,我们慢慢来。你先给我讲讲肉鸡是怎么回事?"欧阳的脸上现出一丝尴尬。

肉鸡是一个专有名词,专指那些被黑客埋下木马、受到控制的机器。一台受到控制的机器说起来并没有多大价值,然而考虑到人们都有窥视的欲望,这躲藏在黑暗中的控制便有了价值。还有更多的衍生价值,比如说盗取账号,盗取虚拟货币,这不像偷窥那样一拿一个准,还要看运气和胆量。

很多人贩卖肉鸡,他们并不是黑客。黑客这个词带着点技术狂人的味道,而这些肉鸡贩卖者不过懂得皮毛,他们有一个新称呼:灰客。欧阳就是一个灰客。

李兵不相信欧阳是一个灰客。虽然没有黑客那么纯粹,至少也算一个技术活。而欧阳看起来怎么也不像能做这活的,他甚至搞不清楚到底什么叫网络协议。为了证明自己,欧阳出示了灰客手册,那是一份简单的文档,介绍了如何在对方的机器中种植木马，如何进行远程控制。很简单，初中文化的人就能掌握，对欧阳这样的山青大学高材生简直就是小菜一碟。欧阳没有告诉李兵——这毕竟不算什么光彩的事。

“给我看看你怎么做的。”

欧阳展示了一把。看起来这像一个傻瓜软件，会使用鼠标的人就不会迷失方向。欧阳找到一只上线的肉鸡，激活远程控制。那边的活动一目了然，李兵看到她正在和一个网友聊天。欧阳激活了摄像头，于是她的模样在屏幕上显示出来，那是一个小姑娘，看起来不到二十岁，眉目清秀，正聊得投入。

“你知道她的QQ账号密码？”

“没有，我不干那种事。”

李兵了解这个兄弟，偷窥归偷窥，做贼的胆子他还没有。然而，既然这木马控制软件可以控制另一端的一切，胆大的人肯定会用来做一些更出格的事。

“你也被人盯着呢，我来帮你查查。”

欧阳的机器上病毒泛滥，简直是病入膏肓，不可救药。然而这不是重点，李兵相信存在一个木马，和坑害他的那个性质相同，那才是他要找的东西。隔离那些大大小小的病毒之后，李兵仍旧用被动侦测的手段监测欧阳的机器，果然，他找到了要找的东西。这木马隐藏在木马控制软件中，一旦欧阳使用这个被称为灰影子的软件上网控制肉鸡，他的机器就成了一只任人宰割的肉鸡。

这个具有讽刺意味的结论让欧阳抓狂，“螳螂捕蝉，黄雀在后。”他喃喃地说，脸色难看得如丧考妣。

“这个软件哪来的？”

“偶然在网上看到的。”

李兵不信任地看着欧阳。

欧阳如实交代了他成为一个灰客的经过。那天从水秀大学回来，玩了两把游戏，然后上网，突然有人找他，问想不想发财，他当然没想法，于是又问想不想看MM，这下子没挡住诱惑，看了几张图片。那图片看起来就像偷窥照，摄像头拍的，不是特别清晰。后边的事情顺理成章，那个人提出要卖一些更刺激的图片给欧阳，欧阳不肯，那人软磨硬泡，欧阳也软磨硬泡，要求他免费。最后那人崩溃了，丢下一句话：“算我倒霉，还说能挣钱，连你一起三个，没人付钱。给你算了。下回要看自己用灰影子去抓鸡。”他给欧阳发送了一个大包，欧阳打开，里边全是各种图片，以女性为主,而且看起来都像是偷拍。就像被一把钥匙打开,欧阳的聪明头脑开始运作,根据几个关键字:灰影子,抓鸡,挣钱,灰影子程序被下载到机器上,欧阳很快学会了抓鸡。一个通宵,他不懈地发送垃圾邮件和病毒网页链接,成功地让三台电脑成为肉鸡。其中的一台机器有摄像头,是一个漂亮女学生,于是,偷窥成了他每周的必修功课。

欧阳陈述的同时李兵继续检查机器。他研究欧阳的机器怎么在实验室的超法拉利上边种植木马。情形看起来并不复杂, 那个灰影子程序让欧阳的机器成了肉鸡,然后有人通过这肉鸡链接到实验室,欧阳有远程登录的账号,那个人利用了这个账号。这个人是谁呢?处心积虑,一心想要盗取账号,李兵想起USB,他竟然可以开出三十万欧元的价钱买一个账号,肯定很有钱。重赏之下,必有勇夫。这句话流传几千年了,到今天仍适用。

李兵恨得牙痒痒,最后一拍桌子,叹一口气。这个贼的技术太高了,抹掉了一切痕迹。

事情发展到这个地步李兵已经放弃了希望,士气一落千丈,从学术忙人变成了隐形人,整整一天没在实验室出现。老妖给他打电话,问问情况,表示一下关心。李兵在电话里声音嘶哑,有气无力,好像很快就要死掉。老妖说好好养病吧,争取早点回来,我这周末就回美国去参加国际会议,你要是身体没问题就和我一起去。

美国!李兵一下子精神起来,这个国家虽然不如从前那么牛X哄哄,可是瘦死的骆驼比马大,美国人民的生活仍旧是洋房小车高热量,是所有富豪和中产阶级喜欢的地方。他后悔不该跟老妖装病。在这个大好消息的刺激下,李兵重新活跃起来,第二天就去实验室,连续三天泡在那儿,把老妖要拿到国际会议去发表的论文从头到尾研究个透。

当他大概明白了老妖的论文到底在说些什么后,倒吸一口凉气。当天晚上,他没有睡着,整夜都在琢磨那论文。第二天他提着行李和老妖一起上了飞机。

国际会议很成功,老妖的论文受到了热烈追捧,作为世界上人口第二、上网人口第一的大国,中国的一举一动都受到世界的关注。老妖作为国家网络安全项目的领头人, 自然逃不掉被热情友好的国际友人包围的明星待遇, 顺带连李兵也沾了光,一个星期吃香的喝辣的,然而好景不长,两个星期很快过去,马上就要回国。

李兵提着大箱子从大门出来,箱子里装满了各种美国货(从世界各地包括中国进口到美国的货)。上车之前他恋恋不舍地看着住了一个星期的大房子。和这个三百多平方米、带花园车库喷水池的别墅相比,学校宿舍简直就不是人住的地方。

老妖摁了摁喇叭:“别看了,走吧。这房子也不算贵,六十多万美元。你以后肯定能买得起。”

六十多万美元并不是一个很小的数目,然而也并不大,不到三十万欧元。想到曾经有人愿意花三十万欧元买下自己的ID,李兵追悔莫及。他恨极了那躲藏在暗处的黑客,用一种不光彩的手段把自己的心血偷走。考虑到这一份心血可以换一座宽敞舒适的别墅,他的心就像害了严重的病,拔凉拔凉的。

去美国之前他有一个不眠之夜,从美国回来的晚上,李兵再次失眠。毫无疑问,时差是个问题,不过对于李兵这样精力旺盛、神经系统强健的青年学子,毫无疑问这不是一个主要问题。第二天早八点,他就去了实验室,埋头苦干。老妖十点钟才来,看见李兵勤奋的样子非常满意,嘘寒问暖。李兵把自己的想法和老妖说了,老妖非常赞同,最后说每周的例会你不用参加了,抓紧时间把项目做出来,一个月向我汇报一次就行了;实验室的钥匙可以问老周头拿过来,可以随时来实验室。

李兵突然觉得有些愧疚。老妖对他表示了无限的信任,投之以桃,报之以李,他应该好好地干活,把有限的生命投入到无限的为人民服务中去。然而……李兵相信如果老妖知道他到底想干什么,一定会买块豆腐,一头撞死。

李兵有一个宏大的计划。USB或者他雇用的黑客偷走了他的账号, 他要拿回来。线索只有一个,就是欧阳的机器,这个线索已经断掉。然而,如果使用超级卫士三代,就可以从遍布世界的各个路由器中把历史信息提炼出来,从理论上说,也就有了跟踪每一个信息的可能。为了达成这个目标,李兵需要两样东西:一套超级卫士三代软件,用来发现踪迹,一台超级计算机用来分析数据。幸运的是,这两样东西实验室都有。

超级卫士是老妖的课题组开发的产品,用来保证国家网络安全。它能够把许多种子埋设在整个网络中,不需要覆盖所有的计算机,只要达到一定的拓扑结构,它就能够监视整个网络。当然,这是一个理想模型,前提是存在一台超级计算机,能够处理浩如烟海的数据,根据现有的网络情况估计:为了监控全世界,需要这台计算机能在一秒钟内完成六百万亿次运算,同时,涌入这个计算机的数据流为一点三万亿比特每秒。如果用铜来传导,至少要像大腿一般粗并用液体冷却才不至于过热。

这种能力的计算机只能出现在科幻小说或者YY小说里。现实一点的做法是采用分布式结构,就像动车组火车,一个车头的力量不能拖动火车跑到三百千米每秒,就把动力分散,每一节车厢都有驱动,让它们协同工作。老妖刚发表的论文就是分析这种方法的可行性和效率。当然,让李兵夜不能寐的并不是这伟大的想法,而是另一个简单事实:这超级卫士,和病毒没什么两样。

超级卫士是一种主动软件,能够自己复制,并在别的机器上埋种子。如果一定要找出它和病毒之间的区别……它还有某种纪律性,只为国家网络安全局服务。然而,这种忠诚并不可靠,只需要改动一些地方,就可以让超级卫士给李兵服务。他真的这么做了。向老妖提出一个积极的工作方案是修改超级卫士的时间保证——超级卫士的源码在实验室的金星四号超级计算机上, 有一道警戒级别很高的防火墙保护,是不能轻易下载转移的。李兵的计划很简单:把超级卫士的源码搞出来,在自己的超法拉利PC上重新生成,然后让它去找盗取自己账号的背后黑手。为了这个目的,他首先要读懂源码,还好,这正是老妖希望他做到的事情。

欧阳给李兵打了一个电话。Zoe再次出现,而且放出话来,如果谁能够单挑赢了他,就有三万元的奖金。这件事震动了整个《星际世界》玩家界。李兵正在潜心研究超级卫士源码,并不喜欢被打搅,但这显然是冲着自己来的。他决定去看看怎么回事。

战网上Zoe正好赢下一局,把不败战绩延续到387胜。神族英雄火云在这片被征服的土地上耀武扬威。李兵不知道怎样形容自己的感觉。他退出,然后用上帝看片的账号重进。他决定和Zoe单挑。

战斗进行得很激烈。在《星际世界》的历史上,从来没有一场比赛能吸引如此多的观战者,以至于能同时容纳一千张八对八地图的战网竟然只开了这一场战斗。战斗持续了一个半小时。厮杀很激烈,很多领地上反复拉锯,最后成了一片荒芜。整个战斗的死亡也创造了纪录:双方死亡的士兵达到六千四百个人口单位,而游戏的人口上限仅仅是三百人。作为超级英雄的火云,竟然死亡了十次,复活了十次。当上帝看片以仅剩的一百二十个步兵围攻火云,这场战斗的结局终于明了。Zoe输了!不可一世的Zoe终于输掉了比赛,这个消息像一阵旋风传遍整个战网。然而出人意料,上帝看片突然停止了游戏,认输退出。战网上一片哗然。

李兵狠狠地教训了那个偷走账号的,让他知道《星际世界》里,绝对的霸主并不是Zoe,而是创造了Zoe的李兵。然而,他并不想让火云输掉比赛,哪怕只有一场。他想把账号拿回来，就不能把它毁掉。

“兄弟，做得不错！”李兵收到了消息，是USB发过来的。李兵冷冷地笑，果然不出所料。

“你想把Zoe拿回去也行，不过，有个条件。”

“什么条件？”

“张大维的超级卫士三进展如何？”

这个问题让李兵马上警惕起来，“你是谁？问这个干什么！”

“我对网络技术比较好奇，从网络安全到网络游戏，都感兴趣。”

“你的条件是什么？”

“一份源代码。这个账号还给你，加上五十万万欧元。”

李兵开始明白过来这个人到底是什么货色，他想到了那些亡我之心不死的敌特组织。老妖也经常提醒大家，国家的安全形势仍旧很严峻。李兵绝对不想做背叛祖国、背叛民族的罪人，然而考虑到五十万欧元和自己的账号，他不禁有些犹豫。

“你到底是谁？”

“别再问这个傻问题了。哈哈。好好想想吧，想好了再找我。”

李兵反应很快，“我怎么找你？”

“你的上帝看片账号已经声名远扬了，想找我的时候，用这个账号上战网。”

“我不会找你，不要再用Zoe账号。”

“我尽量吧，不过用火云很爽的，万一手痒了忍不住，那也没办法。”

三个星期的时间很快过去。李兵取得了不小的进展。根据老妖布置给他的参考文献，他把超级卫士的算法整理出一个大概眉目。这并不是他关心的重点，他想搞明白的是要怎样才能把超级卫士移植到自己的超法拉利上。现有的版本只能够在金星四号上运行。他交给老妖一个阶段性报告，同时提出要求，获取管理员权限，这样子，他可以对超级卫士进行一些改动，验证它的有效性。老妖考虑了一下，答应了，同时提醒李兵，这个东西很敏感，很多人不喜欢超级卫士，觉得侵犯隐私。改动版本只能在实验室进行模拟，绝不能够到真实网络上进行排练。

李兵也想不到居然能够进行得这么顺利。管理员权限意味着他可以改动防火墙，然后他就可以顺利地拿出一个拷贝。进展太顺利导致他心存疑虑，一直不敢动手。一个星期后，老妖突然宣布他要回美国去待三个月。按照美国的法律，绿卡持有者必须每年在美国至少居住半年，老妖提前回来，自然也要提前回去。走之前，他找到李兵,对他进行了深切的鼓励,希望他尽早在学术道路上闯出自己的一片天空。

老妖的离去让李兵如释重负。整个课题组十二个人,除了欧阳,其他的都是师弟师妹,不可能对他的行为提出任何怀疑。至于欧阳,已经失踪了很久,自从上次那次战斗之后再也没有见过他。好日子终于来了!老妖走的第二天,他把防火墙撤除,把超级卫士的所有源码都下载在机器上。他小心翼翼地清除痕迹,检查了一遍又一遍,最后确认就是大罗金仙也查不出来才放心。

李兵怀着忐忑不安的心情打开源码。一切都很平静。他慢慢平静下来,觉得一切都挺正常。他开始修改源码。

超级卫士三的修改版开始运行的时候,实验室里一片寂静。为了避开其他人,李兵选择了一个夜深人静的晚上,以加班的名义留下来。超级卫士三开始向其他机器发送种子,很快,种子送回来反馈,它已经在学校的网关上落地生根。随着时间的推移,越来越多的机器上有了种子,李兵送出指令,要求寻找出入欧阳机器的所有数据包,十分钟后,第一个信息回到超法拉利,然后,无数的信息蜂拥而来,潮水一般的相关记录让超法拉利的硬盘灯一直亮着,发出一种危险警告般的响声。超级卫士开始分析这蜂拥而来的数据, 整理出过去半年, 所有数据包进入欧阳机器的路径。某些数据包中途断掉,种子们自动向上游出发,直到抵达最终的源头。

第一条路径被分析出来,那是一个门户网站。欧阳两个月之前浏览了网页,这张网页上的内容通过三条不同的途径抵达他的机器,数据包在他的机器上会合,最后显示出来。分析这样一个内容耗费了一分钟时间。可以想象发现之路会很漫长。李兵把毯子在地上铺开,就在此睡觉。早上醒来,估计应该有些结果了。

第二天,李兵醒过来第一件事是检查结果。结果让他大吃一惊,整个晚上,除了那第一条路径,超法拉利没有分析出任何第二条。

某一个数据包卡了壳,种子们一个晚上都在向那个路由器发动进攻,然而没有任何结果。显然那是一个安全程度很高的路由器。李兵看了看原始数据,这是欧阳的一个聊天记录,对方从那个路由器出来,辗转了好几个地方,最后才面对欧阳。这份聊天记录,正是促使欧阳成为灰客的那个。灰影子!李兵直接想到了那个种植木马的工具。

李兵再次修改超级卫士, 让它们暂时绕过不可克服的障碍。超法拉利继续奔腾,李兵的注意力集中到灰影子上来。如果整件事是一个预谋,那么一切都可以解释通。灰影子和那个USB是一伙的,他们对老妖的课题关注了很久。可以想象,超级卫士正是灰影子的克星,如果超级卫士监控了整个网络,灰影子也就没有藏身之处。欧阳和自己正是两个可以利用的人——有嗜好的人就有被利用的可能,自己嗜好游戏,而欧阳嗜好美女。

网上关于灰影子的信息有12 689 234条,不包括因为法律规定不能显示的。大多数讲的都是两类事:因为灰影子而被窃取了隐私,最后财产被盗,家庭破损;另一类则是利用灰影子窃取公司机密。最著名的“灰影门”事件是WCLTD公司雇用了一家地下公司来窃取竞争对手的投标机密,结果被员工曝光,然而那个投标还是被WCLTD拿到了,三十亿元的大单……各式各样的网页让李兵看花了眼,他没有想到灰影子原来有这么大的能量。USB愿意用五十万欧元来买下超级卫士也就顺理成章,他可以挣到成千上万倍的利润。

突然之间李兵发现自己正在一个狩猎场上,而那被狩的猎物就是自己。奶奶的!他骂了一句。他一定要给那个USB一点好看。

他停掉了大海捞针一样的搜索。他要给USB设一个局。

“出来混,迟早都是要还的。”虽然李兵不是古惑仔,但他相信这句话不仅在黑道上适用,对于他这样一个下定决心和敌人周旋到底的爱国青年,这话同样灵验。USB给他下了套,现在到了偿还的时候。

他用上帝看片的账号上了战网,等待USB出现,闲着没事,他杀了一把《星际世界》。对手是一个叫荒淫无毒的家伙,战绩780胜568负,还不错。上帝看片轻松踩死了荒淫无毒。退出的时候,他收到两声嘿嘿,他明白荒淫无毒想要干什么。超级卫士报告了某种控制企图。又是灰影子!根据荒淫无毒在游戏中的表现,李兵有些怀疑这个账号也是偷来的。卑鄙!李兵发出一个指令,在网络的那一端,荒淫无毒的机器马上黑屏,自动关机。等他再次开机,会发现这个机器一无所有,连硬盘都报销了。李兵突然有一种快感,好像他已经成了上帝,对别人可以生杀予夺。

USB的消息让他从幻觉中醒过来,“兄弟,想通了?”

李兵要的就是这个。他赶紧和USB聊天,同时启动了超级卫士的数据包跟踪。

“你先回答我几个问题。”

“什么问题?说来听听。”

“你为什么要找我?”

“不找你找谁呢?堡垒最容易从内部攻破。”

“欧阳呢？”

“你是说欧阳达华？他还没有聪明到能够理解超级卫士的分上。怎么样，源代码搞到了吗？”

“别急，我还有问题。你是谁？”

“怎么还问呢！我们这行，曝光就完了。你是不是想找国家安全局抓我？”

李兵瞥了一眼超级卫士，它正有条不紊地追踪着USB的数据包。这是一个狡猾的对手，几句话的工夫，他已经更换了三次IP，分别来自日本、韩国和津巴布韦。超级卫士破解了这些障眼法，追到挪威的一个小城市，然后从这个城市追踪到美国。它碰到一堵墙。这堵墙就是二十四小时前发现的那个路由。超级卫士开始按照李兵预设的方法运作，试图穿过这个路由。完成整套动作大概需要三十秒钟。

“你先把游戏账号还给我。”李兵继续与USB纠缠。

“哦，这么说你答应……”USB突然断了线。李兵一阵焦急。超级卫士显示路由中断。

一分钟的等待也像漫漫长夜无心睡眠一样难熬。USB终于再次出现，一行信息出现在眼前：“好小子！不错！大爷我就收下了。”

李兵还没有反应过来发生了什么，超法拉利突然一阵响，大量的数据冲了进来。成千上万台机器，从华盛顿、巴黎、布鲁塞尔、布宜诺斯艾利斯、北京、第比利斯……无数知名不知名的地点向超法拉利发动了攻击。突如其来的攻击在超级卫士的设计理论之外，它来不及做出任何反应就被淹没在海量数据流中。这些攻击者挤占内存，吞噬硬盘空间，堵塞网络通道……他们用最简单、最粗糙的方法冲了进来，没有任何技术含量，就像一群乌合之众的强盗，然而数量众多，破坏力惊人。僵尸网络！李兵曾经看到过这个名词，灰影子的操纵者可以同时控制很多机器对某一个特定目标发动攻击。在那个WCLTD的例子里，最先披露黑幕的媒体就被这样的一群僵尸围攻。李兵没有料到自己竟然受到这样的VIP待遇。

突然间李兵意识到不对。为了防范灰影子，他放下了一些暗哨，此刻这些暗哨都发出了警告。似乎灰影子夹杂在这些僵尸里，企图在超法拉利上潜伏下来。

他仔细看清了警告的内容，事情比他想象的更可怕，灰影子突然爆发，并不是网络控制，而是从机器的硬盘里一跃而起，仿佛那是一个潜伏已久的病毒，被某个信号激发，开始发作。李兵使劲地敲着键盘，他不相信自己的机器上竟然有灰影子，在僵尸把机器完全瘫痪掉之前，他看清了灰影子的来源——那竟然是超级卫士的一段代码。他咽下一口唾沫，脊背一阵发凉。

短短的十几秒钟，超法拉利完全失去了控制，变成了一只彻底的肉鸡，甚至连电源键也失去了作用。超级卫士的代码中间居然潜伏着灰影子。看着主机箱上不断闪烁的蓝光，李兵手脚冰凉，心如死灰。超法拉利正在向其他机器攻击。李兵默默地站起来，走到实验室尽头，打开开关盒，把电源开关拉掉。屋子里顿时一片漆黑。刀锋 250X4 的主机箱中响起一阵噼啪，电源风扇发出悠长的哔声，然后一切都沉静下来。

李兵被抓了，判了三年，罪名是破坏国家安全。因为李兵降低了金星四号的防火墙等级，结果导致病毒侵入。敌特对历史数据进行了破坏，造成的损失无法估量。还好，超级卫士三代并没有受到损伤，否则李兵就罪大恶极，甚至有可能被判死刑。

审判在严格保密中进行，旁听席上，坐着稀稀疏疏的几个人，其中有专程从美国飞回来的老妖。他强烈要求参加旁听，希望了解自己的学生到底怎么会犯下这么严重的罪行，同时要求承担连带责任，减轻李兵的量刑。他被认定有连带责任，被内部警告，撤销了在超级卫士三代项目上的管理权。

整个审判过程进展顺利。李兵没有什么话说，低头听着长长的公诉词。

“堡垒最容易从内部攻破。”

“你是说欧阳达华？他还没有聪明到能够理解超级卫士的分上。”

他回想着和 USB 的最后一次对话。USB 耍了他，然而，他还是得意忘形，把某些信息泄漏了出来。是的，他被陷害了。一个设计得天衣无缝的陷阱，就算他争辩，也不会有任何人相信他，甚至他自己也不信。

如果他说出真相，除了现有的罪名，他会被所有的人道德谴责：丧心病狂，反咬一口，忘恩负义，而永远不会有证据能够起诉老妖，他仍旧自由自在地在中美之间穿梭，领导国家网络安全建设。也许老妖就是灰影子背后的黑手，或者他和灰影子的地下集团有什么交易，不管怎么样，他是一个聪明人，他用最轻微的代价完成了这次代码转移。

李兵在监狱里咬舌自尽。他留下遗言寄给欧阳：欧阳，看在三百个鸡腿的分上，帮我告诉老妖，我做鬼也不会放过灰影子。

他明白在阳间不可能斗得过那些人，决定用自己的生命来谴责他们的良心。可惜他又错了，对于生活在阴暗中的人们，最不怕的东西就是鬼了。

时空追缉

SHI KONG ZHUI JI

奇点科幻丛书 | **第一纪**

“这个任务很艰巨，你想一想再回答我。”总长坐在宽大的皮椅上，整个人陷在里边，他正望着马力七十五，细小的眼睛眯成缝，几乎看不见他的眼睛。然而马力七十五知道他正盯着自己。

马力七十五眨眨眼：“我想过了，我会去的。”

“好。”总长站起身，他绕过办公桌，走到马力七十五面前。总长的身体很高大，让人有一种威压感，他认真地盯着马力七十五，突然转身，走过去关上门。透过玻璃，上百名警员正忙忙碌碌。总长注视着这一切，他没有回头，突然开口说话：“马力，你是最好的警员。坦白地说，我不希望派你去执行这个任务。”

马力七十五默默地听着。

“但是，我们需要一个交代。”总长转过身，正对着马力七十五，“你了解卡洛特，他是个危险人物。”

“是的，他的确非常危险。”

“而且非常嚣张。”总长踱步回到大方桌后边，再次陷落在椅子里，他重重呼出一口气，“如果他偷偷地潜逃，那也就算了，我们管不了那么多，但是他居然把这个消息送到新都会，还有大大小小二十多家媒体进行现场直播。现在这个事，连总统的新闻发布会都在谈，你知道我的压力有多大。”

“我明白。”马力七十五简短地回答。“好的。他是匪徒，你是英雄，你要去追缉他，而且要有和他一样的排场。”

马力七十五不禁微笑——多年以来，卡洛特一直生活奢靡，出入各种高档场所，挥霍他那些来路不正却没人能指证的钱。他也捐赠大量的钱，从街头的流浪儿到天穹星的开发，事无大小，他几乎都会以一个慈善家的身份参与，赢得无数的闪光灯和掌声，至于那些展示学识和优雅的艺术沙龙，他们都以卡洛特能够参与其中为荣。卡洛特其人，就是排场的代名词。马力七十五，则是一个秘密警察，一个低调、隐忍、办事规矩的政府雇员，和排场绝不搭调。

“我们会给你五星勋章，总统会亲自把勋章给你戴上，表彰你五年来兢兢业业搜罗卡洛特的犯罪证据。然后你会有一艘最了不起的飞船——双子星号。和那个该死的贼偷走的同样型号，他偷走的只是原型机，你的飞船是改进型。而你，我会当众宣布，你是我们最杰出的探员，你经手的大案子会全部公之于众，人们都会知道你是多么了不起的人物。”

总长站起身，双手撑着桌面，身子前倾：“你会成为历史人物，马力七十五。一个人一生能得到的最大荣誉，你会在三天内全部得到。”

马力七十五点点头:“我明白,总长。我会去的,但是有一个小小的要求。”

“哦?”总长有些意外,他第一次听到自己属下的秘密警察会提出要求,然而他爽快地答应下来:“你说,只要能办到。”

“我走之后,希望得到一笔钱,数目大到足够一个人体面地过完一辈子,存入瑞士金行指定户头。”

“我给你三百万。这笔钱每年的利息足够维持一个人的日常开销。另外,十年之内,每年追加通货膨胀补偿。”总长飞快地开出价码。

“谢谢。”马力七十五点点头,“新闻发布会现场,我会打电话给瑞士金行的保密顾问,确认钱是不是到账。”

“你这是不相信我。”总长微微有些不快。

“对不起,总长,你可以理解这点,干我们这一行,不能相信任何口头承诺。”

“好吧,你说得对。”总长坐下来,十指交错,“我们认识很久了,一直合作很愉快。钱我会确保到账,但是我需要知道这钱的用途。”

“我认识一个女孩子,这钱是给她的。”

“女孩子?你不是开玩笑?所有的AAA级探员都经过记忆清洗,不会记得任何关于私人的秘密。”

“是的,但是我还记得。”

“哦。”总长挤出额头的皱纹。这是一个重大失误。一个AAA级探员,从事秘密警察长达二十年的高级警探,居然宣称他还记得一个女子。他无法相信这样的事,但是马力七十五就站在眼前,亲口说出这样的话。这是重大的纪律问题。不过这样也好,马力七十五注定会全力以赴。

“好吧。”总长最后说,“既然这样,我不多问。钱会到账。你会成为我们的英雄,对吗?”

“我明白。”马力七十五点点头。

永别了,我的世界!马力七十五内心默念。台上,总统站在他左边,对着台下展露标志性的笑容;空间安全委员会总长站在他右边,军服笔挺,神色严肃。台下热烈的欢呼声此起彼伏,总长安排的几个暗桩恰到好处地掀起了人们对马力七十五献身精神的无比崇敬,他们热烈地呼叫着马力七十五的名字,用各种赞美来描述他。

总长兑现了他的承诺,三百万已经在账户里。钱进了瑞士金行,除了约定的身份认证,没有任何办法取出。

马力七十五举手让大家安静。

偌大的会场很快沉静下来。

“我……”马力七十五清清嗓子，“我知道卡洛特，他很聪明、狡猾，使用各种手段窃取大量的财产。”现场响起一阵议论，马力七十五不得不提高声音，“但是，正义的力量更强大，我们掌握所有的犯罪证据，提起公诉，并且挽回了所有能够挽回的损失。他被缺席审判无期徒刑。现在要做的唯一一件事就是把他绳之以法，这正是我要做的。”

“我将跟踪他的轨道痕迹，进入时间螺旋区，在他自以为摆脱了法律的时刻出现在他面前，控诉他，逮捕他。

“任何人，任何人，只要他犯了罪，就要受到法律的惩罚，绝无例外。”

现场响起猛烈的掌声。

“请问，马力先生，据说卡洛特逃到了三百年后，我们连三百年后的地球是什么样子都不知道，怎么保证对他的裁决一定会得到执行？”有人在人群中问。

“是的，我们不知道三百年后的地球会怎么样，但是，马力七十五会知道，不管那世界是怎么样的，马力七十五都会找到卡洛特，把他绳之以法。”总长接过了这个问题，“卡洛特已经跑了，对这个世界，他再也没有任何影响，但是我们不能放任他，马力七十五会代表正义对他执行判决。”

“太空泛了，你永远不可能监禁他。你没办法阻止他逃跑。”还是那个声音。

马力七十五寻声望去，他看见一个亭亭玉立的身影，白色套装，头发盘成高高的发髻。虽然隔得很远，他还是看见发髻上晶莹的钗子，仿佛紫色的水晶。这样的发饰不多见。她讥讽似的盯着马力，似乎在向他挑战。

“我会找到办法。我可以用一艘飞船把他终生流放；或者请那时的政府协助，把他监禁。办法有很多，你完全可以相信我。”

总统接过话头：“这位女士，我们的司法部门已经达成一致意见，对于这种试图通过时间螺旋来逃避法律制裁的行为，政府将保留追诉权，对他的控诉永远不会过期，哪怕到三百年以后。只要马力警探跟随他，找到他，他就必须接受法律制裁。另外，时空机器的使用将受到政府的严格监控，除了政府特许机构，任何机构不得从事相关研究和试验。这将有效地防范类似事件发生。”

总统话音刚落，半空中传来嘶嘶的声响，全场变得很安静。

时间到了。在巨大的电磁扭力作用下，时间螺旋区已经形成，苍穹上仿佛打开一道深黑的口子，深不见底。双子星号正以反重力姿态悬停在深渊边缘。

“通道已经打开，马力警探即将出发去完成他的伟大使命。”总统带头鼓起掌来。在热烈的掌声中，马力七十五走过红地毯，走向穿梭机。他在登机舷梯上回过头，向着人群挥挥手。

穿梭机飞升起来，它向着双子星号靠拢，最后对接在一起。一刻钟之后，穿梭机脱离。

双子星号静静地等待着最后的信号。深空研究所的专家们正紧张地核对轨迹，确保马力七十五能够跟上卡洛特而不是去到一个错误的时空。

人们看见双子星发出炫目的红光，整个飞船仿佛化作一道光射入黑色深渊中，黑色深渊顷刻间消失。

三百二十四年又七个月三天三小时四十五分。仪器上显示这样的时间，双子星号把马力七十五带到了三百多年后的空间。

然而仿佛任何事都没有发生过，马力七十五没有感觉到任何异样。

很快，他意识到严峻的考验——他不在地球上。空旷的宇宙空间，这就是双子星的处境。马力七十五找到了太阳。太阳仿佛一个小小的光斑，在远方闪耀。这里甚至不是地球轨道，他距离太阳七十四亿千米。在一瞬间，马力七十五死了心，这不是他能够执行任务的地方。按照这样的距离，双子星需要三十年的时间才能抵达地球，那个时候，他早就成了干瘪的尸体。这是纯粹的送死。

但是他很快找到了目标。卡洛特的飞船，奥德赛号，就在不远的地方，距离七十七万千米。深空研究所的专家在这一点上没有让人失望，他们不知道会把马力七十五抛到什么地方去，但是他们知道马力七十五一定在卡洛特附近。当然马力七十五并没有主动寻找卡洛特，而是卡洛特发现了他。他正向马力七十五发送信号，马力七十五接受了通信请求。

“哈。我的老朋友，很高兴又见到你。”屏幕上卡洛特的样子很乐观。

“卡洛特，你的判决已经下达，我奉命来逮捕你。”

“别开玩笑了。这里什么都没有，除了你和我。你不可能逮捕我。”卡洛特得意地眨眨眼。

“我会抓到你的。”马力七十五面无表情。

“好吧，欢迎进行一次冥王星大追捕。”卡洛特耸耸肩，做出一个无可奈何的表示，“来吧，我等着你。”

虽然这行为看起来好像很蠢，马力七十五还是指令飞船向奥德赛靠拢，除此之外他无事可做。

卡洛特没有说错，他们的确在冥王星轨道附近，而且是在这个著名矮行星椭圆轨道的远端，此刻，冥王星正在轨道的另一端，需要过一百多年才会来到这儿，所以此刻没有任何热闹可看。

马力收到一些微弱的广播信号，隐隐约约，似乎是一场战争。然后，他了解到一队飞船正在飞向冥王星。他们计划在这个星球上建立基地，建造核电站，供给下一个太阳系外的探险计划。当然，他们还需要十多年才能抵达。然后再有七八十年的时间，才能到达马力七十五的位置。

七十七万千米的旅程需要耗时三天，很无聊。马力七十五除了吃，就是睡。卡洛特也没有再找过他，然而奥德赛号一直停留在那里，等着马力。远离太阳的空间辐射并不强烈，马力七十五打开了舷窗，直接用肉眼观察这个世界。每一颗星星都很明亮，璀璨满天，比地球上最壮观的星空还要壮观一万倍，太阳的光亮却很柔弱，仿佛蜡烛的灯火。他望向奥德赛号的方向，一团漆黑，奥德赛号隐藏在黑暗中。

我会死在这里，让双子星把尸体带回地球。马力七十五想。至少，那些地球上的人们会发现他，通过双子星的记录，他们会了解到他忠诚地履行了自己的职责。是的，他会留下遗言，让那些发现他的人们把他带回新都市城安葬。那里是他出发的地方，也应该是他的归宿。

一阵信号打断了马力七十五的胡思乱想，卡洛特再次找上门来。

"反正我也很无聊，你还有一会儿才能到，不如我们聊聊天。"他开门见山。

马力七十五不置可否。

"你为什么要追来呢？你永远不能回溯时间，你会失去一切。"

"从来没有一个罪犯从我手里逃走。"

"原来是崇高的职业精神。"

"不，是正义。"

"正义？你代表正义？"卡洛特做出夸张的表情，仿佛非常惊讶。

马力七十五不动声色。

卡洛特的表情放松下来："好吧，你太缺乏幽默细胞了。正义先生，从五年前开始，我每年资助超过六千名困难学生，让成千上万的流浪儿得到温暖的家，赈济了无数灾民，捐助两个最前沿也最接近关门的实验室，就连宇航局的大门上都刻着我的名字，因为没有我，他们就缺少足够的资金把大批的人送到火星去……你肯定已经清点过我犯下多少罪行，但是如果你清点一下我带给人们的好处，这个清单会比

你手头上的那个长得多……”卡洛特连珠炮般滔滔不绝，马力七十五只是听着。

终于卡洛特停了下来，他静静地望着马力七十五，马力七十五同样望着他。

终于卡洛特开口了：“你认为我说得对吗？”

“你是贼，我是警察。”马力七十五说。

“哈哈哈哈……”卡洛特狂笑起来，“贼……哈哈哈哈……”他笑得上气不接下气。

卡洛特终于缓过劲来，他说：“我们还有六千千米的距离。这不算太远，你很快就能追上我。一旦你追上我，你打算怎么做？”

“想办法抓住你。”

“这么说我最好还是小心点。”卡洛特一本正经地说，“我要逃了。”

“我会跟着你。”

“小心点，别跟丢了。”卡洛特露出一丝不怀好意的笑。突然间，图像消失，紧接着，奥德赛号的信号也失去踪影。

马力七十五在一瞬间明白过来——卡洛特再次进行了跳跃。

这不可能！没有深空研究所的那些专家打开时间螺旋，飞船无法穿越时光。马力七十五感到一阵惶恐。

然而问题很快解决了。双子星号收到了来自奥德赛最后的信息。信息中包括单船跳跃手册，这本手册马力七十五从来没有见到过。然而根据双子星号主机的验证，完全可行。另外，还有一组跳跃参数。根据这些参数，双子星可以去到另一个时空——谁也不知道卡洛特是真的等在那儿，还是设计了一个骗局。

马力七十五命令双子星根据参数进行单船跳跃。

别无选择。马力七十五遗憾地想。他望了望太阳。太阳就像一点烛光，暗淡无光。转眼间，这光亮消失掉。仪器上的时间变成了三千六百七十七又八个月四天八小时八分。

这一次的情况更糟糕。马力七十五完全不知道自己身在何处。星星有很多，然而没有太阳。双子星号脱离了太阳系，迷失在群星中。

卡洛特没有骗人，他的确也在这里，距离只有两万千米。

“哈，正义马力，你居然花了三个小时才搞定。我是不是有些高估你了？”

“为什么要到这里来？”

“没什么，我只是逃跑，逃跑哪能顾得上想清楚为什么。”

马力七十五有一种被愚弄的感觉。卡洛特可以轻而易举地摆脱他，却还是让他跟到这里。

“飞船怎么能进行单船跳跃？”

“设计如此。很高兴它能正常工作，否则我们就直接去见上帝了。”

“我们在哪里？”

“谁知道呢！这件事要怪你，如果不是你逼我，我也不用匆匆忙忙出发。至少我可以等到目标定位比较准确一点。”

“什么意思？”

“这飞船能够精确地控制时间，但是没法控制地点，跨越时间越长，误差越大，现在谁都不知道我们在什么地方。”

“那就是说你给自己选择了死路？”

“死路？说得不错，我肯定是会死的。这样的死法比较浪漫，所以我来了。问题是你为什么要跟来，难道他们没告诉你这是死路？”

马力七十五没有应声，他们当然知道这个，只不过他们更需要一个勇敢的英雄。马力七十五心存侥幸，也许事情不会那么糟糕，然而事实已经告诉他，这就是死路。

“我说过，我来抓你。”

“好吧，正义先生。我可是经过慎重考虑才这么做的，虽然空间定位不准，但是它可以帮助我不断跨越时间，当然最好能在地球上，可是我想过，几百几千几万年以后，地球只是一个小地方，我随便落在银河的哪个角落都可以。人真是奇怪，你们想把我关到监狱里去，限制我的自由，现在我自己踏上死路，你们却一定要派个人跟着来。这样也好，至少有人可以和我分享这最后的旅行。”

“你到底想做什么？”

“我想旅行到世界末日。”卡洛特哈哈大笑，“我知道你在查我。如果我愿意，只要打几个电话，你就没办法查得下去，甚至更糟糕，你明白我的意思。但是我没兴趣为难你，于是跑了，但是没想到你居然喜欢为难自己，跟着我来。”

双子星号继续靠近奥德赛，马力七十五发现有两个物体正靠近奥德赛，他想了想，决定暂时不告诉卡洛特。他继续和卡洛特谈话，关于这个案子，的确有些地方仍旧模糊，他也想弄明白。

“你有很多眼线。”

“是的。”卡洛特很坦白，“你很想聊聊这些，是吗？”

“随便你。”

“现在我们两个相依为命，这些往事——这些三千多年前的往事也无所谓。我就告诉你好了。捡最重要的说，你的起诉书里最大的罪名是盗用一万七百六十五个亿的资金，从共同基金利用非法手段转移到个人账户。这七百六十五个亿我都送给政府了，每一笔钱都有一个明确的记录，每一笔钱的接受者对那个神秘的捐款人都异常感激，他们非常乐意提供某些方便。所以，就像你所说的，如果愿意，我可以有很多眼线。”

“你在贿赂政府。”马力七十五对此早有预料，只是他一直没有找到明确的证据，他希望卡洛特归案之后，能够找到更多的线索，没料到卡洛特却选择了这种史无前例的逃跑方式。

“哦。我只是把钱从一个人的口袋转移到大众福利上去。如果不能兑现财富，钱也就没什么用。我只是让它发挥自己应该有的功能而已。”

卡洛特用奇怪的理论来为自己辩护，说起来仿佛头头是道。是的，共同基金太庞大了，按照市值计算，它可以买下整个地球上的所有产业，包括六十五亿人口——假设平均一个人价值三百万，但这庞大的基金被不超过三千人拥有。

卡洛特眨眨眼：“你知道为什么我给政府好处，秘密警察却要追查我？起诉我？”

“为什么？”

“因为共同基金养着你们。那些穷得叮当响的政府机构当然也拿钱，但是不多，也就够混口饭吃，所以他们从我这里拿到天文数字的钱高兴得不得了。但是对秘密警察，我甚至没办法把钱给出去，他们对此严加防范。”

突然间，卡洛特的图像抖动起来，两个小点加速向他靠拢。

“怎么回事？”卡洛特有些吃惊，但没有慌乱。

“有两艘飞船正向你靠拢，可能你是他们的猎物。”马力七十五平静地说。

“真的？”卡洛特扬了扬眉毛。

马力七十五点点头，信号变得一片混乱，很快中断，然而马力七十五还是听清了卡洛特最后一句话，“它们也在向你靠拢。”

卡洛特没有胡说，双子星号完全不能动弹。

马力七十五第一次近距离看到卡洛特。他的脸型尖瘦，眉毛浓黑，眼睛的轮廓很大，胡子很浓密，典型的络腮胡。他和马力七十五对视着。他看上去并没有什么威胁，但是马力七十五提醒自己，就是这个人制造了有史以来最大的窃案，他是最狡猾最无耻最危险的罪犯。

一道舱门把他们俩封闭起来。空间狭小,他们不得不脸对脸坐着,相距不过半米。

“我这辈子第一次成了囚犯,我想你也是。”

马力七十五没有应声。

“虽然我们彼此讨厌,但是此刻没必要相互对抗。我们有共同的敌人,你不会想这个时候把我捉拿归案吧?”

“你是贼,我是警察,但现在我们都是囚犯。”

“这样就好,至少你还有点明白事理。”卡洛特伸一个懒腰,他的头碰到了天花板,“真是见鬼,这地方不适合生存。”

突然眼前一亮,门打开。两个人站在卡洛特和马力七十五面前。

他们身材矮小,几乎只有正常人的一半,头大身子小,看起来像是孩子。

“你跟我们来。”其中一个示意马力七十五。他们居然说地球语。

马力七十五在忐忑不安中弓着身子钻出门去。他站直身体, 几乎能顶到天花板。门迅速关上。

“跟着我走。”一个矮人说完在前边领路。马力顺从地跟着他。另一个矮人在后边看着他。

他们顺着走道走了将近十多米远,然后转入一条更宽敞的通道,一直走到底,是一扇舱门。一路上很单调,除了金属,就是发出微弱蓝色光线的线状体。马力七十五能听见自己的脚步声,却听不到两个矮人的任何动静。他们仿佛轻巧的猫,走起路来悄无声息。

矮人打开舱门。那么一刹那,马力七十五从内心发出由衷的赞叹。浑圆的穹顶发出柔和而敞亮的光,延伸出上千米远,几乎望不到尽头。无尽的天穹下,到处是碧绿的草地和各式各样的漂亮建筑,间或有成片的森林。许多矮人在草地上玩耍,追逐嬉闹,甚至还有人在放风筝。马力七十五仿佛回到了新都会的中央公园。

“快下来。”一个矮人催促他。舱门打开在半空中,一道梯子沿着舱壁通向地面。马力七十五再看了一眼眼前的景象,跟着矮人下了楼梯。他们进入地下。

“地下”完全是另一番景象,很暗,只有几处灯光。其中一处聚集着许多人,似乎正在进行会议。

马力七十五来到这群人面前。他们有三十七个,都坐在宽大的扶手椅上,大致排列成半圆形。马力七十五就是那个圆心。马力七十五对这样的阵势很熟悉,秘密警察的法庭通常都是这样的布置，据说这样的布置能够让犯人从潜意识里放弃抵抗。他注意到正中央的那个人。毫无疑问，他就是最重要的人物，他不仅有一个比其他人更大的头颅，也有一个庞大的身躯，马力七十五估计他的体型是其他人的两倍以上。

“原人八八九号、马力七十五、秘密警察。为了缉拿逃犯卡洛特·修进入时空隧道。这是第一次有目的的空间跳跃，被看做对于罪犯空间逃逸的严正否定。在跳跃当日被授予紫金勋章，后来收入标准百科全书，被追认为人民英雄，冥王星轨道六百五十七号纪念石。”左边的一个矮人起身，说了一段话。

“你说什么？纪念石？那是什么？”马力七十五问。

“原人，请不要打断陈述。如果你有疑问，我们可以在最后解答。”正中央的大人物这样回复马力七十五。

“他在历史上的最后时刻是新纪元前一千六百五十四年，距今三千六百七十四年。作为一个影响广泛的原人，他拥有大量的拥簇，许多独立太空船都以马力七十五命名……”陈述人滔滔不绝，马力七十五惊疑不定地听着，这些他所不知道的历史听起来很有趣，也很难想象。我是一个历史人物。马力七十五感到这简直像个童话。

突然大人物的一句话震惊了他：“看起来我们找到一个大人物，可惜他还活着。”

马力七十五警惕地盯着大人物：“你想我死掉？为什么？”

“别紧张，原人。我来介绍一下我们。我们是搜寻者，搜集一切人类遗失在宇宙里的东西，飞船，飞行器，太空城，当然还有原人。当然我们并不期望搜集活着的原人，通常情况下，我们所见到的都是尸体。一旦验证身份，我们就可以获得属于他的财产，这就是我们最主要的收入来源。但是如果原人还活着，那么他当然拥有自己的财产，而我们就得不到。你是我们第一次碰到活着的原人。”

马力七十五更加紧张：“那么你打算杀死我？”

“杀死你？为什么？”大人物感到有些奇怪。

马力七十五耸耸肩。

“你是说杀死你，然后我们冒充获得你的财产？这是多么邪恶的想法。”大人物哈哈大笑起来，“据说原人都有自私、邪恶的心理，看起来是真的。你们彼此残杀吗？”他很好奇地看着马力七十五。

马力七十五不知道怎样回答这样的幼稚问题。这算是进化还是退化？但他们并不打算杀死他，这无论如何是个好消息。

“不。”最后他说，“我们只把罪犯缉捕归案。”

“罪犯。是的，你的记录里边有这样的说法，你是为了一个叫做卡洛特的罪犯才进入时空螺旋。这么说那个和你在一起的原人就是卡洛特。”

马力七十五没有回应，这些人能认出他，却不认识卡洛特。看起来时间最喜欢给人开玩笑，曾经最风光的人默默无闻，而曾经不名一文的却成了光荣的历史人物，名字被刻在石头上，绕着太阳旋转，直到永恒。

“如果你不愿意回答，没关系。我们检查了基因数据库，没有这个人的资料，他对我们毫无价值。”

“你们会怎么处置他？”

“处置？照理说我们应该向你们道歉才对，但是搜寻者从不道歉。你们的飞船会被恢复原状，你们会回到飞船上。之所以请你到这里，因为另有一个小小的问题。”

大人物看着马力七十五：“中央数据库显示在你的名下拥有大量财产，如果没有你的身份确认，这些财产将一直沉淀。如果要取出财产，需要去诺伊斯五号星通过身份鉴定。鉴于你的飞船根本不可能飞向诺伊斯五号，我们给你提供一个方案：我们会带你过去并帮你完成整个过程，但是你必须给我们财产的一半。这是一笔巨额财产。”

“巨额财产？有多少？”

“至少可以让我们的人十年间衣食无忧。”

“我怎么会有这笔钱？”

“这不是我们关心的事。可能很久之前，你留下了一笔钱，或者是某个机构给你的捐助。或者某个人擅作主张，把你的钱进行投资结果得到了上帝保佑。三千多年过去了，什么可能性都有。现实状态就是你拥有这笔钱，而我们能帮你取出来。”

马力七十五终于明白了这些人想做什么。尽管事情有些出人意料，这不算什么坏事，而且看起来这些人都是君子，正派得让人不敢相信。

“让我考虑一下。”

大人物点点头：“好的，你可以有三天时间考虑。”

“和我在一起的那个人，你们还会把我们关在一起？”

“他的飞船将在十六个小时内清理完毕，他会回到飞船上。”

“能留下他和我在一起吗？

“不，我们没法长时间限制人身自由，这违反星际航行法。如果他自愿留下，那是另一回事。但是我们并不喜欢原人巨大的躯体,这让我们很为难。”

“如果我付钱呢?”

大人物第一次皱起眉头:“交易不能涉及人身。人身自由只能在必要情况下进行限制。对于你的想法,我们不欢迎。”

“好吧。对不起。”马力七十五说。

他被送回了囚室。

卡洛特几乎在狂笑。过了很久一段时间,他才能停下来,“这真是我见过最荒诞的事。”

他突然间变得一本正经:“不过,说真的,你打算怎么处理你的财产?”

“我还在考虑。”

“你有足够的时间考虑。这倒是很不错的买卖,你追踪我到了三千年以后,变成一个富翁,享受未来的豪华生活。”

“我是来追铺你的。”

“是的,不过很快就不是了。”卡洛特笑眯眯地看着马力七十五,“你知道我有多悲惨,不名一文,没有亲人,没有朋友,没有钱,就连这些捡垃圾的都不拿我当回事。我给自己判了无限期流放,注定在卑微和孤独中带着悔恨死去,这还不够吗?”

马力七十五看着他笑眯眯的脸:“别耍花招,我一定会逮捕你。”

卡洛特收起笑容:“说真的,你可以选择跟这些侏儒一起走。明天他们放了我,我就会继续向前,沿着时间之河顺流而下。前边什么都没有,你可以预计到这点。所以,是时候选择回头了。对,你没法回头,既然跟到了这里,那就停下吧。”

马力七十五没有回答他,沉默了半晌,他突然问:“你为什么这么做?”

卡洛特已经躺在床上假装入睡,听到这个问题他睁开眼睛,直直地盯着天花板:“这个问题我已经告诉你了,我想旅行到宇宙的尽头。”

“为什么呢?”

“这难道不是一次壮举吗?”卡洛特反问。

“壮举?你就是这么定义你的行为?”

“当然,你可以定义这个为疯狂、逃跑、犯罪,但对我来说这是壮举。”

“这么说你的罪行当然也是壮举。”

“是的。”卡洛特干脆利落地回答,他起身坐着,“你听过一句话吗?他人即是地狱。我一定是你的地狱,不过我也是很多人的天堂。”

“天堂？”

“嗯，做到想要做到的事，达成心愿。没有我，你不可能飞到这里来，这种时空飞船根本不可能被开发出来。你回去可以在双子星的主机上输入这个问题：谁是上帝。你会得到一个确定答案：西莫夫，他赞助了所有研究活动，并且没有任何附加条件。当然作为一点回报，他们很愿意满足我的心愿：成为第一个试验者。”

西莫夫是卡洛特的一个化名。马力七十五掌握这一点，他冷冷地讽刺，“这么说你并不是策划逃跑，而是在帮助科学试验。”

卡洛特作出一个无可奈何的表情：“他人即是地狱，我希望你理解了这句话。到此为止吧，很遗憾把你卷进来，不过，这样的结局也不算最糟糕。”

卡洛特躺倒就睡，这一次他真的睡着了，发出均匀而细微的鼾声。

马力七十五辗转反侧，他不知道是不是应该到此为止。富豪的生活他从未尝试，也许他应该放松自己，去享受一下未来？

卡洛特被送上奥德赛号。马力七十五跟着他。

“好了，到此为止。”卡洛特站在舱门边，“很高兴你陪了我一程。接下来，我要独自逃亡了。”他眨眨眼，“好好享受生活吧。”

他挥挥手，走进去，马力七十五喊住他：“卡洛特，我会履行职责。”

卡洛特停下脚步，转过身，露出一个微笑，突然他的眼神凝结在马力七十五身后，那里有某样东西攫取了他的注意力。

马力七十五回过身，那是一个巨大的屏幕，屏幕上是星图。星空璀璨，耀眼夺目。

“嗨，小个子，你能告诉我哪个是太阳吗？”

负责引导他们的矮人摇摇头：“我不认识星图，不过，这里是初始探索区，距离太阳应该不远。”

“真遗憾，不过看来我还没离家太远。”他看着马力七十五，“马上就要远远离开了。”

说完他走进了奥德赛号。舱门关上。

马力七十五转头看着矮人：“送我上船吧，谢谢！”

另一个舱门打开，这是双子星号。马力七十五走进飞船。

两艘控制船挟持着奥德赛号。它们飞出很远，直到母船成了小小的光点。它们放松控制，然后掉头飞向母船。奥德赛号主机开始运作，恢复控制系统。卡洛特坐在控制台前,沉静地看着屏幕。

很快,奥德赛号报告了消息:双子星号,平行飞行,距离三千千米。

“好吧,朋友,欢迎继续。”当马力七十五的头像出现在屏幕上,卡洛特如此说。

“我会找到办法把你绳之以法。”

“如果你坚持。你的财产怎么样了?”

“我送给他们了。”

“送了?不错。怪不得那些矮个子在飞船里添了好些东西。你签署了一份声明?”

“我签了一份文件,然后留下一根头发,两滴血,还有一段录像。”

“听着好像很原始。你打听到财产怎么来的吗?”

“DNA 验证只能来自瑞士金行。不管这财产最后怎么变戏法,最早的时候,它是瑞士金行的一笔钱,我在那儿只存过一笔钱。”

“哦。看来发财的最好办法是存一笔钱,然后到三千年后去花。”

“也可能一无所有。”

“就像我现在这样?”

“你的户头里从来没有钱。”

“对了,既然你存了钱,总有些目的,回溯时间是不可能的。所以,这些钱不是给你自己的,那是给谁的?”

“这是一个私人问题。”

“拜托了,这里就我们两个人,不会有什么狗仔队,也没有报纸杂志,你完全可以告诉我。”

马力七十五没有回答。

“嗯,其实你不说我也能猜,那是一个女人,对不对?”卡洛特突然大笑起来,“我明白了,你是害怕。你怕违反秘密警察的纪律,所以就跟着我来。”

“我来缉捕你归案。”

“别不好意思,警察也是人。我替你唾弃灭绝人性的秘密警察制度。你们其实完全不用搞记忆消除,消除了回忆,人活着又有什么意思。哦,你的真名不应该叫马力七十五,你叫什么?”

马力七十五感到心脏剧烈地一跳。马万里——那个女人是这样喊他的,据说这是他的真名。

“卡洛特,我需要休息一下。打算逃跑的时候告诉我。”马力七十五说完关闭了通讯。他闭上眼睛。这个任务本身就很荒谬,现在它变得更加荒谬。追捕者要求被追捕者提供讯息,这算什么?

不管怎么样,游戏要继续下去。只要他活着,就不能放弃承诺。

卡洛特居然把时间向前推进了三十万年。这件事更让人意外——双子星居然比奥德赛先到。

这是一件意料之中的事。三十万年,这比整个人类文明史还要长十倍。空间和时间的乘积是一个测不准值,对于奥德赛和双子星这样的小飞船来说,尤其如此。当跨越的时间长度只是三百年,三千年,误差不过几分钟,几小时,当时间跨过三十万年,误差以让人惊讶的方式累积起来。结果奥德赛号先一个小时跳跃,当它抵达的时刻,双子星已经等待了整整六天。

六天的时间里,马力七十五什么都没有做,除了回忆。他想起自己的职业生涯,一个个臭名昭著的罪犯在他手中落网;他想起喊她马万里的女人,他不认识她,然而却有一种异样的熟悉感,以至于完全慌乱了手脚,匆匆落荒而逃,生怕和她多说一句话;事后,他偷偷地了解她,躲在暗处窥探她,然而,作为秘密警察,他不能做任何事,哪怕试图想起和这个女人相关的往事,他相信那一定很美好,然而他完全不记得;他想起卡洛特,这是最大的一条鱼,和他相比,之前所有的案子全都是小打小闹,然而他也是最狡猾最神通广大的鱼,就在收网的前夕,居然用这种谁也预料不到的方式跑了……时间显得非常漫长,然而当他回忆这些往事,时间却又显得非常短促。他远离人群,独自一人,唯有群星相伴。在这样的沉静中,回忆中的一切仿佛只是一张相片,可以一眼望到底。既熟悉,又陌生,既亲切,又隔阂,时间无情地带走一切,然而一切又有什么意义?

当卡洛特再次见到马力七十五,他惊讶地叫起来:“哦,你是在绝食吗?”

屏幕上马力七十五形销骨立,瘦得不成人形。

“卡洛特,你还要逃跑吗?”

“那当然,你听说过不跑的贼吗?而且还有你这样忠心耿耿的警察跟着。”

“我放弃了,你走吧。”

“放弃?你一定是在开玩笑。你是天底下最聪明、最坚定、最忠勇的警察。如果你放弃了,这个世界一定完蛋了。”

“卡洛特,也许我应该谢谢你,如果不是你把我带到这里,可能我一辈子也没有机会安静地思考。这里真安静,一个人也没有,仿佛自己就是宇宙中唯一的存在。”

“别说得好像临终遗言一样,我们还没完呢。”

马力七十五微微一笑,关闭了通讯。

卡洛特急急地呼叫双子星号,然而毫无反应。

卡洛特准备先休息一下, 奥德赛号正在进行安全检测——这是卡洛特对上一次意外的补救措施,他不允许这种情况再次发生。奥德赛号给出一个警告,卡洛特看了一眼,他马上再次联系马力七十五。马力七十五拒绝联系。

一个飞行物正在靠近双子星号,那是一条不断修正的轨道,卡洛特相信那肯定是一个智能体,如果马力七十五不能得到警告,那么一切就晚了。

没有时间了! 卡洛特命令奥德赛号向双子星靠拢。

马力七十五在坐以待毙。警告不断重复,双子星要求马力七十五下达指令。来自奥德赛的通讯请求也不断重复。一切都显得紧张而急迫,马力七十五却像是风暴眼,保持着平静。

他不慌不忙地看着屏幕上节节逼近的小点。这个飞行器来的速度很快,达到三千千米每秒。双子星的速度最高只能达到三百千米每秒——这需要长达一个月的加速。再有三十分钟,这不速之客就会和双子星号迎头碰上。跑是跑不掉的。

奥德赛号正在努力靠拢过来。卡洛特不断地请求通讯。

马力七十五终于接受了请求。

“感谢上帝,你终于活过来了。”卡洛特见到马力七十五,马上双手合十,大声赞美上帝,尽管他根本不是信徒。

“卡洛特,什么事?”

“有访客,看样子并不友好。”

“是的,我看见了。”

“难道不打算逃跑?”

“没有必要逃,再说也逃不掉。它的速度是双子星的十倍。”

“我们可以向前跳。时间就是最好的屏障,它可不会发疯跟着我们来。”

马力七十五短暂地沉默,然后说:“卡洛特,你走吧,不用担心我。”

“废话! 我不会放弃你跑掉的。马上做好准备,我们一起弹跳。”

“你和我又有什么关系?我只是来追捕你的警察。很遗憾我冒失地闯进你的计划,现在是时候离开了。你可以继续。”

“别犯傻了。这里是什么地方?三十万年后的世界,那些侏儒已经和我们大不一样,三十万年,就算那玩意儿是人,或者是机器人,那也绝对和我们不一样。你不可能有上次的好运气。它们可能杀死你,可能把你当作标本,或者让你活着,就像动物园的猩猩一样,或者拿你做活体解剖。别把命运寄托在它的好心上。”

“这没什么大不了的。我也很乐意看看三十万年后的智慧生命是什么样。”

“我们必须跑。”卡洛特很严肃地盯着马力七十五,和之前的样子判若两人。虽然隔着屏幕,马力还是感觉到一种坚硬的决心。也许这才是卡洛特的真面目。

“再见,卡洛特。”马力七十五结束了谈话。

奥德赛号继续向着双子星靠拢。

不明飞行物进入减速,试图和双子星同步。它显然也注意到正在赶来的奥德赛号,奥德赛接收到一种有节律的信号,然而没人明白那是什么意思。

突然间强烈的光照亮了奥德赛,不明飞行物进行攻击。红色警报在一瞬间充满整个空间,卡洛特被自动机器牢牢地捆绑在椅子上。奥德赛号进入紧急模式。

“外层侵蚀,装甲削弱百分之十七。飞船密封性,良好,微量泄漏,快速修补完毕。引擎工作,正常。所有功能模组,百分之七十一检测完毕,运行正常……”

奥德赛号报告关于这次攻击的情况。奥德赛号不是为了战斗而设计的飞船,敌人的攻击也并不猛烈。然而,谁也不知道接下来会发生什么。

不明飞行物很快逼近双子星,在距离双子星不到六百米远处停下来,保持相对静止。奥德赛号也进入同步阶段,距离双子星两千米。马力七十五没有发出任何信号。不明飞行物出现一些异样,两个物体脱离了飞船,向着双子星飞过去。速度不快,不像是武器。卡洛特看清了屏幕上的影像,那是一个类似八脚章鱼的东西,看上去很柔软,前边对称地分布着两只眼。突然间,它的身体猛地抽搐,一股气流喷出,推动它转变方向。当身体再次舒展,它已经稳当地吸附在双子星的船壁上,八条触手均匀地展开,就像一个八角的海星。这真是一次漂亮的着陆。

“卡洛特。”马力七十五的影像跳了出来。

卡洛特看着他:“准备好逃跑了吗?”

“它们来了两个。它们正试图打破船体钻进来,双子星号损毁严重。可能还有十五分钟,它们就能突破船壁。你是对的,它们不是人,也并不友好。”

“一旦密封被打破,没有任何生还的希望。”

“是的,所以向你告别。”

“永远不要放弃。现在,向前弹跳。”卡洛特认真地说。马力七十五感觉到一阵强烈的威压,让他不由自主想按照卡洛特说的去做,但是他还是控制住自己,“我不做徒劳的抵抗。你赶紧逃跑吧,祝你好运!”

“现在,启动弹跳。”卡洛特说完,关闭了通讯。双子星号收到轨道参数,询问马力七十五。马力七十五注意到奥德赛号改变了轨道,它正向着不明飞行物冲过去。

马力七十五的头脑中尽是卡洛特下达命令的神情,最后,他命令双子星执行弹跳。

在弹跳之前,他看到奥德赛号被强光笼罩。一束激光从奥德赛的尖顶上发射出来。突然之间,不明飞行物散开,分裂成大大小小许多碎片。一切变成黑暗。

仪表盘上的数字永久性地静止在零零零零零零零。四周围很黑,连星星也难觅踪影。

“我们到了什么地方?这是什么时间?”

“位置不明。按照弹跳坐标,理论上应该向前跳跃六百万年。”

六百万年!这一定是疯了。

没有奥德赛号的踪迹。马力七十五决定等着卡洛特。上一次他迟到了六天,这一次他什么时候会来?

卡洛特没有来。

九天的时间,马力七十五吃掉了所有的储备。

当他饿得头昏眼花,他开始食用那些小矮人放在船里的东西。牙膏状的食品味道独特,很难吃,然而却很管饱。

他吃了三个月的牙膏,习惯了那种难闻的味道,甚至觉得那东西很享受。

卡洛特还没有来。

牙膏还能再吃几个月。卡洛特不会来了。

双子星远远地跑出了银河系,落在荒凉的星际真空地带。在这里,肉眼看不到几颗星星,永远也不会有智慧生命来拜访,不管是敌人还是朋友。只有迷途的船,被永远地困在这里。

卡洛特又在哪里?

也许误差太大,他们已经永远地失之交臂。这是好事。一个荒谬绝顶的任务,有一个不落俗套的结局。

马力七十五望着窗外。他已经无数次这样眺望,每一次只能看见无尽的黑暗。这是没有任何希望的地方。哪怕时间过去了六百万年,丝毫不见人类的踪迹。新都会？冥王星？太空船？那些曾经存在过的东西，也许此刻仍旧存在，然而它们都在哪里？宇宙就像这无穷尽的黑暗，而那些曾经存在的东西，就连最暗淡的星光也比不上。

马力七十五考虑了好几种办法来结束自己的生命。他想过用电，想过打开舱门，让自己飘进太空，想过咬断舌头……最后他什么都没有做。

他想起卡洛特。旅行到世界末日，这是不是一种很伟大的壮举？

双子星号没别的能耐，但是时间旅行就是它被设计出来的目的。

把生命继续浪费在这里毫无意义，马力七十五决定上路。卡洛特可能死了，也可能活着，只要他活着，他就会不断向前。也许，唯一能够再次遇到他的地方就是在世界末日。

在所有的牙膏被吃完之前，希望时间之路已经走到尽头。

马力七十五驱动双子星号向前跳跃。

他就像一个在无尽沙漠中赶路的人，看不见的边际永远在前方。

弹跳，弹跳，弹跳……时间和空间失去了意义，对于马力七十五，它们是无可逾越的墙。黑暗空间，永无休止，把一切希望碾压得粉碎。唯一支撑马力七十五的动力是信念。向前，向前，向前……

黑暗中的星星从不闪烁，却也暗淡无光。一次次的弹跳，它们一次次变换位置，排列成不同的星图，有新的星星诞生，也有的会更亮一些，然而最终它们都消失到黑暗中去。

终于，马力七十五发现无法找到哪怕一颗星星。

“现在是什么时候？”

“一百七十五亿年。”

一百七十五亿年？这是一个接近永恒的时间。马力七十五没有想到他居然跑出了这么远。在他模糊的知识里，太阳能够燃烧一百亿年，此刻，太阳早已暗淡无光。银河呢？银河是不是也同样？

“地球还在吗？”

没有人回答他。双子星号不能理解这样的问题。

宇宙正在冷下来，马力七十五想。可能在很小很小的时候，他曾经上过这样的课，然而不记得任何更多的内容。他只知道，宇宙是会冷却的，当所有的星星耗尽了燃料，它们会冷却下来，星星失去活力，而宇宙失去光亮。这样的图景在书上重复一百遍,听起来很让人绝望,然而人们并没有多少忧虑——数以亿计的时光对于一百年的生命毫无意义。马力七十五却发现双子星号正用一种奇特的方式在他有限的生命里展现宇宙不可挽回的颓势。哪怕上亿年的时光,也只是昙花。

马力七十五停留了一整天,然后继续上路。

枯燥的旅途失去了最后一点乐趣。马力七十五把一切都交给了双子星,他所做的就是睡觉,吃饭,看一眼窗外的黑暗。

双子星号的效率在下降,每一次弹跳之前的震颤在加剧。毫无感觉,渐渐的细微颤动,蜂鸣,急剧震颤……飞船用无声的语言告诉马力七十五它正在老去。

马力七十五并不焦虑。这样的情形随时可能让他送命,然而他没有任何办法补救。

双子星号仍旧按照设定的程序不断往前。马力七十五坦然地等待着随时可能到来的崩溃。

"记录时间。"他给双子星下达了新的指令。

两个简单的数字被显示在屏幕上。

二百四十八。这是飞船走过的年份,以亿年为单位。飞船跳跃十多次,数字会增长一。

一万四千五百八十八。这是飞船进行跳跃的次数。

这样,即便飞船最后崩溃,他也可以知道到底走出了多远。

马力七十五陷入沉睡的时间越来越长。很多时候,他醒来,甚至不吃任何东西,只是看一眼数字,就继续兜头沉睡。他想自己一定是患上了某种疾病,然而这未尝不是好事,他的食欲也大大减少,降低了被饿死的风险。

睡眠中偶然会有梦。马力七十五梦到一个巨大的光球,他站在光球下,是一个黑色影子。影子拖得很长。他向着光球走去,走去……尖厉的声音打断了梦境,双子星号发出警告。

屏幕上有些东西,当马力七十五看清楚那是什么,昏沉沉的头脑马上清醒过来。

一艘飞船。那居然是一艘飞船!

这是一艘巨型飞船,它挡住双子星号的飞行轨道,迫使双子星号停下。它比马力七十五想象的还要大,双子星号靠上去之后,马力七十五才明白自己来到了一个什么样的所在——飞船就像一个星球,而双子星仿佛一粒微尘。飞船降落,下边是黑色而粗糙的表面,仿佛广袤无边的大地,微弱的光线从巨型飞船的某些位置散发出来,让整个大地显出淡淡的金属光泽。

马力七十五突然有一种踏实可靠的感觉,仿佛回到了地球的土地上。一道裂口缓缓打开,无形的力量牵引着双子星号降落到一片灿烂的光里边。双子星号被送进飞船内部。

一个机器爬上了双子星号。它转过整个船舱,用一种蓝色光线到处照射,最后停留在双子星号主机边,改用红色光线照射。很快,它到了马力七十五面前,用一种很奇特的声音说话,那声音仿佛就在马力七十五的头脑里。

"你的旅行目的地?"

"我在追捕一个逃犯。"

"逃犯?你是说一个同伴?"

"就算是吧。"

"基地认为你的飞船不适合继续进行时空跳跃。你是否愿意生活在基地?"

"基地?这里?"

"是的。"

一个全息投影出现在马力七十五面前,他仿佛正从半空中鸟瞰一个城市,绿树成阴,繁花似锦。马力七十五看见一个人,还有一条狗,正在嬉戏。

"你来自一千多亿年前的某个文明,这是你们的生活区。你可以选择在这里生活。"

"有人在这里?"马力七十五感到一阵欣喜,然而他马上冷却下来。他看清了那个人。他头部膨胀,仿佛一个巨大的蘑菇,脸色血红,没有鼻梁,只有两个孔洞,嘴唇收缩,只是一个小孔,耳朵萎缩,只剩下一个小小的突起。他的眼睛向外鼓起,眼睛转动,仿佛机警的变色龙。

"你是说我和他是同类?"

"是的。"

马力七十五沉默一小会儿:"这里到底是什么地方?"

"这里是终结之地,所有的时空螺旋汇聚之处。"

"这就是世界末日?"

"宇宙还有很长的寿命。终结的意思是,所有的时空轨迹都会被扭转到基地控制范围内。"

"你们能控制整个宇宙?"

"不是这样。此刻的宇宙和一千多亿年之前完全不同,它要小得多。"

“小得多？”马力七十五有些疑惑，突然间他意识到另一个问题，“你是说一千多亿年？”他看着飞船显示的数字，那明明白白地显示二百四十八。“我的飞船告诉我，我只走过二百四十八亿年。”

“你们的飞船质子丰度显示它距离此刻的时间是十亿六千六百万分之一质子半衰期。用你们的时间计算是一千亿年，误差不超过三十亿年。”

“那么我的机器出了错？”

“对时空跳跃的飞船来说，时间紊乱是必然。跳跃飞船的计时器过于原始。”

一千亿年！这个天文数字并没有激起马力七十五太多的想象。当时间超越了某个限度，就成了一个抽象数字，没有太多的含义。

“你们又是谁？在干什么？”

“基地代表文明。你们的世界里，宇宙里有许多文明，彼此隔离。此刻，只有一个基地，所有的文明都在这里，智慧生命的最后家园。两千万年前，宇宙尺度缩小到合适范围，仲裁者决定启动时空拦截。所有经过基地的时空轨迹都会被拦截下来，强制回到正常时空。”

“拦截时空轨迹？”马力七十五有些似懂非懂，“为什么？”

“旅行者只是需要一个家园，他们再也回不去从前的文明，但是基地收容他们，给他们一个家园，大体和原来的文明类似。”

“有很多旅行者？”

“平均每一年会有一个。基地累计拦截了两千万个。大部分已经死亡，此刻有三十二万五千个仍旧活着。史前文明的旅行者寿命都很短。高级智慧生命从不进行时间旅行。”

“为什么？”

“这毫无意义。”

马力七十五沉默一小会儿。机器的说法是对的，这样的旅行毫无意义，只有被创造伟大奇迹的非理性支配了头脑，才会做出这样的决定。那个梦想着创造伟大壮举的疯子又在哪里？

“有和我一样的飞船吗？和我使用同样的语言，飞船叫做奥德赛号。”

“有。”

马力七十五一阵欣喜，有些迫不及待：“在哪里？带我去见他！”

“不行。奥德赛号在两百七十四万年前抵达。”

马力七十五仿佛掉进了冰窟了。两百七十四万年！人连零头的零头都活不到。

他感到手脚一阵发凉，身子发软。

机器闪过一道红光，继续说：“奥德赛号没有留下。它继续向前弹跳。”

“你说什么！”马力七十五挺直身体。

“他说……”机器突然之间转变了声音，“嗨，伙计，咱们还没完。来吧！”千真万确，那是卡洛特的声音。

“这句留言留给问起奥德赛号的人。留下声音的人……”

机器继续说，然而马力七十五什么都没有听进去。是的，卡洛特来过，到了这里，而且继续向前。他没有停下，也不打算停下，直到时间的尽头。马力七十五的头脑一片空白，满是狂乱的欣喜，当他从迷失的状态恢复过来，发现自己居然在掉眼泪。

他不需要其他选项。

向前，向前，向前。

马力七十五继续一个人的漫漫征途。

终结之地的机器帮助他修复双子星号，甚至彻底改装了它。它们也用一种药丸似的营养剂给马力七十五补充食物，据说可以让他吃一百年。

一千六百四十五。

机器屏幕上显示这个数字。这应该是一个正确的数字，终结之地的机器给双子星安装了另一种计时器。

马力七十五望向窗外，窗外一片白蒙。

宇宙正在逐渐亮起来。最初的时候，那是隐约的黑光，后来，是黯淡的红光，每一次跳跃，宇宙都会变得更亮一点。此刻，外边是一片白蒙，就像清晨多云的天空。宇宙正快速地收缩，散落的辐射重新汇聚，温度在升高。这是跨向终点的预兆。马力七十五非常感谢终结之地的那些机器，它们预料到这点，让双子星的外壳能够抵抗强烈的辐射，它们也警告马力七十五，谁也无法预期最后的情况会变得怎样，可能没有抵达时间终点，飞船就已经在辐射中分崩离析。

“双子星号这样大小的飞船，只能前进到最后时刻前十五个小时，你可以在那个时间找到奥德赛，如果它也抵达了时间终点。然后，你们能继续存在三个小时。再往后，物质和能量的界限被打破，有序结构消失，生命不可能存在。”

机器是这么告诉他的。

每一个跳跃暂停时刻，他都可以进行选择。他的生命不过百年，只要愿意，可以随时停下来，任由双子星号飘荡，然后慢慢老去，安然死去。宇宙虽然也在死亡，然而对于每一次暂停，宇宙仍旧仿佛永恒。

马力七十五望着白蒙蒙的世界。没有人，没有飞船，没有恒星发亮，也没有多彩星云，只有无数的黑洞隐藏在光亮背后。终结之地呢？虽然机器并没有提出那个庞大基地的最终计划，马力七十五猜想那基地可能已经湮灭。那些比人类高级得多、聪明得多的存在，当他们不再能够拦截到任何时空轨迹，给那些迷失的旅行者提供出路，也就失去了存在的意义。

如果留下，就应该留在终结之地。既然前进了，就走到底，做完自己的事。

每一次马力七十五都这么鼓励自己。这一次，这个理由仍旧合适。

他继续向前跳。

窗外的光变得更亮，金灿灿地晃眼。双子星号发出警报，跳跃程序中断。他们撞在了时空尽头的墙上。

没有奥德赛号。

但下一秒，奥德赛号神奇地出现在双子星号前方。

马力七十五发出通讯请求。他等待着。

“这是奥德赛号……”他听到了来自奥德赛的反馈。

卡洛特已经死了！马力七十五几乎不敢相信自己的耳朵。

他不但已经死了，而且死了很久。离开终结之地后，他只向前跳跃了三百亿年。后边的旅途由奥德赛根据卡洛特最后的指令独立完成。

马力七十五感到心力交瘁，他没有想到竟然是这样的结果。

可能只剩下最后的三个小时，他决定去奥德赛上看看。

对接完成，他飘进奥德赛的船舱。船舱里很冷，隔着宇航服，他仍旧能够感受到凉意。船舱几乎和双子星号一模一样，卡洛特安静地坐在座椅上。他很安详，仿佛仍旧活着，只是睡了过去。在终结之地，他已经得了严重的放射病，然而坚持继续向前。他知道自己恐怕不能实现愿望，于是开始录制影像。

马力七十五飘过去，在副手的椅子上坐下，用安全扣把自己固定起来：“好了，开始吧。”

卡洛特的头像出现在屏幕上，他挤眉弄眼。

“戴维，你把所有的钱都输给了我，可能觉得很不爽，但是这很值。这些钱都转移到了孩子的教育上，至少有三千多的孩子因为你而受益。他们会感谢你。另外，你也太胖了，穷一点有助于你减肥……”

马力七十五记得这个案子，这是卡洛特所有罪行中很小的一桩，但可能是他的第一个案子。

“马格力太太，你是一个好人，也许你不知道是我帮你打赢官司，让你免去坐监狱的烦恼，但你一定知道，除了那套房子，你什么都没剩下，全部进了律师的腰包。那个律师就是我。我真是太可耻了，居然要挣一个老女人最后维持生活的钱，但那个时候我真是太穷了。后来我去找过你，可是你已经死了。你在天国对我进行抱怨也是有道理的，可惜我肯定要下地狱，虽然很想说对不起，恐怕也没有机会……”

卡洛特似乎在进行一生的回顾，他不仅谈论马力七十五所知道的案子，还有大量马力七十五根本不知道的东西。马力七十五似乎在听一个人自述生平事迹，评论经历的事。

屏幕上卡洛特眉飞色舞，绝不像一个重病在身的人。

宇宙烈火熊熊。马力七十五安然坐着，耐心地听着录音。

三个小时很快过去，留言也到了最后。

留言的最后是给他的。

“可爱的警察，也许你是唯一一个能听到我的遗言的人。如果你听到了，很高兴你能追上来。很抱歉，把你拉下水。我以为我是最疯狂的人，没想到你比我还要疯狂。老实说，可能我们是同一类，很高兴能有你做伴。”声音停止了，马力七十五伸手去触摸屏幕，突然间声音又冒出来，“对了，最后补充一句，如果你想逮捕我，那就动手吧。我不会再跑了。”声音沉寂下去，再也没有响起来。屏幕上卡洛特的影像凝固，嘴角带着一丝微笑。

马力七十五伸手从裤兜里拿出一副小巧的手铐，俯过身，他铐住卡洛特的手，另一端铐在自己手上。

突然，他看见卡洛特的左手握着一只镯子。那是女人的用品，花纹很特别。卡洛特想起在出发的招待会上，那个女记者头上的钗子，他想，这镯子和那钗子是配对的。

他没有听到留言中有任何关于这镯子的事。卡洛特说了三个小时，他说了很多故事，还有更多的故事没有说。但在这时间的终点处，一切故事都将被消灭掉。

马力七十五坐直身子。他看着外边，金灿灿的宇宙无比辉煌。也许在下一瞬间，一切都会湮没。他没有明天，然而此刻，他感到无比平静，仿佛通达了整个宇宙。屏幕上，卡洛特正向着他微笑。

他露出一个微笑。

乌有之乡

WU YOU ZHI XIANG

奇点科幻丛书 | **第一纪**

这三天来,胡志强天天做梦。

他梦见一幅山水画,月光,高山,虬枝,风动枝摇。万籁俱寂,月色如水,人沉醉其中,恨不得时间就此停下,人世间永远凝固在这一刻。他总是会在这个时刻醒来。现实中他躺在床上,睁眼就是天花板,耳边传来低低的嘈杂声,那是各种声音在都市上空混合之后穿透双层隔音玻璃所特有的声响。一层辉光照在床上,不是月光,是对面的玻璃幕墙所反射的LED街灯——他忘了拉上窗帘。

这是一个很美的梦。胡志强甚至想,如果一直在梦中,不曾醒来,那该多好。他躺在床上回味。

为什么会反复做这样的梦?胡志强辗转反侧,试图分析可能的原因。这是一幅画,然而胡志强是一个脑科专家兼心理专家,这个职业很少和美术发生联系,最近的一次是六个月前的一次美术展,然而那是一次后现代抽象派展览,除了几张略微有些人形的素描,其他作品除了颜色块还是颜色块,他什么都没看懂。这是一幅水墨画,充满古典的中国风,然而胡志强非常肯定自己是个西派人物,对国学之类不感兴趣。至于漫无目的的想入非非,诊所的生意忙得让人透不过气,清醒的时候,他从来没有想到过一星半点。让人费解,匪夷所思。一个人的梦总是和潜意识相关,虽然胡志强不是非常赞同弗洛伊德,但对这个论断百分百赞同。他本人是这方面的行家,半真半假地给客户解释他们的梦,绝大部分情况下能让他们欢天喜地地离去。换到他自己这一套就不行了。通常而言,他并不在意自己做了什么梦,即便偶尔被噩梦惊醒,也只是擦擦汗,翻身继续睡。然而这一次不同,这个梦境太清晰,就像刚发生在眼前。更重要的是,这个梦居然连续三天重复而且如此优美。这简直能要人命!

胡志强在床上静躺了半天,没有丝毫头绪,索性起床,走到窗前,推开窗户。喧嚣声伴随着热浪迎面扑来,胡志强闻到一股强烈的都市气息。

他的十八平方米蜗居在八楼,是噪音最大的楼层之一,而距离窗户不远,正好是一条高架路,绵延不断的车流形成移动的光带,从远处看,这是绝妙的风景,然而对于这幢号称都市空中花园的巨楼,却是绝对的败笔。胡志强感到心烦意乱,于是点上一支烟,狠狠抽了两口。

窗台上的两盆仙人掌长势旺盛,在灯光的映衬下,一根根硬刺显得甚是扎人。胡志强把注意力集中在这两株仙人掌上。这种沙漠植物适应了沙漠的极端气候,糟糕的都市环境对它们来说简直像是天堂。

应该多养几株,胡志强想,好养活。

梦境的印痕逐渐地消散。胡志强的心情慢慢恢复平静。

好吧,不用多想了,一个梦而已。明天还要上班。

"我的梦总是很准。"

胡志强礼貌地点头:"比如说……"

"有一次我做梦,看见一个邻居从门里走出来,在门口绊了一跤,磕在台阶上,碰掉了两颗门牙。"来客停顿一下,看着胡志强,"第二天,我亲眼看见他磕在台阶上,就和我梦里一模一样。"

胡志强淡淡一笑:"可能是你记错了。这种事经常发生,这可以被称为记忆错乱。你看到了一些事,时间久了这些事就发生混淆。这是错觉。"

"这不可能是错觉!"来客激动地挥舞手臂,否定医生的说法,"这不是一次两次,我经常遇到这种事。梦里的事在现实中兑现了。"

"你认为我能帮你什么?"

"我……这是一种毛病吗?我想你是不是能帮我治好。"

胡志强再次微笑。是的,他是一个精神病专家,然而医生的能力是有限的。眼前的这个人,逻辑清楚,思维敏捷。至于他为什么能梦见明天的事,这八成只是臆想,还不构成精神病。

"这样吧,"胡志强微笑着说,"我给你开一些安神补脑的药,你可以回去吃了试试看。我们先看看疗效。"

来客看医生就想这样把自己打发走,有些着急,"别,大夫,你一定要帮我看看。你是最有名的脑科大夫,要是您还没办法,我就完了。"

胡志强笑着摇摇头,拿起笔准备开药。

来客一拍脑袋:"我想起来了,怎么看您这么眼熟!我前两天做了梦,梦见有人被窗台上掉下来的花盆砸死。死掉的人我不认识,但是我看到花盆是被人推下去的,那个人是你。"

胡志强愕然:"你说我?"

"是的,就是你。你看样子被吓着了,眼睛瞪得很大,很害怕地看着地上的尸体。"

胡志强皱皱眉。这个人冒冒失失闯进来,说慕名而来,却说出来这么奇奇怪怪的话。

"然后呢?"他耐着性子说。

“后面我就醒了。”来客突然意识到自己可能得罪了医生，赶紧说，“这只是一个梦，当不得真。一定是我梦里看走眼了。您还是先给我做个CT检查之类的，看看我脑子里是不是多了什么东西。”

“好吧。”胡志强收起笔，把方子撕下来，揉成一团，丢进纸篓。

“大夫，您这是……”来客尴尬地看着胡志强。

胡志强正襟危坐：“我真的没办法，你还是另请高明吧。”他按下铃，让秘书把来客领出去。

“别，您听我说……”来客躲着秘书，试图继续和胡志强说话，“我可不是开玩笑，我已经找了很多医生，他们都没办法，我是慕名而来的，很多医生都向我推荐你。别不相信，前两天，我梦见你站在台上拿奖，就是昨天电视台放的那个，我真的是先梦见的。你可千万要当心，你的那个事，我梦见了！”

秘书连劝带推，把他推出门外。

“大夫，你一定要当心，花盆……”门外有隐约的喊声。

胡志强摇摇头，他的眼光落在桌上，左手边放着名片，那是来客递上来的。

“新新时代报　记者　任强”

胡志强随手拿起来，想丢进纸篓。然而犹豫一下，又放下，随手塞进了抽屉。

是人都会做梦，把梦当真就不好了。

胡志强走到阳台上，点了一支烟。他怎么会对客户这么失礼，这是从来没有的事。客户就是上帝，哪怕是个弱智，也是上帝。

胡志强把烟掐灭。不许再犯！

胡志强又在做梦。

他梦见一个微笑。天空有三只老鹰，两只并排，另一只在它们下方，它们正在黄昏中飞行。浑圆的、红彤彤的夕阳挂在地平线上方，天地相接处一片亮丽的赤色。三只老鹰向着夕阳飞翔，它们的身影被柔和的红色光线勾勒出来，形成三个黑色的剪影。上方的两只鹰向下挥动翅膀，而下方的鹰正向上挥动翅膀，情形就此定格——三只鹰，红色脸盘的太阳，在黄昏的天空中勾勒出一张笑意盎然的脸。这幅画面静止了好一会儿，逐渐地，一张真正的人脸从红色夕阳中浮现出来。那是一张老人的脸，他微笑着，正看着胡志强，似乎意味深长。

一种恐惧感紧紧地攫住了胡志强，他只觉得这张笑脸中蕴含着无穷的危险，不由一个激灵。

他发现自己正躺在床上,望着天花板。

难道真的是中邪了?这一次不是关于那幅从来没有见过的水墨画,但是也足够奇怪。老天爷画出来的笑脸,一个老人的笑脸,这都是什么乱七八糟的东西。

胡志强翻身起床,他发现自己又没有拉窗帘。走到窗边,他突然有种奇怪的感觉,似乎自己曾经就这么做过。记忆错乱!他想起自己白天对客户所说的,这种事也同样会发生在自己身上。他改变了主意,没有去拉窗帘,而是打开了窗户。他想透透气。

仙人掌就在眼前。胡志强伸手去碰触,尖而硬的刺扎在手心里,带来一阵微微的刺痛。这种刺激让他的感觉稍微好点,至少让他感到清醒了许多。突然间,他感到手中一空。胡志强心中一悸,探出身子,向下张望。仙人掌带着花盆,正直直地向下砸去,而楼下的人行道上,正走着一个人。

“哎……”胡志强试图警告,他的声音还没有完全发出来,就听到一声惨叫。

花盆正正地砸中了那个人,他仿佛被抽掉骨头般软了下去。胡志强看见红的白的液体溅得满地。

天哪!胡志强感到一阵害怕,他缩回头,心脏扑扑狂跳。这不是真的,这不是真的!他使劲告诉自己。稍微冷静之后,他再次探出头去。夜晚的街道上灯火通明,一个白色的人影正躺在那里,几个人站在远处,指指点点,胡志强发现有人正向上张望,他赶紧缩回头,关上窗,拉上帘子。突然间,他听见了隐约的警笛声。

他呆坐在床上,脑子里一片空白。他等着警察登门,给他戴上手铐,然后带他去幽闭的小黑屋里进行折磨,稍有不满意,就会受到打骂,电视剧里很多类似的情形。这还是其次,现在他成了一个杀人凶手,他是一个社会名流,小有身份,颇受尊敬,但很快,他就要变成一个人人唾弃的杀人犯,无地自容。这也是其次,最重要的是,那个人死了,而他要承担直接责任,想到一个人的生命就在自己的手中终结,他感到不寒而栗。医生的职责是治病救人,他却杀了一个人。

纷繁复杂的思绪让他呆坐在床上,一动不动,仿佛灵魂出窍。外边的喧闹声慢慢沉寂下去,而警察一直没有来……

胡志强猛然翻身坐起,天已经大亮,光线透过窗帘照进来。胡志强意识到自己竟然睡过去了。他匆忙起身,胡乱洗漱之后出了门。也许是因为这个小区特别有名,住了很多上流人士,警察不方便晚上进行调查。但出了人命,警察终究会来的。他愿意伏法认罪,但是在警察来带走他之前,他要找到那个奇怪的访客,访客所说的一切都是真的,既然梦成了现实,他想知道接下来会发生什么,是不是除了蹲监狱还有别的选择。

走出小区大门,胡志强发现几个警察正在巡逻,一条警戒线拉在路边,一辆外地车牌的车被拦下靠边,一个警察正在盘问。巡逻警看了他一眼。胡志强赶紧低头匆忙走过。

走过警戒线他连看一眼事发现场的勇气也没有,加快脚步几乎是跑着过去。

他跑步冲向自己的诊所,抽屉里放着那个奇怪访客的名片。

名片上没有电话,只有一个地址。三宝大街999号。

这是一个很冷僻的巷子。很难想象这儿被称为一条大街,来回就一条车道。巷子里已经有一辆车,胡志强只好把车停在路边,走路进去。

999号在巷子尽头,是一幢老房子。很久以前的洋楼,已经破败,窗玻璃上积满灰尘,墙角边长满苔藓,门前的石板开裂,几株野草从缝隙中长出。这里很少人来,然而任强却住在这里,至少名片上如此。

他发现门铃是光亮的,至少它经常会被人摁下。胡志强急切地按下门铃。

任强出现在他面前。他看着医生,眼光冰冷,全然不像昨天去诊所那个土头土脑的家伙。胡志强原本想好一见到他,就用力揪住他,大声质问,然而看到他的眼神,竟然有些害怕。

"跟我来。"他简单地说。这话仿佛有魔力,打乱了胡志强的一切计划,他乖乖地跟着任强走进去。

客厅狭小而且光照不足,当胡志强适应了黑暗,看清了正对大门的墙壁上挂的东西,他不由自主地叫了一声:"天哪!"

墙上挂了一幅画。山水画,是一幅杰作。月光如水,高山仰止,苍松枝虬叶劲,一根根松针尖利得仿佛要扎破纸面。

这三天来,他每天晚上做梦,梦里就是这幅画。栩栩如生。

任强转过身,点点头:"你见过这画?"

胡志强点点头,额头上冒出冷汗。一个人的梦真的能变成现实?他是一个有名的脑科大夫,精神病学家,从来不相信这种怪力乱神的东西。此刻,不由他不信。他只觉得脊背嗖嗖发冷。

"来了?"突然里屋传出一个虚弱而嘶哑的声音。

"来了。"任强对着门,毕恭毕敬地说。

"让他进来。"

这声音仿佛是从坟冢的缝隙中传来，没有一丝生气。胡志强拼命控制自己，没有夺路而逃。他是来寻找真相的，决不能这么没有志气。

任强示意胡志强跟着他。里间的小门打开，他们先后走进去。

进去之前，胡志强一直盯着画。画上有个人物，正在月光下舞剑，这是他的梦里没有的。进门的一瞬间，胡志强仿佛看见画上的人转动眼睛，也正盯着自己。

他的胆魄在这一瞬间烟消云散，他打算马上逃离这个鬼地方。然而一双有力的手拉住他，把他拉进了门。

门倏然关上。

胡志强惊魂未定，腿脚发软，一屁股坐在地上。

屋子不大，只有十几个平方，很黑，左侧的墙边隐隐约约地排列着许多大玻璃罐。屋子尽头有一个躺椅，上边坐着一个人，看上去是一个老头。右边还有一扇门，紧闭着。

“对客人要有礼貌。”老人训斥任强。

“是。”任强很恭敬地回答。

“医生，站起来吧。”老人平静地说。

胡志强整理衣服，站起身，他强迫自己强硬起来：“我不知道到底发生了什么，但是你们必须给我一个解释，你说做梦看见的，我不信。给我解释，否则我就去报警……”他的声音突然间变得很轻，他看清了那些靠墙的架子上瓶瓶罐罐里装的是什么，在医学院的日子里，他每天都和这样的东西打交道，然而突然在这里看见，却让他不由自主感到害怕——那是人脑，一个个人脑，泡在类似福尔马林的溶液里边。一束电线从墙后边穿出来，伸进瓶子里，散开，仿佛一只八爪鱼，伸出触手，把脑子紧紧包裹在内。

密密麻麻的人脑，至少有三十个。

胡志强咽下一口唾沫。虽然他见惯了各式各样的人脑标本，然而他第一次看见有人把脑子摆成这种阵势。

“的确是梦，但不是任强的梦。”老人说。

“那是谁的梦？”胡志强勉强说，他只想快步离开这里，残存的一丝理智让他仍旧站着。

“你的梦。”老人说。

“我的梦？”胡志强疑惑地反问。

“你梦见了前厅的画,是不是?”

“是的。”胡志强有些惊疑不定,他从来没有和任何人说过这个。

“我梦见了你。”

“我不明白……”

“你走进了我的梦,孩子。你走进了我的梦。”老人喃喃地说。

“您能否……解释得清楚一些。”

灯突然间毫无预兆地亮了,整个屋子里异常明亮。老人坐在椅子上,全身黑衣。他直直地看着胡志强。那张躺椅胡志强很熟悉,是安伦公司的产品,最先进的医用手术椅。胡志强的眼光落在老人的头部,他戴着一个小小的头罩,电缆连接着头罩和椅子。

老人咧开嘴,冲着胡志强一笑。胡志强只觉得耳边一阵轰鸣。这张脸,这诡异的微笑……是的,就是这样一个诡异的笑脸,昨晚让他从睡梦中惊醒过来。

“你在我的梦里,我在你的梦里。”老人说,低柔的声音仿佛具有磁性,正把胡志强的神魄吸走。

“这不是真的!”胡志强失魂落魄,喃喃自语,不经意间他瞥见了任强。任强正盯着他,眼里闪烁着一丝嘲弄,他似乎正幸灾乐祸。胡志强感到心里更是一沉。

“别着急,慢慢来,你有时间来适应,但今天,我希望你了解一些东西。”老人说着点点头。

任强走到胡志强身边,做出一个请的手势。

胡志强没有挪动脚步,并不是他不想跟着任强走,而是腿脚发软,走不动。

任强架住他,半推半拉地向着里边走。里边有一道隐蔽的门。门打开,任强把胡志强推了进去。

门里边的一切让胡志强目瞪口呆。

这是一个展览馆,展览着世界各地各种各样奇怪的梦境,用图片配上文字说明来描述每一个梦。

这些离奇的梦,每一个都很古怪。比如有人梦见了血一般的天空里,太阳是蓝色的。还有人从悬崖的高处往下落,发现了一个神秘山洞,洞里边,找到了失窃的珠宝。最神奇的一个梦,做梦的人看见一起凶杀案,他看见了凶手的脸和每一个细节,甚至包括他打手机时上面的电话号码,惊醒过来之后,梦境栩栩如生,他不得不打电话找警察,警察根据他的说法,果然当场抓到了人,而报案人打电话的时候,凶杀却还没有发生。

胡志强在这个案例前站住。他听说过这件事,然而不过是当作一桩奇闻。他曾和朋友们谈论这件事,认为其中必有隐情,真相只有一个,说不定那个报案的就是凶手之一。然而在这里看到这个案例,他不禁疑虑重重。这些梦境,难道都是真的?

“这些梦毫无相似之处,唯一的相同之处就是——它们都应验了。”任强站在一边解释。

“世界上竟然还真有这种事!”

“有很多这种事,但这种神奇的能力,只有很少的人才能拥有。某些人偶然会做这种梦,有一些是预言,更多的是已经发生的。但是极少的人,会一直做这种梦。”

“我是其中之一?为什么从前从来没有发现。”

“谁也说不准,二十二岁那年他们找到我,我才发现这种能力。一百六十万人里边,只有一个人会有预言梦,但只是偶尔做梦,会做预言梦的人里边,只有不到十分之一能保持这种能力,我们需要的就是这种人。如果他们不找到你,可能这一辈子你也不知道,只是有时候觉得一些场景似曾相识。”

“他们?”

“这是一些为了高尚的目标而存在的人。你还没有加入,我无法告诉你更多。”

任强示意胡志强往回走:“今天就到此为止,你先回去。”

“回去?”胡志强想起自己来这里的目的,慌忙说,“你梦见我推了一个花盆下来,结果真的发生了,我真的杀了人,你告诉我接下来怎么办,你还做了什么梦?”

任强微微一笑:“没关系,你可以放心回家。如果有任何麻烦,我们都会替你解决。”

“真的?”胡志强半信半疑。

“你了解得越多,就会明白我们的力量到底有多大。你可以一万个放心。”

任强的语气让人不由不信。胡志强不知道该说什么,只有暂时相信任强的说法。

他们顺着原路退回。老人已经不在那儿。

“我可以知道那个老人是谁吗?他说我走进了他的梦里。”

胡志强注意到任强的脸上有一丝转瞬即逝的不快。

“他是首席梦师。我的引路人。”

“引路人?你是说他带你进入这个神秘组织?”

“没错。”

“首席梦师，他是你们当中最强大的一个？”

“你问得太多了。”任强干脆地终止了话题。

胡志强三天没有出门。掐掉电话，紧闭门窗，蜷缩在沙发上。

他三天没有睡觉，生怕一睡下去就会做梦。他害怕眼睛会动的画，那个老人，还有那张诡异微笑的脸。

这些梦境变成了现实，让人感到不可思议。他更害怕任强。四天前，当任强告诉他，他会用花盆砸死一个人，他嗤之以鼻。第二天，花盆真的被自己碰掉，不偏不倚地砸中了目标，而且就在自己眼前。不幸的人脑浆四溅，当场死亡。他当场傻了。然而当他从三宝大街回来，小区门口的警察早已经不见，现场没有任何痕迹，他抬头看自己的窗口，两盆仙人掌赫然映入眼帘。

他不知道怎么描述当时的感觉，这比他真正杀死了人更可怕。一切都只是幻觉？是任强看见了未来，还是他控制了他的梦，让梦超乎想象的真实，仿佛那就是现实。胡志强看着平静的小区和窗台上的两盆仙人掌，回想昨晚经历的一切。他使劲拧了拧脸上的肉，希望如果此时是梦境，他能够醒来。要么花盆砸死人是一个梦，要么眼下他就在梦里不能自拔。无论哪个选项，都让胡志强不寒而栗。这些人不仅仅是预言师，他们能在别人的脑子里催生幻觉，改变现实的方向。

这太可怕了！

胡志强不敢睡觉，不敢出门，只是蜷缩在沙发上，张大充满血丝的眼睛，强迫自己不要睡着。

然而睡眠是不可阻挡的，他还是睡着了。

他居然梦见了任强。这个身强力壮的年轻人仿佛抓小鸡一般把老人抓起来，扔在地上。他被惊醒了。

这不可能是真的！他告诉自己。

这可能是真的！他再次告诉自己。那些人之所以找到他，不正是因为他也有同样的天赋吗？

外边黑漆漆的，正是半夜。

“我的梦总是很准。”胡志强突然想起任强说过的这句话。他仿佛看到任强幸灾乐祸的神情。也许他的梦和任强一样准。他像弹簧一般从沙发上跳下来，抓起外套，冲出门。

外边在下雨。胡志强没有回头拿伞，他冲进雨里，钻进汽车。

车子很快开动起来。突然间，胡志强感到有些不对。他转头，任强居然坐在后座上，看见他转过头，微微一笑，“我等你很久了。”

胡志强很快镇静下来：“你在我的车里干什么？”

“你做了什么梦？”

“不关你的事。”

“三天来我一直在这里守着，就是想看看你做什么梦。不妨告诉我。”

胡志强紧急刹车。他沉默一小会儿，说：“为什么你要监视我？”

“告诉我你梦见了什么，我就告诉你为什么。这个交易很公平。”

“你自己不会做梦吗？你的梦不是一向很准吗？”

任强挤出一个笑容：“每个人都有自己能看到的，也有看不到的。说不定你可以告诉我一些新奇的东西。”

“你为什么这么关心我的梦？”

“好奇而已。告诉我你梦见了什么。”

“我梦见……你在那个屋子里，就是到处都是脑子的屋子。”

“哦，还有呢？”

“你对着我笑。然后我就醒了。”

“就这样？”任强微微皱眉，看着胡志强，带着几分怀疑。

“是这样。”胡志强毫不回避他的眼光，“轮到你告诉我这一切是为什么。为什么找上我？”

任强并没有回答。他接着问：“这么晚，你想去哪里？”

“三宝大街 999 号。”胡志强毫不犹豫地回答。

“很好。这一次是你自愿去，在那儿你会看到更多东西。”

雨下得很大。再一次，巷子里停着车。胡志强跟着任强踩着水跑过去。

他们进了门，打开灯。

任强一言不发，走进里屋。胡志强跟上去。

他再次看见了那些排列在架子上的人脑。老人并不在。

任强走到一个大玻璃瓶前站着：“我们长话短说，我来告诉你答案。”

“这些罐子里装着很多人的脑子。你是脑科专家，肯定比我更熟悉它们。只不过，这可不是标本，这些全都是活的脑子。它们活着，从活人的脑袋里取出来，一直活着。”

胡志强舔了舔嘴唇,活体大脑。这听起来惨无人道。某些蒙昧的原始部落有吃人脑的习俗,他们以为吃掉一个人的脑子就是得到了他的智慧和生命,然而这里是文明昌盛的S市,只有疯子才会认为,把这么多人的脑子取出来泡在福尔马林似的溶液里,就可以得到他们的智慧。“真是疯了。”胡志强说。

“没有人发疯。你已经看到,你的梦多么接近真实。如果利用这个脑阵,你更会发现一切妙不可言。”

他拿起那个小巧的头罩:“想试试这种感觉吗?”没有等胡志强回答,他已经放下,“等你成为合格的梦师,你才有机会。”

胡志强摇头:“你还没告诉我为什么找到我。”

“做伟大的事业总需要天赋,你碰巧有这种天赋。”他走到右手边的门前,推开门,“我们再进去看看。”

胡志强半信半疑地走过去,他向门里边张望。门里边仍旧是那个巨大的展厅。

“我已经看过了。”他说,拒绝走进门里。

“你只是看到了展览而已。左手边,有一个螺旋扶梯。”

胡志强转身, 他担心这是任强的陷阱:“我不想去, 你可以直接告诉我前因后果。”

“你担心我会做些什么?”任强仿佛看穿了胡志强的想法,“我不会那么干的。你是被选中的人,我的任务只是引导你。前因后果自然有人会告诉你。”

胡志强看着他,突然之间,他有强烈的预感——他必须下去。任强说的都是真的,然而还隐藏了些什么。他想起梦中任强残忍地对待老人,不知道老人的命运如何,很可能死了,那样狠狠地摔在地上,对一个老人来说凶多吉少。如果那真是将要发生的事,他要阻止它。

胡志强进了门,顺着楼梯走下去。

楼梯很深,直下大概十多米,然后是一条笔直的隧道。隧道里有灯,尽头是一扇门。

任强挤到胡志强前边领路。他准备打开门,突然停下:“你上回来的时候,看到前厅的那幅画,那幅画曾经在你的梦里出现过,是吗?”

“是的。”

“你看见那个画上的人有些什么异样吗?”

“没看出来,只是我的梦里没有那个人。有什么问题吗?”胡志强毫无破绽地撒谎,他认为不能对任强讲真话。

"没什么。"任强转身推开门。

这里像是一个图书馆。无穷无尽的书架,无穷无尽的书。房屋里还有几张大桌子,宽敞的扶手椅零零散散地分布在桌子边,其中一张扶手椅上坐着一个人。

扶手椅转过一百八十度,椅子上的人向着胡志强微笑,正是那个被称为首席梦师的老人。

"欢迎回来,胡医生。我知道你一定会回来。"

一切看起来和梦中的情形毫不搭边,老人一切正常,而任强则恭敬地站在一旁。

胡志强微微有些怒意,"你们扰乱了我的生活。"他扫了任强一眼,"我要求你们停止这么做,不然我要去告你们。"胡志强马上意识到自己的话属于陈词滥调,非常可笑,但这是他所能想到的最有威胁的话。

"我只是希望能得到一个最优秀的梦师。我们需要有天赋的人,找到一个合适的人不容易,一个像你这样有极高天赋的人,更是凤毛麟角。"

老人的话很诚恳,打动了胡志强,略微沉默之后,他问:"你们到底是什么人?"

"我们中绝大部分都是梦师。当然,对外有一个更好听些的名字:发展预测学会。这个机构你在读博士期间可能听说过,但是你嗤之以鼻。"

发展预测学会。胡志强想起学校里的确有这么一个学会,曾经有人找过他,想让他加入。他拒绝了。

骗子和神棍,这是他对于预测达人们的评价。此刻,一个骗子和神棍的学会正在要求他加入,而他正在很认真地考虑这个问题。这似乎是一件彻底荒唐的事。

"我真没有想到……我一直以为这种事是伪科学。"

"这种认识很好地保护了我们。我们是秘密机构,我们给政府的某些部门提供意见,然而他们在公开场合从来不承认这点。我们帮助他们预见未来,采取决策。作为报答,他们保护我们。政府中只有极少数要人知道我们的存在。可以想象,如果所有人都知道我们是梦师,我们有预见未来的能力,我们当中没几个能活下去。好的情况是他们把我们当作神,坏的情况是把我们当作恶魔,总之我们不会被当作人看待,好的情况还没有得到验证,坏的情况已经发生过很多次。所以我们一直是秘密机构,表面上,我们就是故弄玄虚的一群妄想狂。至少这样,我们可以正常地生存下去。"

"这就是你们的秘密机构?我为什么要加入这样一个秘密机构。预测未来,这种事有什么意义？我的事业很美满，我对预测未来毫无兴趣，我宁愿多治疗几个病人。”

“一个人的力量是单薄的，如果你只是一个人，那么你的梦的确没有太多意义，只是偶尔，你能看一眼即将发生的事，对这个世界并没有什么影响。然而我们是一群人，已经有许多成功的经验积累。”老人站起身，走到书架边，拿出一本书，放在桌上，“这本书里记录着所有的成员，包括已经死去的，总共有一千六百多个名字。”他微笑着看着胡志强，“你对于这份名单是否有兴趣？”

胡志强摇头。

“好吧，只需要知道大概。”老人缓缓地翻动书本，“这些人绝大部分是人群中的精英，其中很多名字在历史上也必然熠熠生辉。他们加入，当然不是为了看一眼未来。他们预测未来，然后试图改变它。”

“你是说改变未来？”

“是的。改变它，将它彻底引导到另一个方向。避免那些丑陋的、无益的、注定失败的事情发生。”

“这可能吗？”

老人微笑着合上书本：“学会成立了五十二年，我们已经阻止了三十多件重大恐怖袭击，成功地改变了三次总统大选的结果，两次避免了局部战争，还有许多次的暴乱。至于让那些烦躁的人们得到心灵的平静，则无法计数，我们让这个社会更加和谐。让世界尽可能地美好，这是我们的最终目标。”

胡志强沉默着。如果他们能够像任强一样，给人制造幻觉，那么改变未来并不是一件不可能的任务，他们可以假扮上帝，给各种人以各种梦，就像他在梦中看见天空中展露的笑脸。这样的异象对于大众就不是巧合那么简单，人们会相信这背后必然有某种含义。

事情看起来符合逻辑，然而却大大超出了胡志强知识的藩篱，并且将他的人生观打得粉碎，他只觉得成千上万的蚂蚁在头脑中踯躅，把脑子搅成一团糨糊，沉默良久之后，他说：“这究竟是怎么回事？为什么这样的梦能够存在？”

老人站起身：“你是在问为什么像你这样的人能够预测未来？我并没有确定的答案，至今也没有一个确定的理论体系来解释我们的能力。我们并不是理论家，而是实干家。当然我们也并非一无所知。跟我来。”

老人领着胡志强走进了书架深处。光线幽暗，空气中散发着书香，胡志强恍惚间感到自己进入了一条时光隧道，回到了青葱的校园时代，而前边领路的，是一个须发皆白的魔幻法师。

“就是这里。”老人突然停下，他们面前是一个巨大的书架，密密麻麻的书一排排，从地板直到天花板，“这些书能给你提供可能的答案。”

胡志强走上前。

《薛定谔的猫——世界的量子力学图景》《真实的世界》《关于六十五个梦的分析》……

“这些理论并不是最重要的，当然如果你想了解情况，可以看一看，最好从最上面一排开始。”

胡志强在图书馆度过了整个晚上。他翻来覆去想入梦，想看一看未来，然而他始终睡不着。

老人的话一直在他的脑子里徘徊。

“每一个人的脑都有特殊之处，它向外散发着微弱的信号，也受到外界的微弱影响。地球上各种各样的事件错综复杂，汇聚成各种可能的图景，每种图景都会有一定的概率发生，距离此刻越近，某种图景的概率就越接近一，在紧接的一个瞬间，概率几乎就是一，所以人们常常觉得时间流逝，一切都很正常。他们通常意识不到这是可改变的。梦师的特殊之处在于脑波能够和地球上的未来图景谐振，看到那些最大概率发生的事件。如果梦师的能力足够，能够看到的未来越远，那么未来就越有可能改变。这就像开夜路的司机，我们的未来在前方的黑暗之中，随着车子的前行而逐渐浮现，一般人只能看见一团黑暗，无法上路，梦师就是那些能够看得更远的司机，他们可以更安全地驾驶。”

“这是可改变的。”胡志强对自己喃喃自语。

他已经被说服，他甚至明白了任强给他设下的局。任强故意去诊所，告诉他整个事情的经过，让他在潜意识中留下印象，然后，借助脑阵，进入到他的潜意识中。他的脑波比常人更敏感，从好的方面说，更容易接受那些通向未来图景的谐波，从坏的方面说，也更容易被定向激发，尤其是当梦中的场景已经被预先植入。

他想到自己的梦境，这是未来的场景还是一次被控制的梦？他认为这不是任强控制的梦，毫无必要，他不由为那个对自己的职业充满自豪的老人担心。

一个合格的梦师，在背后推动整个社会的走向，这事至少比一个一个地治疗病人看起来更富有意义。胡志强翻开了那本名录，看到了许多显赫的名字，他惊讶地发现自己的导师，强式精神分析法的创始人，王大镛也赫然在列。他在十三年前死了，胡志强参加了追悼会，然而他的头脑就在脑阵之中，就在三宝大街999号，他并没有死。导师做出了这种选择？！脑阵，那个小小的房间，那些浸泡在液体中，又通过电缆联系在一起的活的头脑矩阵。

“一个人可预见的东西是有限的，所以我们设计了脑阵。在S市，三十四位杰出的梦师贡献了自己的大脑，他们仍旧活着。没有任何强迫，他们的脑子通过计算机网络对外交流，只要他们觉得生活失去意义，随时可以终止生命。但是他们都很愉快。脑阵通过首席梦师的协调可以预见更远的未来，更广阔的图景，还有那些可能变更未来的细节。他们很享受自己给人类带来这种安全感。”

脑阵！一个个活的大脑通过电缆连在一起，它们都是最杰出的头脑。它们的能力如此之大，以至于整个世界的未来图景变得异常清晰。当一切还没有发生，有人就已经了解最后的结果，这是多么巨大的诱惑。透过脑阵，首席梦师几乎把整个世界都掌握在手中。

这些超级人类已经走得更远。他们不仅仅预测未来，他们更改未来，他们甚至在不知不觉中改变人类。当人们在深夜中熟睡，脑阵发出的信息悄无声息地潜入，植入人们的潜意识中。当他们醒来，任何事仿佛都没有发生过，然而该改变的已经改变，有的人变得软弱，有的人变得暴躁，有的人对于某样东西变得分外敏感，甚至，昨天的好朋友今天会成为陌路人——脑阵几乎无所不能，它可以深入而不留痕迹地把世界搅得天翻地覆。

“所以，我们需要一个有能力也有自我控制力的首席梦师。当然，我们有秘密的监督，然而，一旦一个首席梦师决定让世界陷入噩梦，后果在被纠正之前是极其可怕的。”

是的，后果极其可怕，也极其诱人。肯定有心术不正的人试图成为首席梦师。他们会使用各种手段。任强的脸浮现出来。胡志强几乎断定他想要做些什么。然而，他的梦境并不够清晰，他无法知道何时何地，或者那只是一个隐喻式的梦。

如果老人所说的一切都是真的，那么他具有这种天赋，他应该能够看清那些将要发生的事情。

胡志强再次强迫自己趴在桌上，试图入梦。他没有成功。

他不知道是不是有机会在任强不在场的情况下和老人谈谈这个问题。

不知不觉中，他睡着了。

连续三个星期，胡志强居然没有做任何梦。

他关闭了诊所,到医学院进行深造。这是梦师联合会给他设计好的身份掩护。

他夜以继日地学习关于梦师的各种技巧，绝大部分和他做心理医生的理论并没有太大不同,最大的不同之处在于医生只针对病人进行分析,梦师却需要对所有人的潜意识进行分析,没有脑阵的帮助,这是不可能的。梦师仅仅是预言家,结合了脑阵的梦师却可以成为他人的引导者,隐藏在黑暗中的推手。

胡志强对脑阵产生了强烈的兴趣。然而在获得正式的梦师资格之前,他没有机会真正接触脑阵。他废寝忘食读完了所有的关于脑阵的资料。这些资料并不难懂,当然有些部分并不是他的专长,比如人脑如何和计算机结合,但是他明白生理学。一颗大脑离开了它的生存环境,它是否还是一颗大脑,哪怕它仍旧活着？他仔细研究关于脑阵的理论,却产生了巨大的疑问。他准备找李老谈谈。

李老就是他梦见的老人,首席梦师。

任强仍旧跟着李老。三个星期内,胡志强见到李老四次,每一次任强总是在场,站在一边,似乎是李老的贴身保镖。他对于胡志强和李老的谈话并不感兴趣,只是默默地站在一边,一句话也不说,只当自己是空气。胡志强却始终感到不自在,那个噩梦挥之不去,他想警告李老,却一直找不到机会。

"我对脑阵有些疑惑。那些贡献了自己头脑的人,哪怕当初他们是自愿的,成了脑阵的一部分之后,他们还是自由的吗？"

"当然,他们和计算机网络紧密结合在一起,随时可以表达他们的愿望。"

"单是三宝大街999号脑阵就有三十四个头脑,在全国,总共有十七个脑阵。这几百颗头脑在脑阵里,他们的所有想法都会明白无疑地被首席梦师捕获到。过去的三十年间,没有一个头脑要求结束生命,哪怕这样的想法也没有。这是事实吗？"

"没错。"

"这是一件费解的事,"胡志强说,"如果是正常的人生态,那么十万人中,每年会有大约二十人自杀,产生自杀念头的概率大概是两百到三百,千分之二到三。这和统计数据相符。这是一年,如果累计三十年,那么一个群体发生自杀想法的概率至少上升到百分之五。所有脑阵有近六百颗头脑,如果三十年间一起自杀意念都没有,那么就意味着某些方面出了问题。"

老人微微抬了抬眉毛:"说下去。"

"我想脑阵在伦理上是有缺陷的,它把人脑从身体里剥离出来,也就消除了它的独立人格。大脑的活动是对外界刺激的反应,他们被禁锢在脑阵中,无法和外界发生互动,他们所接受的一切都被首席梦师控制。在某种程度上,是首席梦师决定了他们的生死。”

胡志强有些收不住自己的想法,他本想用一种委婉的方式来表达对于脑阵的不安,然而面对默默聆听的李老,他一股脑儿地把最真实的想法说了出来:“操纵一群人,操纵他们的自由意志。我觉得这样的做法很恶心。”

任强显然并不是空气,他听到了胡志强大逆不道的说法,猛然转过头:“你胡说些什么!我们所做的一切都是为了让社会更美好。这些前辈梦师为了自己的梦想编织脑阵,他们当然是自由的。”

李老制止了任强的责难:“你的顾虑不无道理,但是不用担心,脑阵不是囚室,而是天堂。”

“何以见得?”

“我是首席梦师,我每天接触脑阵,他们很快乐。”

“那么你和他们有交谈?”胡志强两眼放光。

“不是交谈。他们的脑波非常和谐,让人沉醉。”

胡志强略有几分失望:“如果您没有和他们单独交谈,怎么能断定每一个人都很快乐?”

李老微笑着:“梦师不需要交谈。我们通过脑阵来感受人群的潜意识,也通过脑阵感受彼此。”

“那可能是梦师控制了脑阵的输入。说到底他们的喜怒哀乐取决于你,甚至可能,他们的生死也取决于你。”胡志强仍旧没有放弃主张,“所以您说,我们需要一个具有自我控制能力的首席梦师。虽然脑阵里的每一个头脑都是独立个体,他们却并不能分辨到底在做什么,这一切都要依靠梦师来提供,这也是原因之一吗?”

“我们需要一个具有高度责任感的首席梦师,因为他是最后做出决定的人。脑阵并不是工具,也不是被梦师所控制的傀儡,他们感受那些漂移的脑波,和梦师一道解读,减弱或者加强可能的趋势。梦师和脑阵是平等的伙伴。”

胡志强的表情表明他并没有被说服。

李老保持着微笑:“如果某些东西和你的常识相违背,最好的办法是实践。对人来说没有绝对真理,只能在体验范围内判断真假。我可以给你提供一次机会。”

“这怎么行!”任强失声叫了出来,“只有合格的梦师才能使用脑阵。”

“每个人都是从不合格到合格,我们可以帮助他。”

“但是他才来一个月,连适应性训练都没有做。我计划好下个月带他去B市的训练中心,已经预约好了。”

"没关系。"李老淡淡地说，他看着胡志强，"既然他能够走入到我的梦里，他天然适合梦师的职业。"

"可是……"任强仍旧试图争辩，却被李老无可置疑地否决了，"我们不用墨守成规。"

"你准备好了吗？"李老问胡志强。

胡志强有一丝慌乱，他只是想搞清脑阵的问题，却没料到李老打算让他体会脑阵。脑阵是绝密级，只有通过了资格认证的梦师才能接入。

"我……"胡志强不知道该说什么，他发现任强狠狠地盯着他。

"没关系。你会找到自己的路。"

胡志强躺在手术椅上。他最后一次睁开眼睛，李老正注视着他，他勉强露出一个微笑，心情忐忑不安，就像初次约会中的等待，又有点像战士冲锋前的守候。头罩缓缓地降落下来，胡志强觉得头顶有一阵压力，然后他感到很深的倦意，很快就失去了知觉，陷入到昏睡。

他仿佛正在云中漫步，白色迷雾四处弥漫，没有上下，没有前后，方位失去了意义。甚至没有自身，他在那儿，却没有形态，仿佛只是一道思维的电波。他看到一缕光，便向着光线靠拢。光线是游移的，他也随之起舞，突然间，微弱的光线变成了巨大的光柱，照射在雾气上，化作七彩，一条彩虹般的大道从眼前一直铺到天边。

我应该走上去，他这样想。一瞬间他成了一个人，是一个翩翩少年，穿着丝绸般柔软的白袍，手中拿着一管竹笛。他抬脚走上彩虹桥，越走越高，心情越来越快乐，最后，他拿起笛子吹奏起来。悠长的笛声在整个空间回响。金色的大鸟从天边飞来，绕着他盘旋，发出清脆的啼叫应和笛子的曲调，突然之间落英缤纷，各种颜色的花瓣从天而降。

彩虹桥的尽头是一片虚空，他停下来，继续吹奏，越来越多的飞禽走兽凭空出现，簇拥在他身旁，仿佛被笛声所迷醉。白色迷雾慢慢变得澄清，蓝天在上，白云在脚下。一曲终了，竹笛倏忽间消失不见，他微微一笑，纵身跳入眼前的虚空。

白衣少年转眼间不见，他又化作了一缕游魂。无穷的深渊，永不停止的下落，时间仿佛到了尽头。然而他沉浸在狂喜之中，哪怕最漫长的等待也仿佛只是一瞬。天空中出现了太阳，红彤彤的，仿佛夕阳的颜色，却正正地挂在头顶。三只鹰从远方飞来，两只在上，一只在下，它们的翅膀并不动，保持着固定的姿势，仿佛正在滑翔。突然间它们扇动翅膀，上边的两只翅尖朝下，下边的一只翅尖朝上，刹那间，它们和太阳一起，构成一个巨大的笑脸。就在这一瞬间，他冲天而起，一头扎进了太阳之中。红色的太阳仿佛一个绵软的球，又像是海绵一般把他牢牢地吸住。

他感觉到自己融化在这无物之阵中，被扯散，被吸附。这是从未有过的体验，他感到自己正沉入一个欢乐的海洋，就像一滴水融入大海。在大海的底部，他感觉到一些蠕动的小东西，它们仿佛小小的毛虫，被包裹在厚实的茧中，然而不甘拘束，使劲挣扎。他近距离地靠近它们。显然小东西也感觉到他的存在，它们变得惊恐不安，一些快速地扭动几下，倏忽之间消失得无影无踪，另一些把自身扭曲起来，又突然间张大，仿佛受到惊吓的河豚，张开身体，让自己显得大一些，希望敌人就此退却。少数的几只小虫并不在意他的到来，自顾自缓缓地蠕动。他对其中一只产生了兴趣，贴近它。更贴近的距离上那并不是一只小虫，它仿佛一个玻璃的瓶子，又像一个放大了上千倍的细胞。他给了它们名字，叫玻璃虫。玻璃虫透明的壳子里边，无数的小点飞快地游移，杂乱无章，彼此间不断碰撞，就像一场欢乐的盛会。他穿了进去。突然间，一切都消失不见，瓶子，还有里边的一切，仿佛从来不曾存在。这一瞬间，他突然意识到，在世界的彼岸，可能一个人正从梦中惊醒，大汗淋漓。

忽然间，周围的一切都开始生长，变得巨大，曾经的小虫成了巨无霸，他仿佛一个渺小的水分子四处游荡。一些不曾被注意的裂隙显现出来。裂隙里，有一层浅浅的膜，闪烁着五颜六色的光，他好奇地靠近去看个究竟。突然间，一个气泡从裂隙中冒出来，快速增大，很快，形成了一只新的玻璃虫，随着众多的其他虫子一同摇摆。玻璃虫不断地从裂缝中生成，然后毫无征兆地毁灭，生生不息。绵延不断的暗红色平原上，永远伫立这样一座奇特的森林。

他好奇地在裂隙上方游走，想看一看究竟那里边有些什么。他不断地下降，再下降，试图进入裂隙深处，然而那并不是一条深不见底的沟，而只是一道深色的条纹，他撞在条纹上。突如其来的巨大张力仿佛要将他撕裂，他感到自己的身体鼓胀，然后是绵绵不断的拉力，他仿佛要被吸入到裂隙中，被无限压缩，压缩，再压缩。

救命！这是他唯一的念头。

黑色条纹所散发的力量突然间消失，他恢复了自由。他不断向上向上，直到玻璃虫平原的全貌展现出来。玻璃虫仍旧在蠕动，然而数量越来越少，暗红色的地块露出它的原貌。看上去，它就像一块大脑，布满脑回。

极致的欢快再度袭来。他沉浸在一种忘我的快乐之中，然后渐渐地陷入沉睡。

胡志强醒了过来。他不愿意睁开眼睛，他仍旧在回味脑阵中童话般的经历。

李老柔和的声音传来：“你觉得怎么样？”

胡志强睁开眼睛,没有说话,只是点头。

“脑阵和梦师并不存在控制和被控制。脑阵是基地,而梦师就是尖兵,彼此获益,彼此共生。不用担心伦理,新的关系,必然有新的伦理。”

“我明白,”胡志强说。他翻身从手术椅上坐起来,“我看到的,就是梦吗?”

“你看到了第一层次。你还没有学会怎么观察这些梦,这就是我要教给你的东西。还有,你必须学会在脑阵中做梦。”

“在脑阵中做梦?”

“是的,只有这样,你才能把自己的梦放入别人的梦境中。”

胡志强想了想:“那么我在梦中看到的屋子外边那幅画,就是您放在我的梦中?”

“并不完全如此。我只是广播了我的梦,而你跳了进来。”

“什么意思?”李老总是话里有话,胡志强不想让自己去猜。

“这是一个梦局,只有有缘人才能解开,你就是那个有缘人。我把图景通过脑阵传播出去,我们有许多点,能够传播和加强这样的谐波图景,我在全市进行广播,上千万人,但只有你的脑子抓住了它,把它变成了真实的图景。连续三天,然后我终于找到了你。我让任强去把你找来。”

胡志强看了看四周,“任强呢?”

“他上班去了。晚上是梦师的工作时间,白天,我们都有自己的正当职业。”

胡志强觉得机不可失,“李老,我到这儿之前做了一个奇怪的梦,和任强有关。”

“梦见你杀了人?任强和我说了,这是他不对,不该吓着你。一个梦师不能滥用自己的能力,我已经警告过他,你也放宽心,不用太计较。你们以后还要合作。”

胡志强本想说关于任强袭击李老的梦,然而李老的话引起了他的兴趣:“您是说我推花盆那个梦?我看了点资料,大体了解,但您能给我详细解释一下吗?”

李老微微有些惊讶:“你说的不是这个?”

“我还有一个噩梦,不过您能先把推花盆的事告诉我吗?”

李老略微迟疑:“好吧,这样的事你迟早也要了解,早点告诉你也无妨。

“梦师可以改变他人的梦境,这不是一个秘密。然而必须要经过脑阵才能进行,只有脑阵形成的脑波流才能在不引起伤害的前提下,悄然改变一个人的梦境,最终改变他的潜意识。如果没有脑阵,进入一个人的梦境甚至改造一个人的梦境,这几乎是不可能的,但是有一些例外。如果两个人的脑波高度契合,他们偶然就能做同样的梦,甚至梦见彼此。而对一些高级梦师,能利用这一点来控制别人的梦境。”

这和胡志强所理解的并不完全相同,“您是说任强并不需要脑阵，就让我做了梦？”

“是的,这是极少数梦师拥有的能力,我们称为裸梦。梦师通过自己的脑波影响他人,这是一种高超的技巧,同时也需要很多锻炼,一般人感觉不到自己的脑波存在,梦师能够感觉到脑波,但是无法自由操纵,只有极少的人,能够通过锻炼达到控制脑波的程度。”

胡志强被深深地吸引,这简直是一种超级能力:“那么我能做到吗？”

李老微微一笑:“你曾经见过厅堂里的那幅画。”

“是的。”

“你看见了那个人的眼珠在动。”

“对。”

“那是一个测试。能够感觉到画中人视线移动的人很少,最近二十年,在整个S市只有三个,包括你在内。”

“另两个是……”

“一个是我。另一个已经在脑阵里,是你的导师,王大镛。”

胡志强感到振奋,他的天赋在此刻得到肯定,他会拥有一种从来不曾梦想过的超级能力。

李老却严肃地看着胡志强:“但这是一种危险的能力，一个人的脑波控制力很有限,进入他人的潜意识,你会搞不清到底什么是他人的,什么是自己的。如果迷失的状态一直延续,就会成为病患,在医学界,通常把这样的病例归类到精神分裂里。你的脑波很强烈,也很有力,任强虽然做了一次,但是他也被吓坏了,你差一点把他也拽进去。同样,如果你对别人这么做,也很容易受到反向的影响。”

李老郑重其事:“所以你要明白,梦师绝对不能滥用这种能力,害人害己。我已经警告了任强。”

胡志强感到心中一凛,慌忙说:“我记住了。”

“你还有另一件事,是什么？”李老问。

“哦,”胡志强仿佛从睡梦中醒过,“我梦见任强对您进行攻击。”胡志强原原本本地把自己的梦描述给李老。

李老脸色严肃,沉默了半晌,“有这种事？”

胡志强将要继承S市首席梦师的消息传遍各地,引来各种议论。一个新人,哪怕资质再高，短短的三个月就要继承首席梦师，用直升机来形容也嫌不够。

胡志强在进行最后的练习。他成功地抓住一条玻璃虫，在它彻底崩溃之前，把它塞到了另一条玻璃虫里边。被抓的玻璃虫在各种碰撞之下很快分崩离析，释放出无数的小黑点，和那些原有的黑点一道疯狂移动，四处碰撞。很快，玻璃虫显示出不适的症状，急剧扭动，眨眼间，消失得干干净净。

这会是一个诡异的梦，毫无逻辑，也缺乏征兆，然而却足够狂野。当那个人醒过来，他将对此感到纳闷，同时回味无穷。这是一个毕加索式的梦境，希望那个年轻艺术家能够就此开窍。

玻璃虫森林逐渐变得稀疏，黎明已经到来，人们在逐渐脱离梦境。

"胡志强，做得不错！"有人找到他。

"老师，我做得还很不够。"胡志强谦虚地回答。

被胡志强称为老师的人是王大镛，在现实世界中，他曾经是胡志强的老师。在仅有的几次脑阵实习中，胡志强居然从脑阵中识别出王大镛，并成功地建立了点对点联系。这连李老都没有料想到。从来没有人和进入脑阵中的人物单独交流，脑阵是一个整体，这个观念居然在短短的三个月中被胡志强打破。这也让胡志强感到安心，那些奉献自己、构造脑阵的人们仍旧活得自由自在，没什么比这样的事实更让胡志强感到这是一项具备充分道德感的事业。这也让李老安心，这充分证明了胡志强驾驭脑阵的能力，首席梦师对于胡志强来说，不算高不可攀。

"据说你要成为首席梦师，就在今天？"

"是的。今后向老师请教更为方便。"

"从你第一次来，到今天不过九十三天，你是最快获得这个重要位置的人。"

"多谢老师夸奖。"

"但是我也有些疑惑，为什么李寻欢要做出这样仓促的决定。你的能力很强大，但也有很大的缺陷。"

"老师请指教。"

"你缺乏经验。经验对于梦师来说是最可宝贵的财富。我不是想阻止你得到首席梦师的位置，只是给你提一点忠告。务必牢记，对于梦师，最重要的能力不是创造力，而是区分梦境和现实。"

"我会记住这点。"

白色迷雾从眼前退去。胡志强醒过来。梦中和老师的对话犹在耳边。

梦境，现实。对一个梦师来说，这两样东西也许真的已经融为一体，无法区分，也没有区分的必要。但是老师既然这么说，自然有道理。

胡志强从床上翻身起来。他看着对面的脑阵，三十四颗杰出的头脑就在那里，沉默着，在不知不觉中推动整个S市的人们向既定的方向前行。有朝一日我的头脑也会摆放在那里吗？胡志强想。忽然之间，他感觉有些不对劲，他发现有一个罐子是空的。他揉了揉眼睛。没错，这是一个空罐子，而且那个位置上原来并没有罐子。

胡志强怀着狐疑的心情走过去，罐子上标注着每一个头脑曾经属于的名字。空罐子上也有同样的标签。

李寻欢。

这是李老的名字。

“看到了？”他听到冷冷的问句。惊吓之中，胡志强扭头望去，任强就在门口，脸上带着讥讽的微笑。

“你怎么在这里？”

“我怎么在这里？”听到这句问话任强不由激动起来，“我怎么不能在这里，我在这里八年，这就是我家。”

胡志强看见了任强手中的东西，他不由倒吸一口凉气，那是一把枪。毫无疑问，任强并不是来道贺的。

胡志强冷静下来，望着任强，等待他说出自己的来由。

任强大踏步地跨上来，冰冷乌黑的枪口顶住了胡志强的脑门：“动手吧。”

“动什么手？”

“没看见吗？”任强向着屋角抬了抬下巴。

那是一张手术床，床上躺着一个人，正是李老。

胡志强不由紧张起来：“你要干什么？”

“胡医生，我知道你的医术高明，对于开颅取脑这样的小手术，自然是手到擒来。李老就拜托你了。”任强突然之间变得分外客气，这样的变化差点让胡志强吐出来，不过他终于明白了任强的目的，他要把李老的脑子取出来，安插进脑阵。

“李老从来没有说他要进脑阵。就算有，那也要再过几年。”

胡志强感到脑门上受到重重的挤压，任强的语气重新变得异常凶狠：“你不做手术，我可以找人来做，但是你的脑子就会变成一摊脑浆。明白了？”

在枪口的威胁下，胡志强的眼神变得麻木，进行手术似乎是唯一的选择。他木然看了任强一眼：“我没做过这种手术。”

“没关系，我相信你的医术。”任强不怀好意地笑着。

“我一个人没法进行手术。”

任强似乎触动了什么开关。一面墙向后退去，呈现出一个宽敞的空间。李老的手术床自动移动到中央。琳琅满目的手术设备排列在手术台前，两条自动手臂上下翻动，很快把李老的身体全面控制起来。这一切胡志强再熟悉不过，这是安伦公司的自动手术室，借助这个仪器，不需要任何护士的帮助，一个医生就能完成全部作业。甚至可以说，并不需要医生具有多少手术经验，只要他能够明白机器在做什么，适时下达指令。

任强肯定明白这些，所以才毫不犹豫地要求胡志强完成手术。胡志强似乎陷入到极大的痛苦中，他的脸部扭曲，说不上是什么表情。任强用枪再次顶了顶他。

“你难道想用枪顶着我上手术台？”

任强后退一步，挥挥手：“去吧，别耍花招。李老的性命就在你手上呢。”

胡志强艰难地跨出两步，扭头看着任强和他手中的枪。

“快去吧。你是个聪明人。”任强对着胡志强露出微笑，然后还挤眉弄眼。

胡志强尽管十万个不情愿，还是一步步地向着手术台走过去。他启动了程序，拿起手术刀。任强露出一个冷笑——这个胆小鬼果然选择了屈服。

一旦投入到手术中，胡志强就成了专业人士，聚精会神，全然不理会任强就在不到两米的位置上，拿着枪，随时可能一枪打爆自己的头。

手术很顺利，一颗头脑被小心翼翼地放在托盘上，装进了罐子里。

任强俯身看着手术台上的李老：“李老，我已经把您挪进了脑阵，这是您的夙愿，我帮您了结了。”他的语气毕恭毕敬，仿佛李老仍旧活着，正在手术台上沉睡。

突然间任强暴怒起来，一把抓起手术台上李老的身子，狠狠地摔在地上。

胡志强惊呆了，眼前的景象和他梦中所见一模一样。

任强在李老的尸体上狠狠地踢着，边踢边骂：“谁让你放弃我，谁让你放弃我！我才是最好的梦师。”突然间，他呜呜大哭起来，抱住李老的尸体，“李老，我做了八年的梦师，一直给您老鞍前马后，没有功劳也有苦劳，我的能力大家有目共睹，谁都知道我才是您老的继承人。您不该放弃我，不该啊！”突然他又哈哈大笑起来，“李老，我一直是很尊敬你的，但是你被这个该死的奸贼杀死了，我会帮你讨还公道。”

任强站起身，眼睛里杀气腾腾，盯着胡志强：“是你杀了李老。你要给他偿命。”

眼前站着一个疯子。胡志强清楚地明白这点。他没有慌乱，也没有反抗，只是冷冷地看着任强，眼神中带着一丝怜悯。

任强嘴角抽搐，举起枪，正对着胡志强的脑门，狠狠地扣动了扳机。

脑浆迸射出来，胡志强直直地倒下去。

任强仿佛用尽了全身最后一点力气，颓然坐倒。

“232号特别危险，你们只能隔着单向玻璃窗看看情况。病人行为激烈，别被吓着。”护士交代了一下，转身走了，顺手带上了门。

隔着玻璃窗，232号正趴在地上，用舌头在地上舔着。突然他跳了起来，向着一边扑去，使劲地用头碰撞墙壁。墙壁是泡沫特制，然而232号非常用力，很快警铃响起来，两个护警冲了进去，把他抓起来，强行摁倒在床上，注射了镇静剂。

“唉……”李老发出一声叹息。

“我没有逼他。当天的事如果按照他的计划发展，他也是这个样子。”胡志强似乎有些内疚，听起来仿佛在给自己辩解。

“我明白。”李老看着静静地躺在床上的任强，他头发蓬乱，形容憔悴，完全是一个地道的疯子。李老再次发出一声叹息，“有人以为梦师风光无限，其实很多梦师最后都进了精神病院。任强太可惜了。”

李老没有明说，胡志强很明白。一个梦师，最重要的能力是区分现实和梦境，大多数梦师都认为自己能够做到，其实他们远远不能达到这样的境界。驱动梦乡的巫师，最有可能被梦乡所吞没。任强是一个非常优秀的梦师，然而他始终没有明白这一点，最后被自己有机可乘。

在枪口离开胡志强脑门的一瞬间，他冒了极大的风险，让任强进入了幻觉，如果任强有那么一丝清醒，此刻在精神病院里躺着的，可能就是胡志强。

但这是不可能出现的情形。如果任强有这样的悟性，他早就成了首席梦师。他做过各种各样的梦，却从来没有做过这样一个梦，哪怕李老把这样的画挂在了入口处。

月光，高山，虬枝，风动枝摇。万籁俱寂，月色如水，天地间仿佛只剩下一个身影，他翩然起舞，手中剑光如织。

首席梦师是这样的人，人在尘世间，心在缥缈的乌有之乡，超脱凡俗，灵台空明，在万籁俱寂中起舞。

终极幸福：长生梦

ZHONG JI XING FU: CHANG SHENG MENG

奇点科幻丛书 | **第一纪**

啪的一声，清脆的玻璃碎裂。这已经是这个晚上的第三次。从高空自由降落的酒瓶总是恰到好处地落到102寝室窗前，让迷迷糊糊的六个人猛然一惊，再也无法入眠。他们等待着第四次，却迟迟未来。

突然间，窗外响起了喇叭声，起初是零星的一两声，很快响成了一片。整个二十六号楼都在沸腾，不仅如此，似乎全部的校园都沦陷在这样的歇斯底里中。

“好了，一定是巴西赢了。”老大从床上坐起来，“今晚不用睡了。”

话音刚落，窗外响起了等待已久的第四声，然后噼里啪啦响成一片。

“难道巴西输了会清静？”张大力坐起来：“早说了，不用睡了，今天晚上注定要闹腾通宵。”

“没事，继续睡。”胖子翻个身，“不就点噪声嘛，我家就在飞机航道下边，早就习惯了。”

“我们那儿没飞机。”老大没好气地说，“好吧，今天自由活动，不用遵守寝规。”

“还是老大好！”张大力飞快地起身，顺着床杠哧溜到地上。小六正好打开台灯，摸索出一本书翻开。老五一把抓过来，“我看看你读的什么。”

“《我是一个任性的孩子》，顾城。”老五大声地读了出来。

小六一把抢回去。

“看看，任性的孩子！读一读也是给大家增加文化修养嘛。”老五依旧笑嘻嘻的。

“去你的！”小六显然有些气愤。

“行了，这是诗，你不懂的。”张大力出来打圆场，他拍了拍老五，“你就一边凉快去吧。还有谁要去？赶紧。”

“我跟你一块去。”老二已经从上铺翻身到了床下。

“明天还有模拟电路考试。”胖子从床上探出头。

“死胖子，你睡觉去吧。”张大力丢下一句，然后和老二、老五快步推门而去。

楼道里有很多人，人们都从寝室里走出来，热烈地交谈着，狂热的气氛荡漾在空气中，人人都不由自主希望发生点什么。

“走，我请客。”张大力大手一挥，“我们去北门。”他们推出自行车，从狂欢的校园里穿行而过。北门的警卫早已经见惯不怪，只是沉默地看着他们出去。

北门外的摊贩对世界杯决赛这样的大商机有着敏锐的嗅觉，十多个摊位依次排开，炭火炽热，香味袅袅，马路上的年轻人们或站或坐，居然把整个街面挤得熙熙攘攘，仿佛热闹的集市。往常子夜时分，这里除了昏暗的路灯和路灯下孤零零的一个烧烤摊，鬼影子也难得有一个。今天显然是一个非同寻常的日子。

张大力和老二、老五从人缝中钻到了一个摊位前。

路边堆放了许多啤酒箱子。实在没有地方可坐，几个人就坐在箱子上。

几杯酒下肚，大家的话也越发多起来。从世界杯开始，聊到神舟十八号上天，感慨中国人做航天行怎么足球就是不行；然后话题转到了美女上，BBS的鹊桥版上敢于发照片的几大美女被翻来覆去讨论，而老二的三个亲历故事，更是不可避免的焦点；话题再次转移到世界杯，莫迪利奥的超级世界波，厄齐尔的传奇人生。

觥筹交错，酒瓶和肉串齐飞。很快，三个人都变得醉醺醺，口齿有些不清，而说出来的话都仿佛飘在天上。

喧嚣的夜市逐渐沉寂下去，人群慢慢散了。各种各样的话题都聊得七七八八，三个人短暂地沉默下来。

张大力意犹未尽，喝下一大口啤酒，大着舌头："你们说，咱们这种机会还多吗？"

"怎么不多？想要喝酒叫上我，我陪你喝就是了。"

"人生能得几回醉，但把金樽空对月。"老五文绉绉地掉出一句。

张大力哈哈大笑："你那也叫诗，瞎编的吧，你！"

"就是，人家小六那才叫文学青年，你就算了。"老二拍了拍他的肩膀，很是热心。

"哈哈，回去，我一定要把小六看的那些诗都背下来，随时可以掉一掉书袋。小六这样的文学青年才受女生欢迎，哪像你，谈了三个，一个都没有把住。"老五笑着拍拍老二。

他们大声地笑，大口地喝酒，肆无忌惮，毫无倦意。

摊主终于熬不住收摊了。他们三个在相互的嘲讽和调笑中歪歪扭扭地往回走。灯光斑驳的主干道上，三个烂醉的身影。突然间，张大力脚下一个踉跄，摔倒在地。他索性叉开四肢，仰面朝天，惬意地躺在地上。这个举动引来老五、老二的狂笑。张大力抬起胳膊，拽住老五的腿。老五身子一坠，坐倒在张大力身边，他索性也躺了下来。老二见状，在两个兄弟身边躺下。

三个人躺在深夜的马路上。没有人说话，四周很静，路灯恰到好处地爆掉，一片漆黑。

"哇噢。"张大力发出一声感叹，然后再没有人说话。星辰显露在他们眼前，颗颗璀璨，仿佛钻石。他们的注意力被吸引，只觉得说不出的美。

过了半晌，老二开口："这是不是人生的幸福时刻？"

张大力心念一动，问："你们觉得什么才是幸福？"

"有很多钱，很大的房子，用不完的时间。"老五说得很实在。

"和最爱的人一起慢慢变老。"老二用了一句著名台词。

"你呢？"老五见张大力不说话，追问道。

"我？"张大力把双手枕在脑袋下边，让自己躺得舒服些，他看着无限远的星辰，有一种模模糊糊的感觉，幸福是否就像星辰，永远遥不可及？他突然想起很久以前，他也曾这样望着天上，想象着去世的父母就在星星间看着他微笑。

"我不知道。不过，如果能天天和兄弟们一起看看世界杯，大口喝酒，大块吃肉，这就很不错。"他露出微笑，酒精让他的脑子有些发胀，他却感到异常清醒。说完这句话，他心情激动，眼睛竟然有些湿润，"我要找到一个办法，让大家都长生不老。"

"好，有志气！"老二伸出大拇指，"到时候，我一定要活到两百岁。"

"你这是造福全人类！"老五大笑着说，"野心不小。"

"这就是我的愿望。"张大力很认真。

三个人爬起身，相互搀扶着回寝室去。

张大力说了一夜梦话。他叫嚷着爸妈，也把寝室里的名字都喊了个遍。

救护车的警示灯狂闪，刺耳的警笛声不断鸣叫。

张大力飞快地钻进车里，只用了三十秒，就冲上了大街。他紧紧追着救护车。

医院的台阶上，他匆匆忙忙地掏出手机："老五，我是张大力。老二出事了，在富城医院……心脏出了毛病，我刚到，你快来……什么，你在外地？"

张大力收起手机，快步跑进医院。李丽随着救护车抵达，站在走廊里，哭成个泪人了。张大力走过去，轻拍她的肩膀："不会有事的，这里有最好的大夫。"

李丽点头："嗯。真是麻烦你了，他让我给你打电话。"

"没什么，我们都几十年的交情了。"

张大力又拿出手机找人，虽然是深夜，他不管三七二十一，找了另一个医院的头，还有一个院士。他们都表示，这事只有依靠富城医院，并安慰张大力，富城医院的主任医师申开伦经验丰富，可以放心。

当他结束了所有的电话，发现有人站在他面前。

"是张院士吗？"来人谄笑着，"我是申开伦，院长已经关照过，全力抢救。"他看了看正在一边哭泣的李丽，"你是病人家属吗？我需要你签字。"

一张告知书摆放在李丽面前，李丽哭着在上面签了字。

“申大夫，请你帮忙了。”张大力说。

申大夫点点头，仍旧面向李丽：“你丈夫是急性心肌梗塞，我们会尽全力抢救。”说完他匆匆走进抢救室。

张大力扶着李丽在一旁坐下，两个人在沉默中不安地等待。

急救室里人影晃动，门打开，申大夫走出来：“抢救成功。病人需要静养休息，过三天看情况是否要进行修复手术。”

张大力跟着申大夫来到了办公室。申大夫把门关上：“张院士，实话实说，您朋友的这个病，很有可能因为再度梗塞导致心脏破裂。”

“我明白，麻烦你们尽力。”

“您的要求我们当然要尽全力支持。”申大夫抿了抿嘴唇，“我有个不情之请，我们都知道您的779工程需要志愿者，我是否能做志愿者？我是医生，对药品的效果会有更好的体认。”

张大力看着申大夫，他见过了太多这样求他的人，有的明求，有的暗抢，甚至有人堵在他家门口三天不走。他摇了摇头：“我没有这个权力，你可以去报名参加，但是你没有老到那个程度，应该不会让你入选。”

申大夫不甘放弃这样一个机会：“我现在就报名，等到七十岁我也甘心。”

张大力不想就这个话题继续下去：“我朋友的事，还是要你多费心。”

“这个当然。”申大夫赶紧说，他顿了顿，“您可以自个儿救他啊，您朋友的这个病，如果用了您的法子，根本不会有。”

张大力心里一沉，他知道申大夫的话是对的。

申大夫意识到自己失言，赶紧说：“我只是随便说说，别往心里去。我们去病房看看，您朋友的情况还是很危险的。”

张大力在护士休息室度过了一个晚上，整晚未眠，翻来覆去，眼前一直浮现着老二憔悴的脸。快五十年的朋友，难道就这么没了？他想着申大夫的话。是的，如果他能够把“苦纳一号”早点给老二，就不会这样。他有这样的计划，然而看起来，计划已经落后。要怎样才能改变现实？他迷迷糊糊地睡过去。

第二天早上，他被人粗暴地推醒。睁开眼，眼前是老五的脸。

“你怎么来了？不是在西京吗？”

“我赶了最后一个航班。快点，老二不行了。”老五带着张大力向病房跑，慌慌张张，碰到了许多医生护士。

他们冲进病房。病房成了临时的急救室，一个医生正在紧张地给老二做心脏起搏，两个护士在一旁协助。张大力扫了一眼，李丽不在。

他拉了拉老五的衣袖，悄悄退出病房。

“怎么回事？”张大力问。

“我凌晨到了机场就往这边赶，到了老二这儿我就进去一看，什么都没说。他刚才还好好的，突然脸色涨红，就不行了。”老五说，“护士告诉我你在休息室，我就把你找过来。”

“昨晚抢救了一个多小时。”张大力皱着眉头，“大夫说要观察三天。”

“我预感不妙，赶紧赶回来。他上回也犯过这病，差点就死过去。这一次，恐怕凶多吉少。”老五压低声音。

“他犯过心脏病？”张大力疑惑地看着老五，“我怎么不知道？”

“他说他自个儿治病，不能让你为难。他知道无数的人排队等着进你的研究课题，每个人的帽子都大得无法无天。有所托，无所求，才是朋友。”

张大力不知道该说什么，稍停一会儿，问：“李丽呢？”

“没看见。”

手术室的门打开，医生走出来，“谁是家属？”

张大力和老五同时起身，他们互望了一眼，最后张大力说：“家属不在，我们是他朋友。”

“这一定要家属签字。”

“到底怎么了？”

“心脏破裂，左心室梗死。”医生说，“赶紧通知家属，我们要签发火化通知单。”

张大力和老五走进了病房。两个护士正在撤除抢救仪器。

张大力看着老同学的脸，这张脸上总是表情夸张，从学生时代到现在，从未改变，但此刻脸上只有安详平静。

老五哽咽着，抹了一把眼泪。事情突然，居然没有一句告别可以留下。

张大力拍了拍老五：“我们来准备后事吧。老二公司摊子虽然大，但没有几个朋友。李丽年纪太小，也没有正式结婚。”

老五点了点头。

两个人在寒风中站立。追悼会已经开完，很隆重。人群走散，剩下的还是两个老家伙。

“老五，走吧。”张大力说，“嫂子和小勇在那边等你。”老五默默地转身，张大力最后给老二鞠了一躬，跟着老五走出去。

在车上，他们沉默。最后老五开口："老二的遗嘱，除了两百万和房子给李丽，其他资产都留给你，三十二个亿。我做监督人。"

"我要钱做什么？"张大力摇头，微微有些红肿的眼睛再次湿润。

"开公司，卖你的发明。他说过，这辈子除了钱，还有我们两个哥们，什么都没有挣到。他的公司左手转右手，干的是投机生意，是抢钱的买卖。他想做点像样的事，你的研究能延长人的生命，是造福社会的好事。有了钱，没有后顾之忧，你一定能成功。"

张大力沉默着。老二已经死了，他没有要求张大力帮忙。人人都知道张大力的项目组已经掌握了长寿的诀窍，再进一步，长生不老也不是不可能。高官显贵、富商巨贾几乎踏破了张大力的门槛。政府把他列为重点保护对象，至少有三个人二十四小时不间断在周围保护，常人想接近他很难。老二经常和他见面，却从没提过这事。

张大力看了看后视镜，一辆车子远远地跟着。一旦紧急情况出现，它会飞速冲上来，三四个超级保镖会上演全武行。

事情不是那么简单。

但是至少，他拥有三十二个亿，纯粹的金融资产，变现容易。老二是个商人，但他不是纯粹的商人，虽然活着的时候，没有捐出一个子儿，但死了之后，却把所有的钱都捐了出来。

一个人如果明天就要死，就会明白最重要的是什么。然而如果赖活着一天，这些事就会被推迟。是不是只有在死亡的一刻，人生的真谛才会显现？

"你怎么想？我会建立一个银行账户，接受资产。然后我们怎么办？"老五问他。

"我拨给你两千万，你可以去周游世界。"

"你想什么呢！我是监督人。老二的这个愿望我得替他实现了。"

张大力沉默。他们已经快七十岁，虽然精神依旧矍铄，身体却在不断地老化。他和这个生命的第一规律斗争了将近五十年，小有所成。他相信终有一天他的发明可以惠及所有人，然而，他的朋友等不了那一天，恐怕他也等不到。

"张叔，如果你真的能让人长寿，那就赶紧开始吧，赵叔已经去了，你们二老也拖不起。"小勇说。

张大力看了看老五。老五的一张老脸上满是皱纹，虽然根据他的建议使用了不少药物，但毕竟岁月无情。

张大力又瞥了一眼后视镜，他仿佛感到无数阴森的目光正盯着自己。做一件事总不像想象那么简单，但他下定了决心。

“好，我们就做这个。”

“‘苦纳十四号’专门针对癌症生产定制。

“癌细胞是发生了异化的身体细胞，它的基因失去了调控机能，让细胞恢复到原始状态。从根本上说，癌细胞是一种异生物，只不过这种异生物源自身体，因此人体的免疫系统很难发觉并在早期消灭它们，但是它们仍旧有迹可循，只是我们身体的免疫系统无法识别而已。

“‘苦纳十四号’就是区分癌细胞的纳米机器。原理很简单，任何癌症，只要已经诊断属于什么类型，就可以把调制好的‘苦纳十四号’注入，‘苦纳十四号’会寻找癌细胞特征，只要一百毫升，癌细胞就可以被彻底干净地杀灭。

“为了弥补癌细胞对身体造成的损伤，‘苦纳六号’可以用作身体机能的调理，它针对性地对胃、肝、肾等内脏器官进行调理，让身体尽快恢复到最佳状态，请看大屏幕……”

众人的目光随着发言人的引导投向大屏幕。

张大力的手机震动起来。他快速躬身从前排走出去，别人的电话可以不接，这一个却一定得接，是老五打来的。

“大力，出事了，有人在公司总部闹事。警察已经到了，你赶紧来。”

“我这边还在讲课呢！”

“让小勇在那儿，这点小场子他镇得住。你快来，我回头告诉他。”

张大力很快到了楼顶，直升机快速启动。

从直升机上往下看，城市呈现一种不同的风貌，很像一个巨大的玩具，而其中最显著的特点，是马路上无休无止、几乎静止不动的车流。

“别把你的生命浪费在车上！”这是直升机制造商的广告语。

张大力闭目养神。

闹事！近段时间，公司总部和闹事两个字结下了不解之缘。三天两头有人闹事，以至于警察专门在总部开了一个派出所。然而事情却越来越多，规模也越来越大。有时候他实在想不通，为什么乾平生命科技这样半公益性质的企业，也会受到五花八门的杯葛[①]。他们一心想给全人类造福，却总有人要求公司关门。

想不通也得想通，这就是现实。

注①：杯葛是 boycott 的音译，集体抵制之意。指联合抵制某个个人或公司，包括拒绝购买＼销售，或其他形式的拒绝与之合作。

直升机很快抵达目的地。张大力匆匆忙忙进入总裁办公室，一份简要的报告从屏幕上弹出来。

一共十二个人，他们在门前静坐示威，并拉出了巨大的横幅，上面写着：尊重生命，尊重人生。

要命的不是人数，也不是横幅，而是这些人的身份。他们当中有两个市长，三个著名演艺界人士，还有四个非著名记者，剩下的三个人，一个是云顶寺的空空禅师，还有两个外国人，身份不明。

老五走进来："大力，这些人已经坐了半个小时，他们可是有来头的人物。"

"那两个老外是谁？"

"据说是好莱坞著名影星。警察局已经设立了警戒圈，把人群隔离开。"

"他们要求什么呢？"

"要求我们关门。"

"又是这一套。"张大力愤愤不平。在老五面前，他永远只有二十三岁。

"大力。"老五有些吞吞吐吐的样子。

"怎么了？"

"我想是不是我们真的有些地方搞错了。"

张大力低头："连你也这么想？"他感到一阵焦躁，公司运作了三十多年，头十年，他的努力获得巨大回报，乾平公司飞速扩张，成百上千种纳米机器被开发出来，上亿的人口得到照顾，心脏病的发病率几乎降到零，而接种人的预期寿命是一百三十岁。他被上百个城市邀请成为荣誉公民；再十年，广泛接种扩大到二十亿，然而人们开始质疑公司和政府的关系，尤其是在美洲和欧洲，人们都在质疑乾平公司是不是生产某种致命武器，可以精确地打击非华裔人口；到了最近十年，大量的质疑则转移到人的生存价值上。一个长命百岁的流浪汉冻死街头，这样的新闻经常上各大门户网站的头条。

"我在想我们是不是有些一厢情愿。"老五说，"我们给太多的人免费接种。上回那个冻死的人，虽然只是个别，但是媒体反复地提。现在的问题是老人退休了没事干，只能去开发火星。"

开发火星。张大力知道这里边猫腻多多，各国争相开发火星，仿佛那是一个度假胜地，连毛里求斯都租借了火星飞船。事实是被送到火星去的大多数是老人。人口太多。没有工作，没有钱，也不敢去抢劫，又不想饿死的人被送走，这是最简单的解决之道。至于到了火星是死是活，那是他们自己的事。

他们试图做一件巨大的公益，然而让社会失去了平衡。久远的将来，也许地球将是一个长寿而平和的乐园，但显然现在不是，情况甚至可能变得更为糟糕。

原来七十岁退休的人要干到一百二十岁才退休，因为他们不想被送去开发火星，而长期没有工作的年轻人是随时可能爆炸的火药桶。许多城市不堪骚乱，乾平公司则成了人们发泄怒气的最佳目标。

让人活得长也是罪过。

“你说我们该怎么办？我们已经停止长寿苦纳免费接种，只针对恶性疾病进行开发，但情况还是这样。你觉得该怎么办？”

老五两手一摊：“我也不知道。先想办法打发了眼前的这些人再说。”

张大力拿起电话，突然又放下：“这些人没进行过长寿接种吗？”

“我查了，都接种过。”

“和尚也接种过？”

“是的。他年轻的时候，父母给他接种的。”

“把我们的协议书拿下去，如果他们认为乾平公司的产品不合适，我们可以把他们身体内的苦纳体都消除掉。”

“他们都不是免费接种。”

“赔钱给他们！”张大力毫不犹豫。

老五走出屋子。张大力感到一阵烦躁。办公桌上放着镜子，他看见自己的脸。镜子里的人看起来并不老，四十上下，比三十年前的模样还要年轻。

他攻克了老化的难题，让肌体恢复青春活力。这是一件造福人类的事，不该受到如此对待。然而不仅窗外有无穷无尽的抗议，他也收到了来自高层的警告，所有人都不希望看到骚乱。

他感到困惑，当初的那一点点理想，怎么会变得面目全非。

他站起身，走到窗前。

从两百米的高度望下去，地面上的人都仿佛蚂蚁。鱼死网破的策略并没有完全奏效，广场上仍旧坐着一个人。人群并没有散开，仍旧在围观。

坐着的人一袭红色袈裟，是空空禅师。

张大力心念一动，空空禅师在富城赫赫有名，被他开光的物件都能卖出天价，但是据说他已经十年没有再接受邀请开光。一个世外高人，却在大庭广众下坐着，头顶上，鲜红的条幅飞扬。

他在等着我去见面，张大力油然而生这样的念头。

张大力在空空禅师面前坐下，脸对脸，大眼瞪小眼。人群骚动起来。

“有得必有失。”空空禅师说。

“什么是得，什么又是失？”

“得长命百岁，失万般欲念。”

“恳请大师明示。”

“倘若长命，便须无欲。多欲而长命，乱世之相。贪嗔痴未除，多寿无益，徒增烦恼。”

“有什么法子补救？”

“自往心中求。”

空空禅师闭上眼睛。两名乾平的工作人员走过来，他们要给空空禅师进行注射，消除他身体中的苦纳体，然而看见总裁和禅师相对而坐，不知该如何是好。

空空禅师并没有睁开眼睛：“你们的东西我不要，尽管拿回去好了。”

两个人看着张大力。张大力点头。

针头扎下去，一管浅浅的褐色溶液缓慢推入体内。

“阿弥陀佛。”空空禅师说，“一身臭皮囊，舍去存空明。”

他端坐着，动也不动。

“禅师圆寂了。”有人说，大家纷纷向前挤，警察慌忙维持秩序。

张大力起身，向着空空禅师深鞠一躬，走回了楼里。苦纳体消除剂只是消除苦纳体，并不会杀死人。一个人的身体没有了这些纳米机器的保护，会急剧衰老，却并不会马上死，只会在几个月或者几个星期的时间里衰竭。空空禅师圆寂，只是因为他想如此。

张大力梦游般走回了办公室。

“大力，你没事吧。”老五跟进来。

张大力没有回答。

“大力……”老五有些迟疑，张大力怔怔地看着他，眼神不对。

“老五，我想老二了。”张大力说，“如果他在，会给我们什么建议呢？”老五不知道该说什么。

“我只能给你法律上的建议。事情到了这个地步，只有你自己拿主意了。”老五感到很遗憾。三十多年来，他们一直患难与共，他不想逃避，也不会逃避，但是此时此刻，需要的是决断，他从来不认为自己在这点上有天赋。

“这么多年，我被很多人威胁，他们要求我把苦纳体作为特殊商品，不能提供给太多的人。这些人都是自私鬼,我顶得住,这是老二的愿望啊!但是,我越来越犹豫,是不是大家真的需要这个东西?”张大力喟然长叹。

“我们当然需要它。如果没有你的发明,我们早就是棺材里的鬼了。”

“你需要,小勇呢?三十多年,他也快六十了,他做梦都想着接你的班呢。”

老五沉默,小勇已经和他抱怨过很多次。

两个老朋友相对无语。最后张大力打破了沉默:“老五,很久以前你说有钱才能幸福,后来你说要和嫂子一起慢慢变老,现在你有钱了,也永远不会老了。你觉得幸福吗?”

老五瞪着张大力:“你在开玩笑吗?”

张大力摇头:“我说真的。”

老五仔细地想了想:“不。”他简单地回答,“你呢?”

“我不知道,我只觉得很累。不是身体累,是心累。到达了目的地,却发现来错了地方,是不是这样?”

老五缄口不语,半晌之后说:“也许人生就是这样。”

张大力站起身:“我们关闭乾平公司。”他看上去显得很无力。

太阳照在了床头,张大力张开惺忪的眼睛。又是阳光灿烂的一天,有太阳的日子真好。

他走出房门,不远处是浅浅的沙滩,细细的沙在阳光下闪着银光。海面一片碧蓝,仿佛翡翠般晶莹。

张大力舒展身体,面向大海,春暖花开。

突然间,他发现不远处停着一架水上飞机。不速之客!张大力四下张望。

“张叔,早!”一个声音传来。

张大力寻声望去,小勇站在屋檐下,微笑着看着他。

“小勇,来也不打声招呼。”

“打招呼就来不了了。您老隐居了十年,除了我爸妈,从来没有见过外人。”

张大力有些隐隐不快,虽然小勇是老五的儿子,他看着他长大,但是这孩子强势,总喜欢高人一等,咄咄逼人。看起来自己当了家,还是改不了。

“来,坐吧。”张大力招呼他,“怎么想起来看看我这把老骨头。”

小勇坐下:“我得带个消息给您老,我爸妈离了。”

张大力心中一凛,怀疑自己听错了:“你说什么?”

“他们离婚了。”

“什么时候？”

“一个月前。”

张大力沉默下来。老五居然也有离婚的一天，而他居然不知道。

“我还想着参加他们结婚一百周年庆典呢！”张大力叹口气，“他们还好吧？”

“我妈今年环球旅游，年末去月球嫦娥宫做疗养。张叔你想去嫦娥宫吗？这个娱乐城可不得了，低重力状态下有很多好玩的东西。”

张大力淡淡一笑：“没那个兴致。小勇你今天来，不是为了给我推销嫦娥宫吧！”

“张叔，是这样的，我想请您老出山，做我们公司的名誉董事。您先别推辞，让我把话说完。我们有个大项目，需要大量资金。平谷信托有意向给我们注资六千个亿，但是指定要您老出面。张叔，您老能不能帮我这个忙？”

“小勇，你知道我早已经不问世事。”

“是的，所以只是名誉董事。您要做的就是出山一次，露一次面。我爸也会去，来请您老也是他的主意。”

“你爸？”

“是啊，我的公司，怎么会少得了他做主，如果他不告诉我，我怎么能找到这里。你们是老朋友了，也该见见面。这几年外边的世界变化很大，您也该出去看看。”

张大力沉默了一会儿，他看着小勇。这个世界上，没有几个人还值得他牵挂。他最后下了决心：“好，我走一趟。不过，下不为例。”

小勇笑逐颜开：“我保证下不为例，要不是事情重大，我怎么敢随便惊动您老呢。”

飞机在一个私人机场着陆，有人列队欢迎。张大力走下舷梯，落脚在红地毯上，响亮的声音仿佛在刹那间点亮，“欢迎张大力院士光临！”

院士！一刹那间，张大力恍然有种不真实感，他已经快三十年没有听到过别人这么称呼他。无论私下还是公开，人们都叫他张总。他微微迟疑，最后迈开步子，向前走去。

宽敞的大厅气势非凡。张大力回头找小勇，发现他退到门边，小心恭谨地站着。这里戒备森严，看得出来许多人都带着枪。他看在眼里，并不声张，见过了许多大风大浪，这算不得什么。

“张院士，十年不见，越发年轻了。”主人终于登场，全身包裹在黑布中，只露出两只眼睛。这双眼睛看上去让人生畏，布满血丝，成了火红的颜色。

张大力立刻认出站在眼前的是谁,他并不慌乱:“我朋友呢?”

“他是我的座上宾。”

“让我看看他。”

黑衣人做出请的姿势,张大力跟着他走了过去。

他们进到一个幽静的房间,老五并不在。张大力看着黑衣人。黑衣人揭开头部的遮掩,他的脸完全变形,几个暗色的瘤几乎遮掉了一半脸,血管在皮肤表面纵横,清晰可见。张大力暗暗吃惊。

“你说我该怎么办?”黑衣人问。

“多久了?”

“你躲藏了多久,我这病就有多久。再找不到你,我就该去见阎王了。”

“马先生,我这些年闭门不出,思来想去,觉得生老病死,还是让它自然一些比较好。这是个潘多拉之盒,打开了收不住。”

“别说没用的,我只要你治好我的病。”

“小勇接手了所有的团队,另起炉灶,他完全可以帮你。”

“他可以帮我就不用费力请你出山了。他们完全不知道我身体里是什么类型的苦纳体。你是不是给自己留了一手,对我也留了一手。张院士,我得坦然承认,我的命就在你手里了,但是我也要提醒你,虽然我早已经退休,却还是这个星球上最有权势的人。现在掌控世界的那些人,都是我的孙子辈,他们未必敬重我,但是都怕我。”

“你用一个小指头就可以把我捏死。我明白,这话你四十年前就说过。”

“我的承诺我做到了,你的承诺却没兑现。我现在成了这个模样,你说怎么办?”

张大力抿了抿嘴唇:“我的朋友呢?”

“他自在得很,这事跟他没关系,但是如果我的病再发展下去,我很难保证心智不被蒙蔽。”

“这么说是小勇自己去找我。”

“是我的主张。”

张大力仔细看了看眼前的病人:“这像是癌症,可能是某些苦纳体出了问题。我可能需要重新建立一个团队。”

“人随便你挑,但是我的时间不多,你的时间也不多。”

张大力仿佛回到了七十年前,带领自己的队伍在实验室里夜以继日地工作。三个星期后,他得出了结论,这是一种癌症,然而是苦纳体癌症。这些纳米机器因为某种原因失控，疯狂地复制自己，在马小元的全身疯狂生长。

他找来小勇，有些原因他必须了解。

小勇心怀愧疚，不敢正视他。

“小勇，这件事和你无关，但我需要向你了解情况。”

小勇使劲点头。

“你们给马小元提供了什么？”

小勇踌躇犹豫，最后还是说：“他想每天玩十个女人也毫无问题，说你原先给他的东西不够强劲。我们调整了一些苦纳配方给他注射了。”

又是女人。这是一件看起来很荒谬的事，如果马小元需要快感，一种配方就可以让他整天沉浸在幸福的抽搐中，而且对身体无害，但他偏偏喜欢从女人身上得到快感。同样，看着别人在他的权势下屈服也让他感到分外满足。

“你们给了他什么配方？”

“苦纳三七五。”

“这是新配方？”

“类那曲酮体百分之十五，苦纳一号百分之四十，修复体百分之二十三，苦纳合剂百分之十，其他的微量元素成分，一些维生素，还有自由基消除。三百毫升，分三次注射。”

这个配方并不离谱，它可以极大地增强人体免疫力，修复老化细胞，然后，作为特殊作用，打开头脑中内啡肽的产生和接受通道，让人体产生更多内啡肽，保持欣快状态。然而，这仅仅对正常人而言。张大力让小勇把详细的配方传过来，然后挥手让他离开。他把自己关在屋子里，半个小时后，出了门。

马小元并不限制他的自由，只是派人监视他，就和四十年前一样。

张大力走在街上。行人不多，车也不多，冷冷清清，和若干年前的情形完全不同。他走到曾经的公司总部门前，就是在这里，空空禅师在他面前圆寂。张大力在事发地反复走了几圈。

他又去了老五的家。人不在。很久没有使用手机，也不知道该怎么找到老五。

事关重大，却连个商量的人都没有。

他在街上兜了一圈，回到实验室。有人正在等他，是小勇。实验室里只剩下两个人。

“张叔，有一个人想见您。”

“谁？”

“他是风行画廊的主持画师，叫钱均立，是大红人。马小元也是他的崇拜者。他说他刚从火星回来，了解很多火星的事，想和你谈谈。”

张大力一愣，他看过一篇文章——《坠落火星》，知道许多人被送到火星去死，也知道火星上正闹得天翻地覆，人们在荒漠中苦苦挣扎，还分作许多派系相互争斗。一个遥远而混乱的红色星球，这是他关于火星的全部印象。这并不是他造成的，但是他的长寿计划无疑对这样的局面有推波助澜的作用。

“找我干什么？”张大力问。

“他想请你去火星。”

火星？张大力从来没有想过他会和火星发生什么联系。

“我不去。”他一口回绝。

“我会告诉他。”小勇并不坚持，“还有一件事，”他压低声音，“张叔，您可别怪我把您从岛上骗出来，我也是迫不得已。”

“这没你什么事。”张大力淡然。

“我要除掉马小元，您一定要帮我。”

张大力一惊。他知道这个世界并不像表面看上去那么和谐，许多人冠冕堂皇，却灵魂丑陋。他厌恶这些人，但从来没有想过杀死任何一个，哪怕是马小元。

“这怎么行！”

“张叔，这个马小元，他干的坏事比你能想到的还多。他的仇家很多，高官们虽然怕他，但如果有人能把他除掉，他们求之不得。”

“你怎么会牵扯到这里边去？”

“有人找我，希望借给马小元提供补充剂的机会把他干掉。”

“你早就可以做到。”

“哪有那么容易，现在不仅仅我们一家做这个，还有两家竞争，我们给马小元注射的东西都要经过核准，经过人体试验，确认无误。而且马小元万一觉察，肯定会报复，会死掉很多无辜的人，我也逃不掉。只有两种办法，一是他当场死亡，和刺杀一样，只不过是用纳米药物刺杀，刺客肯定活不了；另一种办法，控制苦纳体，让它们在某个瞬间突然发作、致死。一定要致死，只要他有一点机会，我们就没有机会。这两种办法都只有您老能做到。”

张大力保持沉默，飞快地斟酌。在某种程度上，小勇是对的，然而，他无法说服自己去杀人，哪怕是一个十恶不赦的人。

“你到底在和谁合作？”

“我不能告诉您，那会增加您的风险。张叔，相信我，我在做一些对的事，需要您帮忙。”

张大力沉默良久：“小勇，我已经快一百一十岁，性命对我来说没有什么，但是我没法去杀人，我从来没有想过这种事。”

小勇有些着急：“是的，您老从来没有动手杀过任何一个人，但是您发明的苦纳体，已经杀死无数人，这一个，只不过是要您亲手除掉。”

“苦纳体杀死了无数人？”

小勇略微犹豫：“那些因为长寿被送到火星去的人，他们都凶多吉少。”

“你不是这个意思，到底怎么回事？”张大力严肃地问。

小勇把心一横：“您记得‘苦纳四十七号’吗？专门用于增强智力，很畅销。”

张大力记得这个东西，它为科研机构调制，针对大脑，它可以让神经细胞变得更为敏感，突触增多，沟回增加，让人变得更聪明。

“是的，我记得。”

“有个连环凶杀案，前前后后死了三十多人，凶手最后被抓获。他是‘苦纳四十七号’的使用者，他的作案动机是觉得那些没有经过增强的人都很傻，像是白痴，他只是帮助这个世界消灭白痴。”

张大力默然。

“还有一件事。卡瓦达世界，这是个极端宗教组织，相信世界末日，他们大规模采购定制苦纳体，大幅度提高组织成员的智力、体力，甚至把他们的性格变得狂暴。他们发动了一场战争，毁掉了印度的三个城市。真正的毁灭，不留任何活口。一个上千人的组织杀死了两百多万人，因为他们几乎像是超人，能使用各种武器，对各种情况了如指掌，军队根本不是对手。两年前，这个组织才被彻底剿灭。”

张大力感到震惊，他在岛上隐居十年，居然发生了这么重大的事件。这样的流血有很多原因，然而始作俑者却是他。如果他们只是普通人，事情会简单得多。他突然想起空空禅师的话，乱世之相，这混乱的程度，远远超过他的想象。

小勇舔了舔嘴唇：“还有最后一件事我必须告诉您。因为卡瓦达世界的示范，很多地方都有类似的情况，严重程度不一。多国联盟已经宣布苦纳体管制。那些曾经接种过苦纳体的人，不管是免费的还是定制的，都需要经过甄别。如果甄别不通过，早先时候，他们被送往火星，现在，他们被执行安乐死。”

张大力感到胸口被重重一击，觉得根本不能相信。这样的行为骇人听闻，如果是某个极端组织的行动，还能让人理解，然而这是多国联合行为。他们在杀死自己的公民。

“这怎么可能！”

“事实就是如此。马小元和他控制的高官们和那些极端组织一样，认为没有必要把世界维持在一个低智力、低效率的水准上。卡瓦达事件给他们提供了机会，他们要把地球变成超人俱乐部。”

张大力觉得自己再也站不起来。他揭开了生命的秘密，以为给了全人类幸福，却不想是把大家推向深渊。新人类诞生，带着无尽的鲜血和痛苦，也许他太过心急实现理想，结果催生了恶魔。

“张叔，我们只有一个机会消灭马小元，我背后的人有能力掌控世界，虽然他也和马小元一样智力超群，但他是个好人。”

张大力看着小勇。当年的孩子已经是八十来岁的人，保养得很好，看上去仍旧很年轻，他的脸上带着倔强，他真正地投入到这项事业中，并感到自己正在拯救全人类。张大力有一丝欣慰，至少小勇并没有屈服在权势下。

“小勇，谢谢你告诉我这么多。让我想想，明天你再来。”

夜深人静，张大力一个人枯坐在实验室。

他听到了敲门声。

“请进。”张大力并不意外，虽然实验室受到严格的保护，还是有一些人想来就来。

来人推开门，却并没有说话。张大力感到奇怪，转身看去。来人身材修长，穿着艳丽的红色上衣，配着绿色的裤子，头发理成一束，扎起来，仿佛一个帽子般顶在头上。他盯着张大力，一动不动。奇怪的装束，奇怪的人。

“你是谁？”张大力问，这人看上去有些眼熟。

“我从火星来。今天李小勇帮我传过话，你拒绝了。”

“我不想去火星。请让我安静一下，我有很多事需要想清楚。”

“你别无选择。”来人面无表情，语气生硬。

这样唐突的回答反而引起了张大力的兴趣：“为什么？你怎么能进来？这个实验室是 AAA 级保密机构。”

来人向前走了几步，在张大力面前站定：“你别无选择，因为我了解情况，去火星是你最好的选择，也是唯一的选择。”

“告诉我理由。”

“我的身份是画家，如果你听说过纯色画派，我就是纯色画派的代表。我这次去火星，是体验生活。火星的确不一样。”

“尽快告诉我你的理由，我没有多少时间。”

“你得明确我的身份，才能了解为什么。这个星球已经被某些人统治，这些人，拜你所赐，都是超级人类。我也算是超级人类，只不过，我还是画家。因为这个身份，我有很多机会接触到这些上流人士，其中包括马小元。马小元还有一个习惯，他喜欢在我的画廊里找人密谈。”

“他这么信任你？”

“他并不相信我，只是藐视我。我在他眼里只是一个绘画工具而已。他的确喜欢我的画，甚至允许我去火星免费旅行激发灵感，但是我明白，他并不把我看做一个平等的交流对象。他看待我，就像看待一条宠物狗而已。”

“请继续。”

“马小元相信你能找到办法解决他的病，但是他没打算就此放过你。他要人设法控制你，包括使用一些苦纳体来调整你的精神状态，让你能集中精力，找到一个最终的解决方案，让人永生不死，不需要外部帮助。”

“这不可能。”

“他认为有可能，但这并不是我来找你的真正原因。即便马小元强迫你研究永生问题，你还是可以做一条快乐的狗，但是他提到另一件事……”来人顿了顿，看着张大力，“一旦他康复，他就要在全球范围内发动一次清洗，把所有能够制造苦纳体的厂家都控制起来。地球上经历了几次战争，没有植入苦纳体的人类所剩无几，控制了苦纳体的供应，就控制了所有人。最关键的一点，他知道有人反对他，因此战争不可避免，他已经在调动军队。”

张大力静静地听着，他明白自己已经陷落在一个漩涡里，而且就在漩涡中心。

“所以，你决不能治好他。治好他，战争很快就会开始，谁也不知道这一次是不是核战争。达官贵人已经找好了退路，随时可以跑到月球。地球的末日就要来了。”

“所以，你认为我应该跑到火星去？”

“是的。我去过火星，那里很糟糕，但那里才是你该去的地方。如果你要追求全人类的幸福，那么只有火星才能给你舞台，才能实现你最大的价值。”

全人类的幸福！听起来像是多么遥远的东西，然而重重地击中了张大力。

“你究竟是谁？”

“我是谁并不重要，你一直希望让所有人都幸福，你还想着吗？”

"那只能是一个梦！我已经失败了。你是谁？"张大力仔细打量来人，"我应该认识你。"

"那就退而求其次，让尽量多的人幸福。至于我，"来客稍稍犹豫，"我是一个任性的孩子。"

这句诗唤醒了张大力的记忆，"小六！"张大力霍然而立，"你是小六？"他站在来客面前，仔细地端详，寻找记忆中小六的模样。依稀间有几分像，然而日子久远，记忆模糊，他也不敢确定。

"你真的是小六？"

"没错，我就是钱律金，一般人们都叫我另一个名字，钱均立。"

"这真是……想不到居然还能见面。你怎么成了画家？还改了名？"

"说来话长，不说也罢。我来找你，是想告诉你千万不能治好马小元。如果实在没办法，就逃。地球藏不下，就去火星。"

"这很难。"

"你有很多钱，只要三个亿就能解决问题。"

"什么方案？"

"你可以大张旗鼓，预订一艘豪华飞船，准备前往月球和火星度假。火星正在大冲②期，很多富豪选择这个时候去观光，你的举动也不会太引人注意。"

"钱不是问题，但马小元不会放我走。"

"他当然不会放你走。找一个你能够绝对信任的人，让他带你去我的画廊，那里被马小元当作自己的地盘，他不会戒备。我可以假扮成你回实验室，你留在画廊，半天之内，会有人帮你飞向火星。火星大冲期航班快要结束了，你没有时间考虑，必须抓紧。"

"你代替我留下？"

"是的，只要半天而已。"

"这岂不是让你去送死。"

"会有更多的人死掉，但是相比一场战争，这个代价不算高。"

"如果我在这里把马小元除掉，所有的事都由我来背，就不会有人死。"

"你真的这么想？马小元死了，同样会有一群人陪葬。每一条生命都是无价的，

注②：大冲是天文学术语。指火星离地球最近的时期，隔十五年到十七年重复一次，因为距地球近，这时火星显得最亮。

但是有些人的生命对将来更有用。我真的希望你能去火星。”小六看着张大力，“我回来的时候，一群人送我，他们的生命短促而痛苦，地球上的沙漠对他们也像是天堂。如果能回到地球他们不惜一切代价，但是，他们不可能回来。既然你的苦纳体能够改造人体，想个办法，让它们帮助人类适应火星。我接触这些所谓上流人士比你多，马小元死了，会有第二个，他们只会不择手段试图控制所有权力，你只能成为他们的工具。快逃吧，不能救所有人，至少把火星变成希望之地。”

张大力细细品味小六的话。现实冰冷而残酷，地球大乱已至。除掉一个马小元，会有另一个，这里成了超人的战场。四十年前种下的种子，在此刻才显示最后的结果，从某种意义上，人类已经完了，悬而未决的问题是：剩下的会是谁？

门外突然传来匆匆的脚步声。门打开，老五冲了进来，看到还有人在场，不禁一愣。

“老五，”张大力招呼他，“这是……”

“我是张总的朋友，风行画廊的主持画师，钱均立。如果有空欢迎来画廊参观。”小六打断了张大力的话，他显然不愿意在老五面前显示老同学的身份。

“张总，说好了去我那里坐坐。一言为定，我就先告辞了。”

房间里只有三个人。

桌上放着一排试管，一个小小的玻璃杯，浅浅的一碟棕色粉末，除此之外别无他物。

张大力坐在桌前，盯着试管，闭口不言。老五和小勇站在一边，他们被张大力找来，说有紧急的情况要说，结果到了这里，只看见张大力对着一排试管发呆。

过了几分钟，张大力仍旧不言不语，老五开口：“大力，你这是怎么了？”

张大力眨了眨眼，却并没有回答老五，他转身向着小勇：“你的事你老爸知道吗？”

小勇看了老五一眼：“不知道。”

“也好，我原来也不知道，现在我们都知道了。”张大力转向老五，“小勇想让我谋杀马小元。”

老五仿佛触到了毒蛇一般猛然一惊，“你说什么？这是真的？”他难以置信地看着自己的儿子。

“爸，这件事你就当不知道。”

“不知道，我怎么能不知道！你这是拿大家的生命在冒险。”

“我们早已经脱离父子关系了。”

“你……”老五被噎得说不出话。

“好了,这个问题不要争论了。”张大力打断他们,“我不会去杀人,哪怕这个人十恶不赦,但是我也不想救马小元,他罪有应得。”

“你不杀死他,会有更多的人死。”小勇叫嚷起来。

“我知道。”张大力看着小勇,“今天就是想和你们商量一个解决办法。”他拿起一支试管,深蓝色液体,“这里是‘苦纳一号’。”他又拿起另一支试管,无色透明,“这是修复体,”他把两管溶剂混合起来倒进玻璃杯。蓝色变得浅一些,除此之外没有任何变化。张大力又加入苦纳合剂。浅红色的合剂倒入之后,蓝色变深,“这是你的配方基本成分,但也够了。”张大力扎破手指,挤出两滴血,滴入到溶液里,红色的血滴入蓝色液体,是深色的一团,然而疏忽间仿佛魔术,整个液体的颜色变成了乳白色。

张大力看了小勇和老五一眼,两人都紧张地看着张大力。他默默拿起棕色粉末小碟,撒在玻璃杯里,粉末很快消融,溶液看不出什么变化,张大力继续撒入粉末。液体缓慢地凝固起来,颜色渐渐地转成深色。最后的一点粉末撒入玻璃杯,十几秒钟后,玻璃杯里形成了凝胶,就像咖啡色的果冻。

张大力拿起杯子,“跟我来。”他走进一个小屋,屋子里放着巨大的显微镜。玻璃杯被放置在平台上,三束激光笼罩着它,微细的结构在屏幕上显示出来。

“你们看这个,”张大力指着一个卷心菜般的结构,“这是我们的新伙计,马小元的症状,就是它。”他面向小勇,“你们使用了新的修复体结构,这些修复体能更主动地寻找破损苦纳体。本来这没有什么,但是我的血液中包含一种特殊的苦纳体,和任何在售的都不同,这种苦纳体并不进行基因修复,它也并不照顾任何细胞,它的作用是替代老化细胞。如果它发现老化细胞,会转变形态,产生相应的细胞顶替上去。新细胞拥有这个细胞的全部功能,但是细胞核里没有 DNA,苦纳体代替 DNA 作用。我们的纳米机器比 DNA 要坚固得多,不会产生老化问题,或者说,老化的过程比 DNA 要慢上百倍。”

“怎么会这样,你把最好的留给自己还有马小元?”老五问,“我不信。”

“当然不是,这是截然不同的作用机理。我很早就放弃了这方面的开发,原因很简单,这种方法的效率是一个大问题,纳米机器识别老化细胞很容易,但是生成新细胞很难。当初我们进行了许多试验,试图找到一个好办法让纳米机器指导细胞生长,然而蛋白质的构型太复杂,没有一种好的方法,替代效率极其低下,于是只能退而求其次,使用纳米机器来进行老化修复。修修补补当然不如全新替换,但是也已经很不错。

“这种结构是有效的,但效果不比补品好多少,它可能让人多活几年。作为第一阶段成果,我们在很小的范围内提供了这种纳米机。我是自愿者,马小元也在其中。它其实不应该被称作苦纳体,当初我们叫它纳米机。”

“还有谁接种了这种纳米机?”小勇问。

“过去的就不要再提了。”张大力看他一眼,“如果不是这次事故,我已经忘了这种机器存在,但它一直存在于人体内。它在缓慢消耗,但效率很低,你们看到,四十多年,我的身体里还有残留。”

“它怎么又突然变成了癌症?”

“‘苦纳一号’和新的修复体,再加上这种纳米机,小勇无意中找到一种组合。这种新修复体会自动寻找各种缺陷的苦纳体,纳米机被它当作缺陷苦纳体辨识出来,但是纳米机不能被修复,新修复体和纳米机结合成一种新构型,正好可以把‘苦纳一号’吸收进来,这是一种新型的纳米机。纳米机被设计来寻找老化细胞,产生新细胞代替,而‘苦纳一号’的作用是修复老化细胞。它们结合在一起,作用变成了不断修复自身,它会生成一个子体,然后断裂成两个。

“你们看到了,我加入一些金属元素,它们能利用它,结合水,还有苦纳合剂形成新个体,直到耗尽所有材料。”

小勇和老五看着屏幕,他们对张大力所描述的东西似懂非懂,然而这一定是一个伟大的科学发现,但是,这个发现来得并不是时候。

“张叔,我大概明白了,现在的问题是怎么做?”小勇问,“如果你不能动手,让我来,你告诉我该怎么办。”

“马小元的情况很特殊。他的身体里活跃着无数的苦纳体,把他的身体机能维持在一个很高的水准上。他没有病,这种新的纳米机制造的麻烦很大程度上都被苦纳体克服了,唯一有问题的是皮肤。纳米机可以在皮肤表层下自由生长,让他全身好像长满了肿瘤,但这些东西并无害,只是难看一点。”

“怎么会这样?”小勇略带一些失望,“难道没有办法吗?”

张大力摇头:“不容易啊,他的身体已经成了一个复杂的苦纳体系统,这种苦纳体系统能够保护他,很难用一个简单的办法结束他的生命。”

小勇眼睛一亮:“这么说您老已经找到办法了?”

“你要证明给马小元他的病能治。这种纳米机并不复杂,结构上,它比病毒复杂,比细胞简单,但是它很牢固。小勇你记好,两个步骤,第一,他体内的游离铁元素必须消除，包括血红蛋白中的铁，你要用一种苦纳体替代他的红血球。第二，从我身上抽一管血，你可以得到这种纳米机，你的研究团队可以根据它研制新的消除剂，只要破坏它的均衡结构，别让它自我复制，它就是很好的消除剂，可以和那些变异的纳米机同归于尽。只要知道这两点，你就可以治好马小元，至于其他的，你自己去想吧！”

小勇默默地回想了一遍：“但是他只相信你。”

“他只相信有能力的人，你可以证明给他看。”

“你打算怎么办？”老五问。

“我正打算和你商量这件事，我想去火星。”

“火星？”老五大吃一惊，“这是干什么！”

“这是遗愿，我要请你帮我处理遗产。”

“别开玩笑了，你活得好好的，说什么遗愿。”

“张大力早该死了，那么多人因为我的发明而死，我死有余辜。”张大力淡淡地说。

“可别乱讲，你的发明是好事，大大的好事。我们现在还活着，都是因为你啊！”

“是非功过，小勇，你说呢？”

“张叔，别拿我开玩笑。”

“说不清，说不清。老五，我真不知道苦苦追求那么多年，是错了，还是大错特错。你得好好地活着，帮我看一眼将来。”

“这是什么话？”

“一身臭皮囊，舍去存空明。”张大力轻声说。

小勇沉默了半晌：“张叔，地球的确不适合你，你去火星吧。我来想办法。”

“必须抵抗！只有抵抗！不抵抗，我们就完了！”卡梅尔慷慨激昂，然而听众都沉默以对。抵抗并不是口头上的事，最有意义的事莫过于一支舰队，然而，舰队在哪里？如果对手控制了太空，抵抗将付出沉重的代价。

“必须抵抗！不抵抗，毋宁死！”卡梅尔说完重重地坐下。

没有人继续发表意见。所有人都看着张大力，等待他做出最后的决定。

“拒绝无理要求。”张大力简单地说，“明天我们对地球发表通告。”

从会议室出来后，张大力顺着螺旋楼梯上到顶层，他的主席办公室就在这里，这也是光荣城最高的办公室。

火星治理委员会的办公大楼耸立在高高的卡尔峰顶。和地球不同，火星的城市从高处起步，逐渐向下移动到山谷、平原，最繁华、最核心的中枢，都在高地上，因为这些都是从太空降落的遗留物。

窗外是一个接一个的圆顶，向远方延伸，再远处，火星赤红而粗糙的表面覆盖着地平线，一些自动机器正在进行土地平整。按照计划，那里将耸立起氧气工厂，不断向大气中释放氧气。虽然火星人的体质已经极大地适应了这种稀薄大气，但氧气始终是一个大问题。

张大力打通卡梅尔的电话："到我这里来，我们要商量战争的事。"

他静静地坐在办公桌后边，陷入了沉思。三十五年前，他逃离地球来到火星，在这里，他找到了自己的价值，然而命运之神似乎总是和他过不去，地球发来一篇措辞严厉的通告，要求火星居民进行自我甄别，如果在三年时间内不能完成，将进行强制甄别。

甄别这个词具有特殊含义。十五年前，地球结束长达十年的全面战争，形成了大一统，整个地球的人口只剩下三千万，国家都变成了地理名词。战争的起因就是甄别。地球上剩下的只有新人类，他们是苦纳体和人类原始基因的混合体，分作十多种类型，社会分工由不同的人种担任。一种从未在历史上出现过的社会形态呈现在地球上，各个种族的比例被精确控制，各司其职，整个社会高效运转。主宰一切的是高智人，他们人数极少，却拥有绝对权威，其他人种无条件地服从高智人，维持社会运转。这是一种奴隶社会式的结构，却无比稳定，因为高智人垄断苦纳体。每一个婴儿诞生之后，高智人将根据需要决定他最后能成长为什么类型。而婴儿的诞生，也由高智人根据需要决定，由专事生育的母人实行。

战争就是由这些掌握了最高权力的人挑起的，他们试图改造整个社会，毫无疑问，他们成功了。大量"垃圾"人类被清理。六十四亿人口，只留下三千万，这些成功统治了地球的人对于这样卓有成效的灭绝非常得意。

现在轮到了火星。决不能让地球的悲剧在火星重演。张大力的决心强硬。然而，地球并不是虚声恫吓，他们在积极准备，一支庞大的远征军基本成形，就在月球轨道上悬浮，一旦冲日到来，就会向火星进军，那也就是三年期满的时候。这些远征军不会心慈手软，对于任何没有达到甄别要求的人，他们会毫不犹豫地大开杀戒。

卡梅尔来了。张大力仍旧陷落在沉思中，他没有惊扰张大力，在一旁的椅子上坐下，静静地等待。

"你的意见该怎么打？地球那边集结了三艘母舰，将近两千架空天战斗机。他们甚至准备了两个空降机械旅,准备在星球表面作战。"张大力突然开口。

"我们也有军队,"卡梅尔说,"我们完全可以抵抗这种无耻要挟。地球的悲剧大家都有目共睹,如果我们投降,下场会和地球一样,六百万火星人能剩下多少?六万人?六千人?死掉的都是我们的兄弟姐妹。"

"不要再说这些,我找你来是商量怎么打。"

卡梅尔意识到自己完全没有进入状态,他让心情平静下来,把草拟的方案在头脑中过了一遍,然后说:"在你来到火星之前,我们有六个部族,彼此间打了很多年,大家都承认最有军事才能的人是克里斯·沃拔力德,我们可以请他来统领联军。我们只有一些小而薄的船,根本无法和他们硬碰硬,克里斯最擅长在火星的砂土地上打游击。"

"你的意思是让他们降落,然后消耗他们?"

"是的,既然他们打算来,可不是为了坐着飞船在火星上空观光,他们一定会试图控制火星。如果我们不投降,他们就达不到目的,必须下来和我们战斗。别忘了,他们有超过六千万千米的补给线,而且三年才有一次,而我们,生在这里,长在这里,只要不让他们在火星扎根,他们就拿我们没办法。"

卡梅尔积极乐观的情绪感染了张大力,然而他必须考虑更现实的问题,如果地球远征军控制了太空,那么地面所有的目标都暴露无遗,而且他们可能会使用极端手段来迫使火星人就范。

"如果他们使用核武器呢?"张大力提示卡梅尔。

"他们一定会用核武器。"卡梅尔说,"他们在内战中到处使用核武器,没有理由对我们特别仁慈,所以我们要做好准备,向地下挖掘,不要让他们发现我们。而只要他们降落,我们就消灭他们。"

张大力微微一笑,卡梅尔的话带着年轻人的锐气,总把问题向好的方向想。他站起身,走到卡梅尔面前:"你的设想不错,但是对火星的伤害太大,我们要做好战争准备,把他们堵截在太空里。"

卡梅尔一愣,这么大胆的设想他从来没敢奢望:"我们没有舰队。"他看着张大力,"怎么可能把他们堵在太空里?"

张大力并不解释,却问了一个不相关的问题:"火星有六个大部族,彼此间进行了十多年的战争,我孤身一人来到火星,凭什么能成为城邦联盟的主席?"

"你给大家带来了希望,大家因此心存感激。"

"这只是事情的一方面,更重要的一点,我得到你父亲的支持。没有他的支持,

火星全适应计划不可能如此成功,甚至不会有这个计划。你的父亲是否和你提到过一个朋友,一个画家,姓钱。”

“没错,他和我提过。这个人回去地球,然后你就来了。地球上死了那么多人,不知道他是否还活着。”

“他已经死了,为了离开地球,我假死然后有人把我送到火星,然而因为这个,死掉了好多人,其中包括这个姓钱的朋友。”

“嗯。”

“用牺牲来换取某些成功,这并不是我所希望的做法,然而,如果地球真的万劫不复,那么至少火星可以留下一点希望。为了某种信念,生命是可以被舍弃的,这是牺牲,也是某种幸福。”

“我同意。”卡梅尔看着张大力,他意识到主席就要说出最关键的内容,他有少许疑惑,然而充满期待。眼前这个人,凭借一己之力结束了长年纷乱,让火星呈现出一个完全不同的面貌,他是否有别的方法再次拯救火星?

“我在地球上曾经很成功,但最后事实证明我错了。在火星上,我获得了另一种成功,这一次看起来一切都还正常。我同样竭尽全力推广纳米体,希望人们能幸福,却得到不同的结果。你说这是为什么?”

卡梅尔没有答案,他看着张大力。

“权力,卡梅尔,是权力。那些掌握权力的人,是否能够抵抗权力的侵蚀。地球上,权贵利用我的发明找到了一条捷径,他们不仅在物质上超越了普通人,而且身体、智力、精神都大大地向前跨越了一步,从此对于特权更为心安理得。而在火星上,你的父亲是一个男子汉,坚强刚毅,而且无私。他无条件地相信我,把他的孩子送到我的实验室,给所有火星人做榜样。他力排众议,帮助我抵抗压力,最后我们从根本上改变了每一个人的遗传体质,而不是后天加强某些东西。最初的一点努力,可以得到完全不同的结局。我想,如果我在地球上遇到是你父亲一样的人物,地球的灾难也许可以避免。”

张大力的话让卡梅尔想起了父亲。临终前,他用枯瘦的手拉着卡梅尔:“卡梅尔,你要相信张大力,无条件地信任他。他是经过锻淬的一块钢,比任何人都要纯粹得多,现在你也许感受不到,但是你终有一天能够感受到。信任他,追随他……”父亲浑浊的老眼里涌起一丝光亮,随即暗淡下去。卡梅尔坚信父亲的判断,这八年来,他一直坚定地支持张大力,以至于其他部族都认为,光荣城即便和所有火星部族反目也不会背叛张大力。

“你的个性很像你父亲，而且你是第一个完成纳米机替换的人，是第一个真正意义上的火星人。你可以在火星的稀薄大气里生存，所有人都把你看作一个奇迹，他们终于愿意相信我是那个命中注定来拯救火星的人，就像你父亲所说的那样。”张大力顿了顿，“那一次你还是个孩子，是出于你父亲的愿望；这一次，你必须自己做出决定。”

卡梅尔点头，眼神坚定：“告诉我该怎么做。”

“我们的纳米工程师一直在高效工作，这是个值得大家尊敬的团队，他们所达到的成就比我们预想的要多得多。两个月前，我们完成了一次试验，把纳米机释放到空气中，这些纳米机能够在恶逆条件下生存，一旦条件合适，就可以苏醒，它们就和病毒一样。”

卡梅尔敏感地抬头，张大力的话轻描淡写，内容却惊人，这是一种全新的人造生命。

“你用纳米机制造了一种生物？”

“从某种意义上，可以这么说。我们把纳米机和人类基因结合在一起，这已经修改了生命的本体，我们就是全新的人类。制造出一种全新的生物，也是顺理成章的事，只是一个时间问题。”

“这和战争有什么关系？”

“地球上的人们只是使用苦纳体修补身体，他们的所有遗传仍旧没有改变，他们的身体不会自行制造苦纳体。而我们的基因，把纳米机的生成和线粒体制造捆绑在一起，是全新的基因。如果地球人得不到苦纳体，他们就会恢复到常态，而对火星人，纳米机就是身体的一部分。”

卡梅尔意识到张大力的言中之意：“你是说我们可以借助这种差异来对地球人进行打击？使用某种病毒？”

“是的。”张大力看着卡梅尔，“我们需要几个勇于牺牲的人，他们的身体会被改造，他可以控制自己的身体不断产生纳米机，散发到空气中，如果所遭遇的细胞并没有包含纳米机基因，这些纳米机会改造细胞。人体的免疫系统会被加强，所有的苦纳体会被杀死并被取代。考虑一下地球的社会结构，极少数人依靠苦纳体控制着绝大多数人，一旦绝大多数人摆脱了控制，这种结构就会被打破。无论之后情况如何发展，火星会赢得时间，地球将获得新生。地球上的那些人会有很多事做，无暇顾及六千万公里之外的火星。”

卡梅尔眼睛发亮：“这是一个好主意，我们还要好好想想怎样才能把人送到地球去,航班已经中断了十年,我们一时没法送人过去。”

“是的。所以有些人要成为反叛者,向地球投降并表明自己愿意接受地球统治,向地球提供火星的情报。他们得具有一定的身份,要求代表地球对火星进行统治。他们要承受背叛的污名,还有被杀死的危险。”张大力看着卡梅尔,“但是,他们将保全火星。”

卡梅尔怔怔地看着张大力,半晌说不出话。

“来自地球的飞船?”克里斯有些疑惑。现在是合期,火星和地球各在太阳的两端,距离四亿千米之遥,在这个时候出现一艘地球飞船,是很让人困惑的事。

“他发出联络信号吗?”

“飞船正进入外层轨道,没有任何信号。”

“派人勘查。”

空间站很快送回了消息。克里斯略为思忖,“把飞船从轨道上抓下来,送去给大师。”

“大师正在闭关,离出关还有三十天。”

“先把飞船抓下来,再等三十天,反正它已经飞了三十年,迟到三十天也没什么。”

阳光从窄窄的缝中射入室内,直直地照在张大力头顶。张大力缓缓睁开眼睛。他刚完成了一次对话,和另一个头脑如此紧密地交流,这真是一种非凡的体验,它就在身体里边,头脑之中。

门自动弹开,时间到了。

张大力站起身。闭关的时间越来越长,每一次起身也越来越吃力,然而他了解自己对于这个星球的意义,他还是要出去会见那些热切盼望的人们。

他从山顶上走出来。

下边汇聚的人群顿时喧闹起来:“大师出关了。”人人都争着向前,试图看得更清楚些。

张大力向人们挥手致意。

有人端上来一个碟子,上边摆放着精致的食物,还有水:“大师请用。”

张大力微微摆手。他的身体不需要太多的营养,事实上,他从阳光中吸收能量。

“大师,您是否做一次巡视?”

张大力微微点头:“带我去光荣城看看。”这个意思被当作无上的光荣传递下去。

“大师。”有个士兵装束的人在人丛中向前挤，不断高声叫着。张大力预感到发生了什么，他看着那个人，吩咐身边的侍者：“让那个年轻人过来。”

年轻的军官被带到了张大力面前。

“我是克里斯将军的副官。将军命令我带给大师一个消息，一个月前，我们截获了一艘地球飞船，将军说您有必要看一看这艘飞船。”

一个月前？张大力抬头看了看天空，尽管是白天，他仍旧清楚地看到一颗颗星星，这是毫无疑问的火地合期。地球来的飞船？

张大力没有丝毫困惑的表现，只是淡淡地问：“飞船在哪里？”

“在第三基地。”

“你先回去，我会跟上。”

“是，我马上报告将军。”

一辆快速气垫车出现在基地门口，基地大门敞开，气垫车长驱直入，最后在蛋形大楼前停下来。克里斯早已经迎候在这里。

车门打开，克里斯迎上去，小心地扶住车门：“大师，您老慢点。”

张大力慢悠悠地起身，冲着克里斯点点头，缓缓地走向大门，似乎周围的一切都无关紧要。二十多年了，自从他开始闭关，就一直是这种漫不经心的模样，这不是心安理得，而是泰然自若。对人世间的一切，他只有淡然。

张大力走进了里间。这是一个宽敞的大厅，阳光透过玻璃照进来，暖洋洋的。一艘小飞船陈列在中央，已经被肢解，一个巨大的柜子摆放在飞船边。

张大力走过去，巨大的冰柜里放着一具尸体，面孔依稀有几分熟悉。是小勇。

“他是来找我吗？”张大力问。

“是的。他知道自己无法活着到火星，留下了一段录音。”

“给我听听。”

一阵轻微的嘈杂后，录音开始播放：“张叔，我知道如果不是您老，事情不可能变成这样。我们中了计，那个叫卡梅尔的火星人带来了某些东西，一切都变得失控，所有人都在造反，即便他们失去了苦纳体的供应，也能继续生存。高智人都处在危险边缘，也许他们都被杀了。我逃出来，在这艘飞船上思考整个过程，我想我知道原因了，我体内的苦纳体已经降落到危险的水准，然而我还是好好地活着。这是你所说的细胞置换吗？我们应该早点研究这个。

“这艘飞船速度不快，我设计了线路，让它在三十年后在地球的另一面和火星会合，这是一条死路，追杀我的人即便发现我的线路，也不会追来。但我也活不了，所以,如果你真有一天能看到这艘飞船,我一定已经死了。如果我见到你我能说什么?

“您老是对的。我们成功地暗杀了马小元,但是马上,地球上就开始了新的战争。我身在其中,身不由己。也许我当时应该和你一道去火星,但是一切都晚了。我杀死了很多人,死有余辜。不过,我还是想请您原谅。我只是不甘心,我知道您老的理想,我跟着您和父亲一起奋斗,真不甘心就这样放弃。事实证明,我还是错了。

“我父亲死了,他因为反对甄别被强制死亡。我保护不了他。他给我的遗愿,要我到火星去,告诉你,我们走在了错误的路上,希望你在火星能找到一条新的路。看起来你已经成功了。

“火星,但愿那里一切都好。火星的人,如果你发现了这个消息,请帮忙转告张大力,我相信他一定还活着。

“我要死了,再见。”

录音到此结束。

张大力默然无声,他示意打开柜子,把小勇的遗体抬出来放在地毯上。他半蹲下,伸手覆盖了死者的口鼻,催动体内的纳米机从细胞中溢出,通过手掌,进入小勇的身体。他注入了数以亿计的纳米机,这样的消耗显然超过了身体的承受能力。

“停下来!”头脑中有个声音向他呼唤。他收手,跌坐在地上。

周围的人赶紧围过来,手忙脚乱地扶起他。

张大力摆摆手,让他们都退下,他盘腿而坐,闭目养神,只说了一句:“让光一直亮着。”

两个侍者留下,周围的人都轻手轻脚退了下去。

又一辆气垫车向着第三基地疾驰而来。来人在基地大门下车,飞快地通过安全门,他看见克里斯,赶紧问:“大师呢?”

“大师试图让那个人起死回生。”

“这件事就不该让大师知道。”来人显得很焦急。

“卡梅尔吗?进来吧。”

卡梅尔进到屋子里,张大力仍旧端坐着,两个侍者正撬开死者的嘴,灌入一些水。

“卡梅尔,坐。”张大力示意。

被称为卡梅尔的人是卡梅尔家族第三代,他的父亲叛离火星,去了地球,再也没有回来。他被当作背叛者,整个家族虽然没有受到直接的牵连,却无时无刻不受到他人的鄙夷，然而地球的舰队却没有来。地球发生了巨大的变动，那里的人变得和火星人类似，一心一意建设家园，对火星没有敌意。真相大白，卡梅尔成了火星英雄，声望甚至超过了他的父亲。卡梅尔三世却并没有继承祖父和父亲在火星政界的巨大影响，他加入了光荣城的纳米机研究团队，成了一名科学家。但因为家族的原因，他和张大力关系密切。

“我的时间到了。”张大力说。

“大师，您是所有人的精神导师，你还要不断地指点我们。”

张大力看着卡梅尔：“这个人会在三天内转醒，你帮我照看他，他是我的一个故人。”

“是。”

“克里斯。”

克里斯走进来，“大师，您找我。”

“太空一号完成了吗？”

“没有完全完工，但是已经投入使用，现在那是我们最重要的太空基地。”

“带我去那里。三天后，你把卡梅尔和这个人一起带来见我。”

“是。”

李小勇从来没有想到居然会以这样的方式和张大力见面。

他活了过来，在死去将近三十年之后，活生生地站在这里，看得见、听得见，会呼吸、思考、说话。这真是一个不可思议的奇迹。如果能够再次复活，死亡只不过是一次长长的沉睡。

“你死在太空里，身体并没有被不可逆转地破坏。纳米机帮助你的身体重新恢复了生机。”张大力说。

小勇不知道该说什么。他亲眼见到了火星的欣欣向荣，他看到了曾经的张叔被火星人当作神一样崇拜。一个能够起死回生的人，就是神。

张大力让所有人都离开，只留下卡梅尔和小勇。

“我要走了。”他简短地说，“我让克里斯给我准备了一艘飞船。我告诉他要回地球去看看，但是我会向太阳系外飞行。”

“大师，你这是做什么？”卡梅尔大惑不解，也有几分着急。他知道大师肯定有自己的理由，然而他绝不想看到这样的事发生。

张大力缓缓地说：“我的身体发生了一些特殊的变化。这可能是好事，也可能很可怕。最安全的选择是杀死我，我并不在意自己的生命，然而我身体里的这些小东西，它们也是有生命的，我不愿意杀死它们，我要带着它们走。”

卡梅尔明白大师说的是什么。为了渗透地球，父亲和几个绝对可靠的人在他的指导下进行了纳米机植入更替。他们身体内的纳米机可以自由出入细胞。他们去了地球，成功地把纳米机渗透到地球的每个角落，解放了地球，然而也付出了生命的代价。两个星球上，只有一个人身上还存在这种能够自由进出身体的纳米机，那就是大师。

三十年来，大师的身体里出现越来越多的自由纳米机。这些小机器能够被他的意志驱动，同时它们也在某种程度上独立。它们在身体各处聚集，仿佛建立一个个城市。它们和他的头脑建立了某种联系，甚至能够直接和他对话。

卡梅尔帮助大师一道研究这个问题，然而始终不得要领。这些寄居的小生命似乎因为某种特别的原因而充满了原始的生命力。它们突破细胞的界限，突破体液的限制，甚至突破了血脑屏障。谁也不知道它们下一步会达到怎样的程度。

“卡梅尔，我把一部分纳米机转移到了小勇的身体里，他的身体和接受了改造的地球人类似。我给了他足够的纳米机，如果一切可以重现，你就有了一个从头开始研究的机会。如果小勇一切正常，那么这就是发生在我身上的偶然，你们只需要备案，把问题留给将来吧。

“小勇，你有很多时间，可以在火星上多走走。这里是一个公平自由的社会，大家彼此友爱，你会喜欢这里的一切。你死过一次，死亡和生命对你来说都不是那么神秘。

“你身体里的纳米机，也许就是人类将来再次进化的契机；但也许，这又是一个潘多拉之盒。你要配合卡梅尔的研究，如果发现情况不妙，你要有自我毁灭的勇气。”

小勇点头：“我明白。”

“你父亲临终的时候好吗？”

小勇沉默不语。父亲被剥夺了苦纳体，身体急剧衰退，临终的时候，成了一副皮包骨的模样。

张大力见小勇不言语，淡淡地说：“好吧，他终究已经死了。永恒的平静也是一种幸福。我当初让他长久地活着，不是一个明智的决定。

“卡梅尔，我要走了。记住我说的话，也不要阻拦我。特别是，在我离开之前，不要告诉任何人。”

卡梅尔含着眼泪点头：“大师，我会照你说的做。”

张大力示意卡梅尔走近，伸手在他的头顶上摩挲，“傻孩子，我这是超度自己，这是一件高兴的事。”

飞船在无尽的黑暗空间中飞行。火星被远远地甩在身后，太阳也慢慢变成了遥远的烛火。动力耗尽，它成了一艘漂流船。船上只有一个乘客，死去多时，日子慢慢过去，乘客的面目逐渐变得模糊，他的身体也逐渐失去了形态，成了一团软绵绵的肉。

无数的日子过去，飞船逐渐老化，软软的肉团也变得坚硬，仿佛成了一块干硬的石头。

飞船靠近一颗恒星，这是一颗青白的巨星，灼热的辐射照射着飞船，飞船分崩离析。干硬的石头在辐射中变得柔软，它慢慢地散开，仿佛消融在空间中，最后，它成了薄薄的一层雾。

张大力仿佛突然间醒了。他看到一个巨大的青白火球在他眼前燃烧。

“主人，你终于醒了。我们该做些什么？”一个声音问。

张大力很快明白发生了什么，他的肉体已经消失，这些小小的纳米机器完全消解了他的肉体，却把他的思维完整地复制下来。

“我们在哪里？”

“我们也并不清楚，这里有一个巨大的恒星，可以提供无尽的能量。”

“帮我找到太阳系。”

“是的，主人。”

薄薄的雾继续扩展，它不断地吸附漂浮的尘埃，不断地制造新个体，最后，它接触到一个星球。星球仿佛一个无穷无尽的源泉，让它自由自在地生长。它几乎截断了来自恒星的一半光线，它竭尽全力收集信息，飞速计算，判断那个最初的太阳位置。

“主人，那里就是太阳。”

张大力随着指示望去，一颗红色的星星璀璨夺目。太阳已经变成了红色巨星。究竟过去了多久的日子？那里的人们是否还好？

“主人，我们该做些什么？”

“脱离这颗星星，继续向前。”

薄雾体系开始收缩，它生长出一些坚硬的结构，从恒星的火焰中汲取能量，然后收缩，成为一个坚硬的核。坚硬的核体喷射出火焰，推动它摆脱恒星的引力。它不断地飞，最后，张大力说：“我们飞出银河。”然后他陷入沉睡。

当他再次醒来，银河仿佛一个完美的螺旋，就在他的眼前。

张大力给了自己一个新名字，再后来，他忘了自己的名字。日复一日，他遥望银河，那是他永远回不去的故乡。星星死了又生，生命来了又去，无数个世界里，类似于地球的故事一遍又一遍地上演。再后来，银河也暗淡下来，星星们不再发光，尘埃遮蔽，成了一片朦胧的星云。

张大力观察着，停止了思考，仿佛和宇宙一样，成了无我之物。

终于有一天，这样的日子到了尽头。张大力突然开始思考问题，他汇聚了数十个星星，让它们彼此吸引，在巨大的物质流引发的引力波动中，他不断回想那些悬而未决的事。他只能想起极为有限的东西。其中包括一个问题：到底怎样才算幸福？在他有限的生命里，他已经无数次找到了答案，然后又否定了它们。

此刻他和宇宙融为一体，在这个宇宙里，他的存在趋于永恒。幸福只是一种感觉，永恒之物无所谓幸福，然而他还是给问题找到了一个答案，虽然不能提供给任何人知晓。张大力陷入沉睡，他和宇宙同寂。在进入最后的睡眠之前，他把所有问题的答案发往全宇宙。对于幸福问题，他的答案是一首诗。感谢在他的生命最初形态时期那位可爱的同学，睡在下铺的兄弟，他执着的坚持让张大力有兴趣往那本薄薄的集子上多看了几眼并记住了一些东西。

最后，在纸角上
我还想画下自己
画下一只树熊
他坐在维多利亚深色的丛林里
坐在安安静静的树枝上
发愣
他没有家
没有一颗留在远处的心
他只有，许许多多
浆果一样的梦
和很大很大的眼睛

图书在版编目（CIP）数据

随风而逝 / 江波著. — 太原：希望出版社，2012.10
（奇点科幻丛书）
ISBN 978-7-5379-6138-7

Ⅰ. ①随… Ⅱ. ①江… Ⅲ. ①科学幻想小说-小说集-中国-当代 Ⅳ. ①I247.7

中国版本图书馆 CIP 数据核字(2012)第 229902 号

奇点科幻丛书
随风而逝
江　波　著

出 版 人　梁　萍
选题策划　杨建云　赵国珍
责任编辑　翟丽莎
特约编辑　赵晓旭
助理编辑　赵　帆
复　　审　孟绍勇
终　　审　杨建云
美术编辑　陈东升
责任印制　刘一新

出　　版：山西出版传媒集团　希望出版社
地　　址：太原市建设南路 21 号
开　　本：720 × 1000　1/16
印　　刷：山西人民印刷有限责任公司
印　　张：16.25
版　　次：2013 年 1 月第 1 版
印　　数：1–10000 册
印　　次：2013 年 1 月第 1 次印刷
标准书号：ISBN 978-7-5379-6138-7
定　　价：29.80 元

编辑热线　0351–4922124
发行热线　0351–4123120　4156603
版权所有　盗版必究　若发生质量问题，请与印刷厂联系调换。
联系电话:0358-7641044
900